唐诗佳句接龙游戏1000条

张祥斌　主编

上海大学出版社
·上海·

图书在版编目(CIP)数据

唐诗佳句接龙游戏1000条/张祥斌主编.—上海：上海大学出版社，2014.9
ISBN 978-7-5671-1391-6

Ⅰ.①唐… Ⅱ.①张… Ⅲ.①唐诗-青少年读物 Ⅳ.①I222.742

中国版本图书馆CIP数据核字（2014）第170202号

策　　划：农雪玲
责任编辑：农雪玲
版式设计：施羲雯
封面设计：施羲雯
技术编辑：章　斐

唐诗佳句接龙1000条

张祥斌　主编

上海大学出版社出版发行
（上海市上大路99号　邮政编码200444）
（http://www.shangdapress.com　发行热线021-66135112）
出版人：郭纯生

*

南京展望文化发展有限公司排版
江苏句容市排印厂印刷　各地新华书店经销
开本787×1092　1/16　印张18　字数276千
2014年9月第1版　2014年9月第1次印刷
ISBN 978-7-5671-1391-6/I·244　定价：35.00元

编委会

主　编：张祥斌
副主编：农雪玲
顾　问：张　国　李冰凌
编　委：修国英　张建兴　潘泉君
　　　　闫哲美　贾亦显　何利轩
　　　　苏丽珍　孟文文　郭春焱
　　　　孟祥龙

第1章 雨雪冰霜 ...1

雨中山果落，灯下草虫鸣。 ...1
山中一夜雨，树杪百重泉。 ...3
山路元无雨，空翠湿人衣。 ...6
好雨知时节，当春乃发生。 ...8
细雨鱼儿出，微风燕子斜。 ...10
细雨湿衣看不见，闲花落地听无声。 ...13
东边日出西边雨，道是无晴却有晴。 ...15
女娲炼石补天处，石破天惊逗秋雨。 ...17
欲渡黄河冰塞川，将登太行雪满山。 ...20
欲将轻骑逐，大雪满弓刀。 ...23
孤舟蓑笠翁，独钓寒江雪。 ...25
瀚海阑干百丈冰，愁云惨淡万里凝。 ...27
鸡声茅店月，人迹板桥霜。 ...30

第2章 草木生灵 ...33

红豆生南国，春来发几枝？ ...33

桃红复含宿雨，柳绿更带朝烟。。。。35
落花如有意，来去逐船流。。。。37
颠狂柳絮随风去，轻薄桃花逐水流。。。。39
自去自来梁上燕，相亲相近水中鸥。。。。42
江山如有待，花柳自无私。。。。44
年年岁岁花相似，岁岁年年人不同。。。。46
一树寒梅白玉条，迥临村路傍溪桥。。。。48
野火烧不尽，春风吹又生。。。。51
漠漠水田飞白鹭，阴阴夏木啭黄鹂。。。。53
我有迷魂招不得，雄鸡一声天下白。。。。56
停车坐爱枫林晚，霜叶红于二月花。。。。58
旧时王谢堂前燕，飞入寻常百姓家。。。。60

第3章 日月星辰 。。。63

白日依山尽，黄河入海流。。。。63
泉声咽危石，日色冷青松。。。。65
松风吹解带，山月照弹琴。。。。67
白兔捣药秋复春，嫦娥孤栖与谁邻？。。。69
人生不相见，动如参与商。。。。71
五更鼓角声悲壮，三峡星河影动摇。。。。74
月落乌啼霜满天，江枫渔火对愁眠。。。。76

第4章 山水情怀 ... 79

潮平两岸阔，风正一帆悬。 ... 79

空山不见人，但闻人语响。 ... 81

会当凌绝顶，一览众山小。 ... 84

在山泉水清，出山泉水浊。 ... 86

白水暮东流，青山犹哭声。 ... 88

无边落木萧萧下，不尽长江滚滚来。 ... 90

只在此山中，云深不知处。 ... 93

第5章 季节时令 ... 95

白雪却嫌春色晚，故穿庭树作飞花。 ... 95

春来遍是桃花水，不辨仙源何处寻？ ... 97

春潮带雨晚来急，野渡无人舟自横。 ... 100

三月三日天气新，长安水边多丽人。 ... 102

长恨春归无觅处，不知转入此中来。 ... 105

秋风吹不尽，总是玉关情。 ... 107

清秋幕府井梧寒，独宿江城蜡炬残。 ... 109

荒城临古渡，落日满秋山。 ... 111

待到重阳日，还来就菊花。 ... 113

柴门闻犬吠，风雪夜归人。 ... 115

燕山雪花大如席，片片吹落轩辕台。 ... 117

第 6 章 喜怒哀乐 ... 120

喜心翻倒极，呜咽泪沾巾。 ... 120
妻孥怪我在，惊定还拭泪。 ... 122
死别已吞声，生别常恻恻。 ... 125
戎马关山北，凭轩涕泗流。 ... 127
出师未捷身先死，长使英雄泪满襟。 ... 129
花近高楼伤客心，万方多难此登临。 ... 131
日暮乡关何处是，烟波江上使人愁。 ... 133
春风得意马蹄疾，一日看尽长安花。 ... 135

第 7 章 咏古叹今 ... 138

但使龙城飞将在，不教胡马度阴山。 ... 138
自从弃置便衰朽，世事蹉跎成白首。 ... 141
穷年忧黎元，叹息肠内热。 ... 145
同学少年多不贱，五陵裘马自轻肥。 ... 151
尔曹身与名俱灭，不废江河万古流。 ... 154
怅望千秋一洒泪，萧条异代不同时。 ... 157
千载琵琶作胡语，分明怨恨曲中论。 ... 159
但看古来盛名下，终日坎壈缠其身。 ... 162
边庭流血成海水，武皇开边意未已。 ... 166
男儿何不带吴钩，收取关山五十州？ ... 170

东风不与周郎便，铜雀春深锁二乔。 。。。173

商女不知亡国恨，隔江犹唱后庭花。 。。。175

可怜夜半虚前席，不问苍生问鬼神。 。。。177

第8章 饮中天地 。。。180

醉卧沙场君莫笑，古来征战几人回？ 。。。180

醉卧不知白日暮，有时空望孤云高。 。。。182

钟鼓馔玉不足贵，但愿长醉不复醒。 。。。185

但使主人能醉客，不知何处是他乡。 。。。188

且乐生前一杯酒，何须身后千载名？ 。。。190

我醉欲眠卿且去，明朝有意抱琴来。 。。。193

抽刀断水水更流，举杯销愁愁更愁。 。。。195

何时一尊酒，重与细论文？ 。。。198

几时杯重把？昨夜月同行。 。。。201

痛饮狂歌空度日，飞扬跋扈为谁雄？ 。。。204

明年此会知谁健？醉把茱萸仔细看。 。。。206

天子呼来不上船，自称臣是酒中仙。 。。。209

晚来天欲雪，能饮一杯无？ 。。。213

今朝有酒今朝醉，明日愁来明日愁。 。。。215

第9章 人间真情 。。。217

海内存知己，天涯若比邻。 。。。217

洛阳亲友如相问，一片冰心在玉壶。 。。。 220
莫愁前路无知己，天下谁人不识君？ 。。。 222
人生有情泪沾臆，江水江花岂终极？ 。。。 224
在天愿作比翼鸟，在地愿为连理枝。 。。。 228
曾经沧海难为水，除却巫山不是云。 。。。 235
此情可待成追忆，只是当时已惘然。 。。。 237
春蚕到死丝方尽，蜡炬成灰泪始干。 。。。 240
身无彩凤双飞翼，心有灵犀一点通。 。。。 243
春心莫共花争发，一寸相思一寸灰。 。。。 246

第10章 哲言警句 。。。 249

持谢邻家子，效颦安可希？ 。。。 249
宣父犹能畏后生，丈夫未可轻年少。 。。。 251
射人先射马，擒贼先擒王。 。。。 254
读书破万卷，下笔如有神。 。。。 257
别裁伪体亲风雅，转益多师是汝师。 。。。 261
青春须早为，岂能长少年？ 。。。 263
沉舟侧畔千帆过，病树前头万木春。 。。。 266
千淘万漉虽辛苦，吹尽狂沙始到金。 。。。 268
试玉要烧三日满，辨材须待七年期。 。。。 271
十年磨一剑，霜刃未曾试。 。。。 273
少年辛苦终身事，莫向光阴惰寸功。 。。。 275

第1章 雨雪冰霜

雨中山果落,灯下草虫鸣。

——【唐】王维《秋夜独坐》

【佳句解析】

　　山中下着雨,树上的果子一颗颗地落在地上;屋里点着灯,草里的秋虫不停地唧唧鸣叫。

【原作欣赏】

秋夜独坐

独坐悲双鬓,空堂欲二更。
雨中山果落,灯下草虫鸣。
白发终难变,黄金不可成。
欲知除老病①,唯有学无生②。

❶ **除**:消除,去除。
❷ **无生**:佛教讲灭寂,要求人从心灵中清除七情六欲,是谓"无生"。

佳句品读

从雨声想到了山里的野果,好像看见它们正被秋雨摧落;灯烛的一线光亮中,映衬着秋夜草野里的虫鸣更加凄清。诗人的沉思从人生转到草木昆虫的生存,它们虽属异类,却值得同情,进而更觉得悲哀,因为这无知的草木昆虫同有知的人一样,都在无情的时光、岁月的消逝中零落哀鸣。

【作者简介】

王维(701—761),字摩诘,号摩诘居士,唐朝著名诗人,有"诗佛"之称,与孟浩然合称"王孟",其书画都很有名,同时也精通音乐。今存诗400余首。

【佳句接龙】

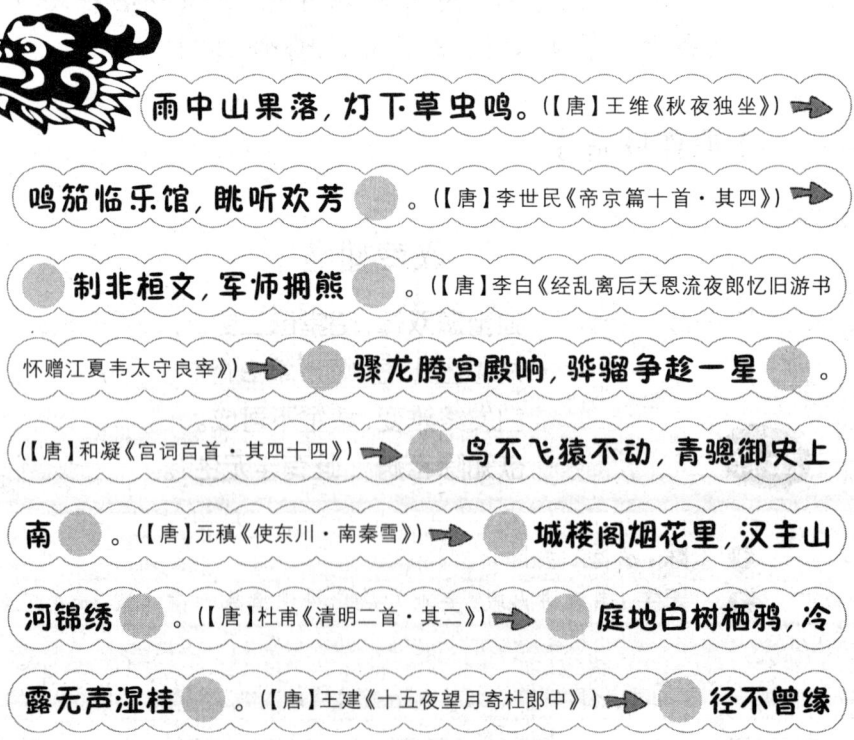

雨中山果落,灯下草虫鸣。([唐]王维《秋夜独坐》)

鸣笳临乐馆,眺听欢芳○。([唐]李世民《帝京篇十首·其四》)

○制非桓文,军师拥熊。([唐]李白《经乱离后天恩流夜郎忆旧游书怀赠江夏韦太守良宰》) 骅龙腾宫殿响,骅骝争趁一星○。

([唐]和凝《宫词百首·其四十四》) 鸟不飞猿不动,青骢御史上

南○。([唐]元稹《使东川·南秦雪》) 城楼阁烟花里,汉主山

河锦绣○。([唐]杜甫《清明二首·其二》) 庭地白树栖鸦,冷

露无声湿桂○。([唐]王建《十五夜望月寄杜郎中》) 径不曾缘

客扫,蓬门今始为君。(【唐】杜甫《客至》)→ 轩面场圃,把酒话桑。(【唐】孟浩然《过故人庄》)→ 姑垂两鬓,一半已成霜。(【唐】李白《短歌行》)

答案:雨中山果落,灯下草虫鸣。→鸣笳临乐馆,眺听欢芳节。→节制非桓文,军师拥熊虎。→虎骤龙腾宫殿响,骅骝争趁一星飞。→飞鸟不飞猿不动,青骢御史上南秦。→秦城楼阁烟花里,汉主山河锦绣中。→中庭地白树栖鸦,冷露无声湿桂花。→花径不曾缘客扫,蓬门今始为君开。→开轩面场圃,把酒话桑麻。→麻姑垂两鬓,一半已成霜。

悄悄话(打一句五言唐诗)
遍体鳞伤(打一句七言唐诗)

谜底:不敢高声语
　　　身上无有完肌肤

山中一夜雨,树杪百重泉。

——【唐】王维《送梓州李使君》

【佳句解析】

　　山中下了一夜的雨,(第二天一大早)只见森林里每一棵树的树梢上,都流泻下千百道的泉水。

【原作欣赏】

送梓州李使君

万壑树参天①，千山响杜鹃②。
山中一夜雨③，树杪百重泉④。
汉女输橦布⑤，巴人讼芋田⑥。
文翁翻教授⑦，不敢倚先贤⑧。

注释

① 壑（hè）：坑谷，深沟。
② 杜鹃：布谷鸟。
③ 一夜雨：一作"一半雨"。
④ 树杪（miǎo）：树梢。
⑤ 输：交纳。橦（tóng）布：橦木花织成的布，为梓州特产。
⑥ 巴：古国名，故都在今四川重庆。芋田：蜀中产芋，当时为主粮之一。这句指巴人常为农田事发生讼案。
⑦ 文翁：汉景帝时为郡太守，政尚宽宏，见蜀地僻陋，乃建造学官，教育人才，使巴蜀日渐开化。翻：翻然改变，通"反"。
⑧ 先贤：已经去世的有才德的人。这里指汉景帝时蜀郡守。最后两句，纪昀说是"不可解"，赵殿成说是"不敢，当是敢不之误"。高眇瀛云："末二句言文翁教化至今已衰，当更翻新以振起之，不敢倚先贤成绩而泰然无为也。此相勉之意，而昔人以为此二句不可解，何邪？"赵、高二说中，赵说似可采。

佳句品读

王维善以画理入诗，他运用绘画上的透视学原理和色彩的搭配写景，生动描绘出远处景物互相重叠，山中道道泉瀑仿佛从树梢飞泻而下的景象，不仅表现出山势的高峻、山泉的奇丽，而且写出了景物的远近、高低，具有立体感、层次感。

【佳句接龙】

山中一夜雨,树杪百重泉。(【唐】王维《送梓州李使君》)

泉沙软卧鸳鸯暖,曲岸回篙舴艋迟。(【唐】李贺《南园十三首·其九》)

迟钟鼓初长夜,耿耿星河欲曙天。(【唐】白居易《长恨歌》)

门中断楚江开,碧水东流至此回。(【唐】李白《望天门山》)

眸一笑百媚生,六宫粉黛无颜色。(【唐】白居易《长恨歌》)

声非彼妄,浮幻即吾真。(【唐】王维《与胡居士皆病寄此诗兼示学人二首·其一》)

成独坐空搔首,门柳萧萧噪暮鸦。(【唐】高适《重阳》)

鸣秋殿晓,人静禁门深。(【唐】李华《长门怨》)

知身在情长在,怅望江头江水声。(【唐】李商隐《暮秋独游曲江》)

长楚山外,曲绕胡关深。(【唐】王昌龄《江上闻笛》)

答案:山中一夜雨,树杪百重泉。→泉沙软卧鸳鸯暖,曲岸回篙舴艋迟。→迟迟钟鼓初长夜,耿耿星河欲曙天。→天门中断楚江开,碧水东流至此回。→回眸一笑百媚生,六宫粉黛无颜色。→色声非彼妄,浮幻即吾真。→真成独坐空搔首,门柳萧萧噪暮鸦。→鸦鸣秋殿晓,人静禁门深。→深知身在情长在,怅望江头江水声。→声长楚山外,曲绕胡关深。

唐诗谜语

爱你在心口难开(打一句五言唐诗)
丢脸(打一句七言唐诗)

谜底:此情不可道
　　　人面不知何处去

山路元无雨,空翠湿人衣。

——【唐】王维《山中》

【佳句解析】

蜿蜒的山路本来没有落下雨点,只是树荫浓翠欲滴,仿佛沾湿了人的衣裳。

【原作欣赏】

山中

荆溪白石出①,天寒红叶稀。
山路元无雨②,空翠湿人衣③。

① **荆溪**:名长水,源出陕西蓝田西南秦岭山中,北流至长安东北入灞水。
② **元**:原,本来。
③ **空翠**:苍翠的山色本身是空明的,故谓"空翠"。

佳句品读

这是视觉、触觉、感觉的复杂作用所产生的一种似幻似真的感受,"空"字和"湿"字的矛盾,也就在这种心灵的感觉中统一起来了。

【佳句接龙】

山路元无雨,空翠湿人衣。(【唐】王维《山中》)➡衣

裳已施行看尽,针线犹存未忍○。(【唐】元稹《遣悲怀三首·其二》)➡○门复动竹,疑是故人○。(【唐】李益《竹窗闻风寄苗发司空曙》)➡○日绮窗前,寒梅著花○。(【唐】王维《杂诗》)

➡○报长安平定,万国岂得衔○。(【唐】韦应物《三台二首·其一》)➡○行到君莫停手,破除万事无过○。(【唐】韩愈《赠郑兵曹》)➡○尽沙头双玉瓶,众宾皆醉我独○。(【唐】杜甫《醉歌行》)➡○来山月高,孤枕群书○。(【唐】皮日休《闲夜酒醒》)➡○中欣害除,贺酒纷啾○。(【唐】刘禹锡《壮士行》)

➡○呼久乃至,夜济十里黄。(【唐】韩愈《此日足可惜赠张籍》)

答案:山路元无雨,空翠湿人衣。→衣裳已施行看尽,针线犹存未忍开。→开门复动竹,疑是故人来。→来日绮窗前,寒梅著花未。→未报长安平定,万国岂得衔杯。→杯行到君莫停手,破除万事无过酒。→酒尽沙头双玉瓶,众宾皆醉我独醒。→醒来山月高,孤枕群书里。→里中欣害除,贺酒纷啾号。→号呼久乃至,夜济十里黄。

掩鼻而过(打一句五言唐诗)
房产公司(打一句五言唐诗)

谜底:斯人不可闻
　　　所营唯第宅

好雨知时节，当春乃发生。

——【唐】杜甫《春夜喜雨》

【佳句解析】

这一场好雨像是知晓时节，正当春天万物生长之际就如期而至。

【原作欣赏】

春夜喜雨

好雨知时节，当春乃发生。
随风潜入夜①，润物细无声②。
野径云俱黑，江船火独明③。
晓看红湿处，花重锦官城④。

① 潜：悄悄地。
② 润物：指滋润土地草木。
③ "野径""江船"两句：这两句写雨中的夜景。杜甫的居处临江，从户内向外看去，见天上地下一片漆黑，而江船灯火独明。
④ "晓看""花重"两句：这两句想象明天天明之后将见到因饱含雨露而显得沉甸甸的花朵开满全城。这关联到上文雨水的"润物"，也表现着"喜雨"的心情。**锦官城**：今四川省成都市。

佳句品读

诗人赋予了春雨如人一般的生命和情感，它体察万物生发滋长的需求，体贴人们渴求雨水降临的心绪，它在时节恰当之际给天地带来了生机和喜悦。

8

【作者简介】

杜甫（712—770），字子美，自号少陵野老，唐朝最伟大的现实主义诗人，被尊为"诗圣"，与李白并称"大李杜"（"小李杜"为李商隐和杜牧）。现存诗1 400多首，著有《杜工部集》。

【佳句接龙】

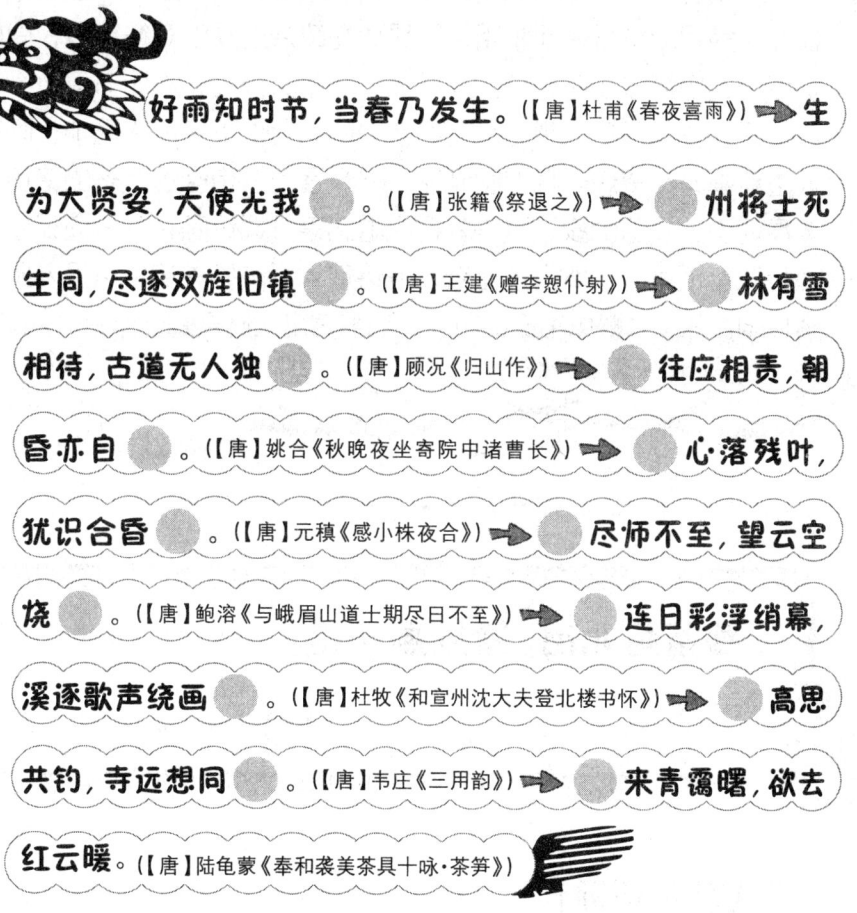

答案：好雨知时节，当春乃发生。→生为大贤姿，天使光我唐。→唐州将士死生同，尽逐双旌旧镇空。→空林有雪相待，古道无人独还。→还往应相责，朝昏亦自伤。→伤心落残叶，犹识合昏期。→期尽师不至，望云空烧香。→香连日彩浮绡幕，溪逐歌声绕画楼。→楼高思共钓，寺远想同寻。→寻来青霭曙，欲去红云暖。

唐诗故事

李贺作诗

　　唐朝著名诗人李贺，7岁就开始写诗做文章，他长大后更是才华横溢，期望能获得朝廷重用，但是他在政治上从没有得志过，只好把这苦闷的心情倾注在诗歌的创作上。他每次外出，都让书童背一个锦囊，只要一有灵感，想出几句好诗，就马上记下来放入囊中，回家后再重新整理、提炼。晚上回到家，母亲看他总带回这么多的诗句，便心疼地说："这个孩子真是要把心呕出来才罢休啊！"一边叹息一边点灯摆上饭食。李贺研墨叠纸，把诗句补足成整首诗，再投入另一个囊袋中。除了大醉或吊丧的日子，他都常常如此勤勉于作诗。

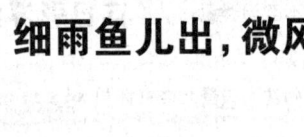

细雨鱼儿出，微风燕子斜。

——【唐】杜甫《水槛遣心二首·其一》

【佳句解析】

　　鱼儿在毛毛细雨中摇曳着身躯，欢快地游到水面上；燕子在微风的吹拂下，倾斜地掠过水蒙蒙的天空。

【原作欣赏】

水槛遣心二首·其一①

去郭轩楹敞②，无村眺望赊③。
澄江平少岸④，幽树晚多花。
细雨鱼儿出，微风燕子斜。
城中十万户，此地两三家⑤。

注释

① 水槛（jiàn）：指水亭之槛，可以凭槛眺望。
② 去郭：远离城郭。轩楹：指草堂的建筑物。轩：长廊。楹：柱子。敞：开朗。
③ 无村眺望赊：因附近无村庄遮蔽，故可远望。赊：长，远。
④ 澄江平少岸：澄清的江水高与岸平，因而很少能看到江岸。
⑤ "城中""此地"两句：将"城中十万户"与"此地两三家"对照，可见此地非常清幽。城中：指成都。

佳句品读

诗人遣词用意精微细致，描写十分生动。"出"写出了鱼的欢欣，极其自然；"斜"写出了燕子的轻盈，逼真生动。诗人细致地描绘微风细雨中鱼和燕子的动态，意在托物寄兴，流露出热爱春天的喜悦心情。

【佳句接龙】

细雨鱼儿出，微风燕子斜。（【唐】杜甫《水槛遣心二首·其一》）➡ 斜竹垂清沼，长纶贯碧　。（【唐】李贺《钓鱼诗》）➡

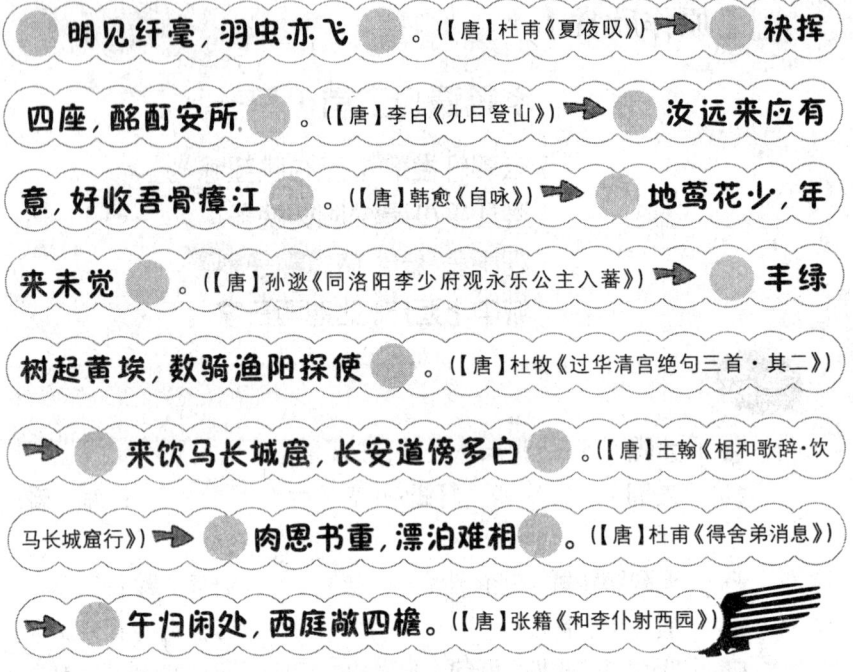

答案：细雨鱼儿出，微风燕子斜。→斜竹垂清沼，长纶贯碧虚。→虚明见纤毫，羽虫亦飞扬。→扬袂挥四座，酌酣安所知。→知汝远来应有意，好收吾骨瘴江边。→边地莺花少，年来未觉新。→新丰绿树起黄埃，数骑渔阳探使回。→回来饮马长城窟，长安道傍多白骨。→骨肉恩书重，漂泊难相遇。→遇午归闲处，西庭敞四檐。

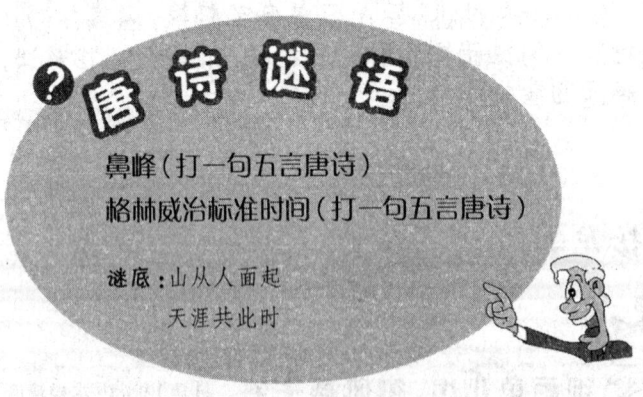

唐诗谜语

鼻峰（打一句五言唐诗）

格林威治标准时间（打一句五言唐诗）

谜底：山从人面起

天涯共此时

细雨湿衣看不见,闲花落地听无声。

——【唐】刘长卿《送士元》

【佳句解析】

毛毛细雨润湿了衣服,自己却看不见;树上的残花飘落在地上,也听不到声音。

【原作欣赏】

送士元

春风倚棹阖闾城①,水国春寒阴复晴。
细雨湿衣看不见,闲花落地听无声。
日斜江上孤帆影,草绿湖南万里情。
君去若逢相识问,青袍今已误儒生②。

注释

❶ **倚棹**:把船桨搁起来。**阖闾城**:今江苏苏州。
❷ **青袍**:唐代八品九品官员的官服是青色的。

佳句品读

这两句刻画细腻,通过"细雨湿衣"、"闲花落地"两个细节,展现出一片蒙蒙春雨的江南景色。"细雨湿衣"而"看不见","闲花落地"而"听无声",则更是诗人体察入微之处,因为唯有"看不见"才显出雨之"细",唯有"听无声"才见出花之"闲"。

【作者简介】

刘长卿(约726—约786),字文房,唐朝著名诗人,擅五律,工五言,著有《刘随州集》。

【佳句接龙】

细雨湿衣看不见,闲花落地听无声。(【唐】刘长卿《送士元》)→ 声中如告诉,未尽反哺〇。(【唐】白居易《慈乌夜啼》)→ 〇事竟谁知,月明花满〇。(【唐】温庭筠《菩萨蛮》)→ 疏〇缘别苦,曲怨为年〇。(【唐】孟郊《横吹曲辞·折杨柳》)→ 情〇只有春庭月,犹为离人照落〇。(【唐】张泌《寄人》)→ 落〇草齐生,莺飞蝶双〇。(【唐】孟浩然《清明即事》)→ 〇鹤唳且闲,断云轻不〇。(【唐】戴叔伦《九日与敬处士左学士同赋采菊上东山便为首句》)→ 〇云山角戢,碎石水磷〇。(【唐】宋之问《始安秋日》)→ 〇涟清淬兮涤烦矶,灵仙境兮仁智〇。(【唐】卢鸿一《嵩山十志十首·涤烦矶》)→ 〇来入咸阳,谈笑皆王公。(【唐】李白《东武吟》)

答案:细雨湿衣看不见,闲花落地听无声。→声中如告诉,未尽反哺心。→心事竟谁知,月明花满枝。→枝疏缘别苦,曲怨为年多。→多情只有春庭月,犹为离人照落花。→花落草齐生,莺飞蝶双戏。→戏鹤唳且闲,断云轻不卷。→卷云山角戢,碎石水磷磷。→磷磷涟清淬兮涤烦矶,灵仙境兮仁智归。→归来入咸阳,谈笑皆王公。

唐诗谜语

碧空如洗（打一句五言唐诗）

谜底：青天无片云

东边日出西边雨，道是无晴却有晴。

——【唐】刘禹锡《竹枝词二首·其一》

【佳句解析】

说是晴天，西边却下着雨，说是雨天，东边却还挂着太阳。

【原作欣赏】

竹枝词二首·其一

杨柳青青江水平，闻郎江上踏歌声①。
东边日出西边雨，道是无晴却有晴②。

注释

❶ 踏歌：古时一种民间舞蹈，舞者以脚踏地，边歌边舞。
❷ 晴：与"情"谐音。《诗境浅说》云："此首起二句，则以风韵摇曳见长。后二句……以晴字借作情字……双关巧语，妙手偶得之。"

佳句品读

这里晴雨的"晴",是用来暗指感情的"情",天气的晴雨不定,也正如男子感情的捉摸不定,诗中女子的迷惘和眷恋、忐忑不安和期待都刻画得惟妙惟肖。

【作者简介】

刘禹锡(772—842),字梦得,唐朝中晚期著名文学家、政治家,有"诗豪"之称,与白居易并称"刘白",与柳宗元并称"刘柳",著有《刘禹锡集》。

【佳句接龙】

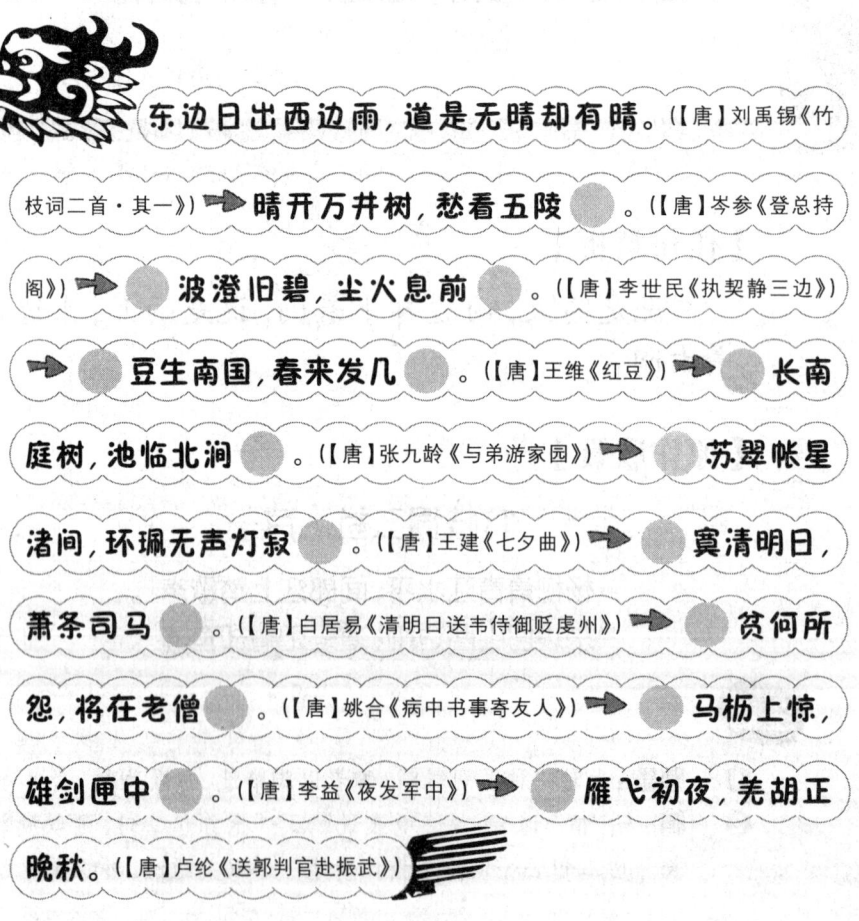

东边日出西边雨,道是无晴却有晴。(【唐】刘禹锡《竹枝词二首·其一》)➡ 晴开万井树,愁看五陵◯。(【唐】岑参《登总持阁》)➡ 波澄旧碧,尘火息前◯。(【唐】李世民《执契静三边》)➡ ◯豆生南国,春来发几◯。(【唐】王维《红豆》)➡ ◯长南庭树,池临北涧◯。(【唐】张九龄《与弟游家园》)➡ 苏翠帐星渚间,环珮无声灯寂◯。(【唐】王建《七夕曲》)➡ ◯寞清明日,萧条司马◯。(【唐】白居易《清明日送韦侍御贬虔州》)➡ 贫何所怨,将在老僧◯。(【唐】姚合《病中书事寄友人》)➡ 马枥上惊,雄剑匣中◯。(【唐】李益《夜发军中》)➡ 雁飞初夜,羌胡正晚秋。(【唐】卢纶《送郭判官赴振武》)

答案：东边日出西边雨,道是无晴却有晴。→晴开万井树,愁看五陵烟。→烟波澄旧碧,尘火息前红。→红豆生南国,春来发几枝。→枝长南庭树,池临北涧流。→流苏翠帐星渚间,环珮无声灯寂寂。→寂寞清明日,萧条司马家。→家贫何所怨,将在老僧边。→边马栎上惊,雄剑匣中鸣。→鸣雁飞初夜,羌胡正晚秋。

唐诗谜语

三顾茅庐（打一句七言唐诗）

谜底：前度刘郎今又来

女娲炼石补天处,石破天惊逗秋雨。

——【唐】李贺《李凭箜篌引》

【佳句解析】

高亢的乐声直冲云霄,让女娲炼石补天的天幕震颤,如石破天惊般引得天上下起了秋雨。

【原作欣赏】

李凭箜篌引①

吴丝蜀桐张高秋②,空山凝云颓不流③。
江娥啼竹素女愁④,李凭中国弹箜篌⑤。
昆山玉碎凤凰叫⑥,芙蓉泣露香兰笑⑦。
十二门前融冷光⑧,二十三丝动紫皇⑨。

女娲炼石补天处⑩，石破天惊逗秋雨⑪。
梦入神山教神妪⑫，老鱼跳波瘦蛟舞⑬。
吴质不眠倚桂树⑭，露脚斜飞湿寒兔⑮。

注释

① **李凭**：当时的梨园艺人，善弹奏箜篌。**箜篌引**：乐府旧题，属《相和歌·瑟调曲》。**箜篌**：古代弦乐器，形状有多种，据诗中"二十三丝"，可知李凭弹的是竖箜篌。

② **吴丝蜀桐**：吴地之丝，蜀地之桐。此指制作箜篌的材料。**张**：调好弦，准备弹奏。**高秋**：指弹奏时间。这句说在深秋天气弹奏起箜篌。

③ **空山凝云颓不流**：此言山中的行云因听到李凭弹奏的箜篌声而凝定不动了。

④ **江娥啼竹**："江娥"一作"湘娥"，传说舜南巡，葬于苍梧，尧二女娥皇、女英泪下沾竹，竹上皆为斑点。**素女**：传说中的神女。这句是说乐声使江娥、素女都感动了。

⑤ **中国**：即国之中央，意谓在京城。

⑥ **昆山**：指产玉之地。**玉碎凤凰叫**：形容乐声清亮。

⑦ **芙蓉泣露香兰笑**：形容乐声时而低回，时而轻快。

⑧ **十二门**：长安城东西南北每一面各三门，共十二门，故言。这句是说清冷的乐声使人觉得长安城沉浸在寒光之中。

⑨ **二十三丝**：《通典》卷一百四十四："竖箜篌，胡乐也，汉灵帝好之，体曲而长，二十二弦。竖抱于怀中，用两手齐奏，俗谓之擘箜篌。"
紫皇：道教称天上最尊的神为"紫皇"，这里用来指皇帝。

⑩ **女娲**：中华上古之神，人首蛇身，为伏羲之妹，风姓。传说女娲曾炼五色石补天。

⑪ **石破天惊逗秋雨**：形容乐声忽然高昂激越，如石破天惊般引得天上下起了秋雨。

⑫ **神妪**：《搜神记》卷四："永嘉中，有神现兖州，自称樊道基。有妪号成夫人。夫人好音乐，能弹箜篌，闻人弦歌，辄便起舞。"所谓"神妪"，疑用此典。从这句以下写李凭在梦中将他的绝艺教给神仙，惊动了仙界。

⑬ **老鱼跳波**：老鱼随着乐声跳跃于波涛之间。

⑭ 吴质：即吴刚。传说月中有桂树，吴刚因学仙有过，被罚斫桂树，桂树随斫随合。

⑮ 露脚：露珠下滴的形象说法。寒兔：指秋月，传说月中有玉兔，故称。

佳句品读

美妙的乐曲让诗人产生了奇幻的想象：那乐声穿过天空中凝聚的乌云，直上九霄，致使女娲当年采用五色石补过的那块天幕也为之震撼破裂，终于"石破天惊"，秋雨大作了！这音乐的伟力是何等强大啊！

【作者简介】

李贺（790—816），字长吉，中唐浪漫主义诗人的代表，有"诗鬼"之称，与李白、李商隐三人并称唐代"三李"，今存诗200多首。

【佳句接龙】

女娲炼石补天处，石破天惊逗秋雨。（【唐】李贺《李凭箜篌引》）➡ 雨中黄叶树，灯下白头人。（【唐】司空曙《喜见外弟卢纶见宿》）➡ 人生得意须尽欢，莫使金樽空对月。（【唐】李白《将进酒》）➡ 月落乌啼霜满天，江枫渔火对愁眠。（【唐】张继《枫桥夜泊》）➡ 眠又一酌，酌罢又一眠。（【唐】白居易《自咏》）➡ 咏篇高且真，真为国风师。（【唐】郑谷《读故许昌薛尚书诗集》）➡ 师平亦分肉，太史竟论功。（【唐】杜甫《社日两篇·其二》）

➡ ○ 证诗篇离景象,药成官位属神○。(【唐】王建《赠卢汀谏议》)

➡ ○ 鸡引敌穿红药,宫燕衔泥落绮○。(【唐】钱起《宴曹王宅》)

➡ ○ 傅独知止,曾参善爱亲。(【唐】钱起《送严士良侍奉詹事南游》)

答案:女娲炼石补天处,石破天惊逗秋雨。→雨中黄叶树,灯下白头人。→人生得意须尽欢,莫使金樽空对月。→月落乌啼霜满天,江枫渔火对愁眠。→眠罢又一酌,酌罢又一篇。→篇篇高且真,真为国风陈。→陈平亦分肉,太史竟论功。→功证诗篇离景象,药成官位属神仙。→仙鸡引敌穿红药,宫燕衔泥落绮疏。→疏傅独知止,曾参善爱亲。

唐诗谜语

层林尽染(打一句五言唐诗)

二度梅(打一句七言唐诗)

谜底:树树皆秋色

中间小谢又清发

欲渡黄河冰塞川,将登太行雪满山。

——【唐】李白《行路难·其一》

【佳句解析】

想渡黄河,茫茫的冰凌堵塞了这条大川;要登太行,莽莽的风雪早已封山。

【原作欣赏】

行路难·其一

金樽清酒斗十千①,玉盘珍馐直万钱②。
停杯投箸不能食,拔剑四顾心茫然。
欲渡黄河冰塞川,将登太行雪满山。
闲来垂钓碧溪上,忽复乘舟梦日边③。
行路难,行路难,多歧路,今安在④?
长风破浪会有时⑤,直挂云帆济沧海⑥。

注释

① **樽**:古代盛酒的器具。**清酒**:清醇的美酒。**斗十千**:一斗值十千钱（即万钱),形容酒美价高。
② **珍馐**:珍贵的菜肴。**直**:通"值",价值。
③ **"闲来""忽复"两句**:姜太公曾在渭河附近的小溪上钓鱼,得遇周文王,助周灭商;伊尹曾梦见自己乘船从日月旁边经过,后被商汤聘请,助商灭夏。诗人暗示古人能有此机遇,自己也不见得没有。
④ **今安在**:出路将会在什么地方？**安**:疑问代词,哪里。
⑤ **长风破浪**:比喻远大的志向得以施展。据《宋书·宗悫传》载,宗悫少年时,叔父宗炳问他的志向,他说:"愿乘长风破万里浪。"
⑥ **云帆**:高悬的船帆。船在海里航行,因天水相连,船帆好像出没在云雾之中。

佳句品读

诗人用"冰塞川"、"雪满山"象征人生道路上的艰难险阻,十分生动形象。诗人具有远大的政治抱负,在受诏入京、有幸接近皇帝的时候,也曾满怀期望,最后却因小人进谗而被"赐金放还",变相撵出了长安,仕途艰难、理想受挫,不正像遇到冰塞黄河、雪满太行吗？

【作者简介】

李白（701—762），字太白，号青莲居士，是屈原之后我国最为杰出的浪漫主义诗人，有"诗仙"之称。与杜甫齐名，世称"李杜"，著有《李太白集》。

【佳句接龙】

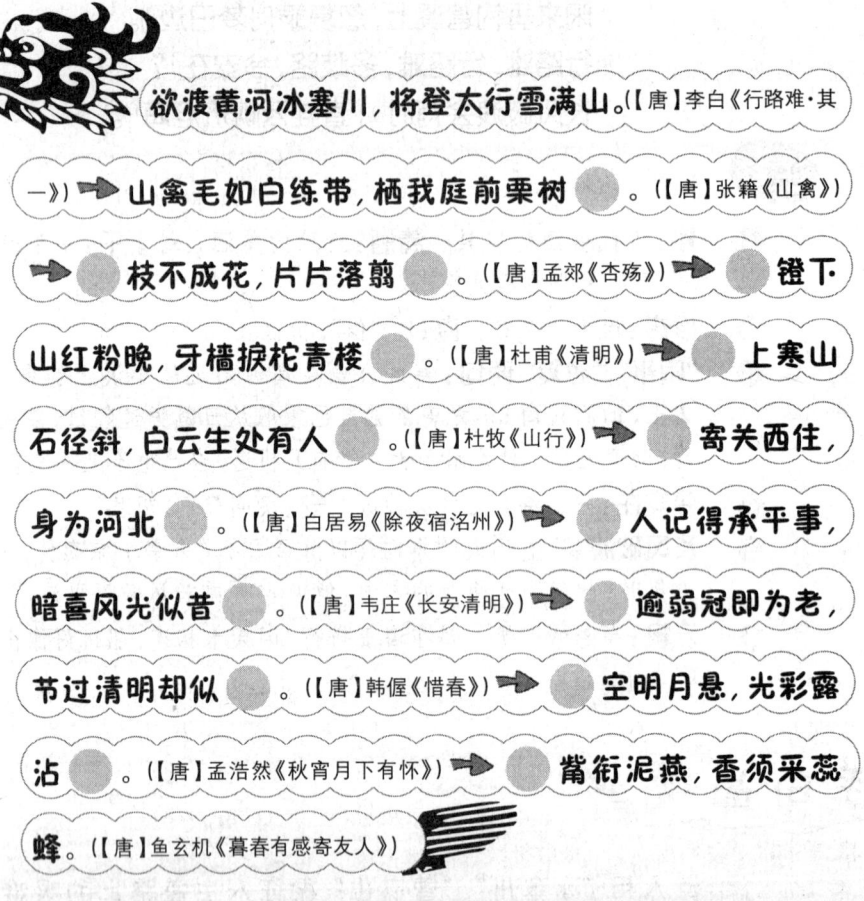

欲渡黄河冰塞川，将登太行雪满山。（【唐】李白《行路难·其一》）→ 山禽毛如白练带，栖我庭前栗树〇。（【唐】张籍《山禽》）→ 〇枝不成花，片片落翳〇。（【唐】孟郊《杏殇》）→ 〇镫下山红粉晚，牙樯摵柂青楼〇。（【唐】杜甫《清明》）→ 〇上寒山石径斜，白云生处有人〇。（【唐】杜牧《山行》）→ 〇寄关西住，身为河北〇。（【唐】白居易《除夜宿洺州》）→ 〇人记得承平事，暗喜风光似昔〇。（【唐】韦庄《长安清明》）→ 〇逾弱冠即为老，节过清明却似〇。（【唐】韩偓《惜春》）→ 〇空明月悬，光彩露沾〇。（【唐】孟浩然《秋宵月下有怀》）→ 〇觜衔泥燕，香须采蕊蜂。（【唐】鱼玄机《暮春有感寄友人》）

答案：欲渡黄河冰塞川，将登太行雪满山。→山禽毛如白练带，栖我庭前栗树枝。→枝枝不成花，片片落翳金。→金镫下山红粉晚，牙樯摵柂青楼远。→远上寒山石径斜，白云生处有人家。→家寄关西住，身为河北游。→游人记得承平事，暗喜风光似昔年。→年逾弱冠即为老，节过清明却似秋。→秋空明月悬，光彩露沾湿。→湿觜衔泥燕，香须采蕊蜂。

唐诗谜语

背道而驰（打一句七言唐诗）

谜底：君向潇湘我向秦

> 欲将轻骑逐，大雪满弓刀。
>
> ——【唐】卢纶《和张仆射塞下曲·其三》

【佳句解析】

将军正要率领轻装骑兵去追击逃敌，大雪纷纷扬扬而下，刹那间弓刀上落满了雪花。

【原作欣赏】

和张仆射塞下曲·其三

月黑雁飞高①，单于夜遁逃②。
欲将轻骑逐③，大雪满弓刀④。

注释

① **月黑**：没有月光。
② **单于**(chán yú)：匈奴的首领。这里指入侵者的最高统帅。**遁**：逃走。
③ **将**：率领。**轻骑**：轻装快速的骑兵。**逐**：追赶。
④ **弓刀**：像弓一样弯曲的军刀。

佳句品读

这两句描写了将士在雪夜准备追击的情形,表现了将士们威武的气概和战斗的艰苦,虽然对追敌场面未进行直接描写,也没有描绘激烈的对战搏斗,但是留给了读者无穷的想象空间。

【作者简介】

卢纶(约737—约799),字允言,唐朝"大历十才子"之一,著有《卢户部诗集》。

【佳句接龙】

欲将轻骑逐,大雪满弓刀。([唐]卢纶《和张仆射塞下曲·其三》)

➡ 刀剑作锄犁,耕田古城○。([唐]刘驾《唐乐府十首·田西边》)➡

○马饮君酒,问君何所○。([唐]王维《送别》)➡ ○子于归,远送于○。([唐]韩愈《琴操十首·猗兰操》)➡ ○花似雪落何处,棠梨树下香风○。([唐]薛逢《君不见》)➡ ○时浦口花迎入,采罢江头月送○。([唐]王昌龄《采莲曲二首·其一》)➡ ○来展转到五更,梁间燕子闻长○。([唐]李商隐《无题四首·其四》)➡ ○君倜傥才,标举冠群○。([唐]李白《经乱离后天恩流夜郎忆旧游书怀赠江夏韦太守良宰》)➡ ○雄一去豪华尽,唯有青山似洛○。([唐]许浑《金陵怀古》)➡ ○天有高阁,图画何时歇。([唐]刘驾《古出塞》)

答案：欲将轻骑逐，大雪满弓刀。→刀剑作锄犁，耕田古城下。→下马饮君酒，问君何所之。→之子于归，远送于野。→野花似雪落何处，棠梨树下香风来。→来时浦口花迎入，采罢江头月送归。→归来展转到五更，梁间燕子闻长叹。→叹君倜傥才，标举冠群英。→英雄一去豪华尽，唯有青山似洛中。→中天有高阁，图画何时歇。

唐诗谜语

山鸣谷应（打一句五言唐诗）

谜底：岩中响自答

孤舟蓑笠翁，独钓寒江雪。

——【唐】柳宗元《江雪》

【佳句解析】

在那寒风吹雪的江上，一位披着蓑戴着笠的老渔翁，坐在孤零零的船上独自垂钓。

【原作欣赏】

江雪

千山鸟飞绝①，万径人踪灭②。
孤舟蓑笠翁③，独钓寒江雪④。

注释

① **千山鸟飞绝**：千山万岭不见飞鸟的踪影。
② **万径**：千万条路。**人踪灭**：没有人的踪影。
③ **孤**：孤零零。**舟**：小船。
④ **蓑笠**（suō lì）：用以防雨的蓑衣和斗笠。

佳句品读

这位渔翁的形象显然是诗人自身的写照，曲折地表达出诗人在政治改革失败后虽处境孤独，但凛然无畏、傲岸清高的精神面貌。

【作者简介】

柳宗元（773—819），字子厚，唐朝著名文学家、哲学家和思想家，与韩愈并称为"韩柳"；与刘禹锡并称"刘柳"；与王维、孟浩然、韦应物并称"王孟韦柳"；与唐代的韩愈，宋代的欧阳修、苏洵、苏轼、苏辙、王安石和曾巩，并称为"唐宋八大家"。

【佳句接龙】

孤舟蓑笠翁，独钓寒江雪。（【唐】柳宗元《江雪》）➡ 雪尽

萱抽叶，风轻水变○。（【唐】王涯《春闺思》）➡ 侵长者论，

岚蚀祖师○。（【唐】贯休《送僧入石霜》）➡ 南未可料，变化有

鲲○。（【唐】杜甫《泊岳阳城下》）➡ 腾鳌倒且快性，地坼天开

总是○。（【唐】卢仝《扬子津》）➡ 倚绣帘吹柳絮，日高深院

断无○。（【唐】李商隐《访人不遇留别馆》）➡ 烟寒橘柚，秋色老

梧。（【唐】李白《秋登宣城谢朓北楼》）→ 花飞尽子规思，主人

高歌兴不。（【唐】皎然《陈氏童子草书歌》）→ 人达机兆，高揭

九州。（【唐】李白《送岑征君归鸣皋山》）→ 阳遗妙旨，杳杳与

冥冥。（【唐】齐己《与聂尊师话道》）

答案：孤舟蓑笠翁，独钓寒江雪。→雪尽萱抽叶，风轻水变苔。→苔侵长者论，岚蚀祖师图。→图南未可料，变化有鲲鹏。→鹏腾鳌倒且快性，地坼天开总是闲。→闲倚绣帘吹柳絮，日高深院断无人。→人烟寒橘柚，秋色老梧桐。→桐花飞尽子规思，主人高歌兴不至。→至人达机兆，高揭九州伯。→伯阳遗妙旨，杳杳与冥冥。

唐诗谜语

滚滚长江东逝去（打一句七言唐诗）
临渊不结网（打一句五言唐诗）

谜底：奔流到海不复回
　　　　徒有羡鱼情

瀚海阑干百丈冰，愁云惨淡万里凝。

——【唐】岑参《白雪歌送武判官归京》

【佳句解析】

　　沙漠上纵横交错着百丈厚的坚冰，愁云暗淡无光，凝聚于万里长空之中。

【原作欣赏】

白雪歌送武判官归京①

北风卷地白草折②,胡天八月即飞雪③。
忽如一夜春风来,千树万树梨花开④。
散入珠帘湿罗幕⑤,狐裘不暖锦衾薄⑥。
将军角弓不得控⑦,都护铁衣冷难着⑧。
瀚海阑干百丈冰⑨,愁云惨淡万里凝⑩。
中军置酒饮归客⑪,胡琴琵琶与羌笛⑫。
纷纷暮雪下辕门⑬,风掣红旗冻不翻⑭。
轮台东门送君去⑮,去时雪满天山路⑯。
山回路转不见君,雪上空留马行处。

❶ 武判官:名不详,是诗人岑参的好友。**判官**:官职名。唐代节度使等朝廷派出的持节大使,可委任幕僚协助判处公事,称判官。

❷ 白草:西北的一种牧草,晒干后变白。

❸ 胡天:指塞北的天空。

❹ 梨花:这里比喻雪花积在树枝上,像梨花开了一样。

❺ 珠帘:以珠子穿缀成的挂帘。**罗幕**:用丝织品做的幕帐。这句是说雪花飞进珠帘,沾湿罗幕。

❻ 狐裘(qiú):狐皮袍子。**锦衾薄**:锦缎做的被子(因为寒冷)都显得单薄了。这句是形容天气很冷。

❼ 角弓:一种以兽角作装饰的硬弓。**不得控**:天太冷而冻得拉不开弓。

❽ 都护:泛指镇守边镇的长官,与上文的"将军"是互文。**铁衣**:铠甲。**难着**:一作"犹着"。

❾ 瀚海:沙漠。**阑干**:纵横交错的样子。**百丈**:亦作"百尺"。这句说沙漠里到处都结着很厚的冰。

❿ 惨淡:昏暗无光。

⑪ 中军:这里指主帅的营帐。**饮归客**:宴饮回去的人,指武判官。

⑫ 胡琴琵琶与羌笛:胡琴等都是当时西域地区少数民族的乐器。这句是说在饮酒时奏起了乐曲。

⑬ 辕门:军营的大门,古时行军扎营,以车环卫,在出入处用两车的车

辕相向竖立,作为营门,故称辕门。
⑭ 掣(chè):拉,扯。这句是说红旗因雪而冻结,风都吹不动了。
⑮ 轮台:唐轮台在今新疆维吾尔自治区米泉市,与汉轮台不是同一地方。
⑯ 满:铺满。

佳句品读

诗人用浪漫夸张的手法,极力描绘雪中天地的整体形象,浩大苍茫中自有威严雄伟的气象。

【作者简介】

岑参(约715—770),唐朝著名的边塞诗人,其诗富于浪漫主义的特色,气势雄伟,想象丰富,尤其擅长七言歌行,著有《岑嘉州诗集》。

【佳句接龙】

瀚海阑干百丈冰,愁云惨淡万里凝。(【唐】岑参《白雪歌送武判官归京》)➡ 凝光悠悠寒露坠,此时立在最高 。(【唐】刘禹锡《八月十五夜桃源玩月》)➡ 河千里国,城阙九重 。(【唐】骆宾王《帝京篇》)➡ 无俗士驾,人有上皇 。(【唐】孟浩然《题张野人园庐》)➡ 清长沙浦,山空云梦 。(【唐】李白《秋登巴陵望洞庭》)➡ 家占气候,共说此年 。(【唐】孟浩然《田家元日》)➡ 年孰云迟,甘泽不在 。(【唐】杜甫《遣兴三首·其三》)➡ 雁忽为双,惊秋风水 。(【唐】李益《水宿闻雁》)

➡ ●覆垂杨暖,阶侵瀑水●。([唐]宋之问《春日宴宋主簿山亭得寒字》)➡ ●云带飞雪,日暮雁门关。([唐]刘长卿《送薛承矩秩满北游》)

答案:瀚海阑干百丈冰,愁云惨淡万里凝。→凝光悠悠寒露坠,此时立在最高山。→山河千里国,城阙九重门。→门无俗士驾,人有上皇风。→风清长沙浦,山空云梦田。→田家占气候,共说此年丰。→丰年孰云迟,甘泽不在早。→早雁忽为双,惊秋风水窗。→窗覆垂杨暖,阶侵瀑水寒。→寒云带飞雪,日暮雁门关。

唐诗谜语

长城观光(打一句五言唐诗)

谜底:万里眼中明

鸡声茅店月,人迹板桥霜。

——【唐】温庭筠《商山早行》

【佳句解析】

鸡声嘹亮,茅草店沐浴着晓月的余辉;足迹宛然,木板桥覆盖着早春的寒霜。

【原作欣赏】

商山早行①

晨起动征铎②,客行悲故乡。

鸡声茅店月，人迹板桥霜。
槲叶落山路③，枳花明驿墙④。
因思杜陵梦⑤，凫雁满回塘⑥。

注释

❶ **商山**：也叫楚山，在今陕西商州市东南。

❷ **动征铎**(duó)：震动出行的铃铛。**征铎**：车行时悬挂在马颈上的铃铛。**铎**：大铃。

❸ **槲**(hú)：一种落叶乔木，叶子在冬天虽枯而不落，春天树枝发芽时才落。

❹ **枳**(zhǐ)：也叫"臭橘"，一种落叶灌木或小乔木。春天开白花，果实似橘而略小，酸不可吃，可用作中药。**明**：使……明艳。**驿**：古时候递送公文的人或来往官员暂住、换马的处所。这句意为：枳花鲜艳地开放在驿站墙边。

❺ **杜陵**：地名，在长安城南（今陕西西安东南），古为杜伯国，秦置杜县，汉宣帝筑陵于东原上，因名杜陵。这里指长安。这句意为：因而想起在长安时的梦境。

❻ **凫**(fú)**雁**：凫，野鸭；雁，一种候鸟，春来往北飞，秋天往南飞。**回塘**：岸边曲折的池塘。这句写的就是"杜陵梦"的梦境。

佳句品读

诗句巧妙地描绘出一幅旅人早行的图画。画面上的一切，都紧紧扣着题目中的"早行"，而且是山中的早行。特别是凝霜和月色，好像给山中的景物都披上了一层乳白色的轻纱，破寂的鸡鸣，反衬出山村的静寂，取得了情景交融的艺术效果，表现了旅途的辛苦和旅人心中凄凉冷落的感情。

【作者简介】

温庭筠（约812—866），字飞卿，唐朝诗人、词人。他的诗与李商隐齐名，时称"温李"；其词艺术成就在晚唐诸词人之上，与韦庄齐名，并称"温韦"。后人辑有《温飞卿集》等。

【佳句接龙】

鸡声茅店月，人迹板桥霜。（【唐】温庭筠《商山早行》）

→霜皮溜雨四十围，黛色参天二千〇。（【唐】杜甫《古柏行》）

→〇帛无长裁，浅水无长〇。（【唐】戴叔伦《感怀二首·其一》）

→〇水淘沙不暂停，前波未灭后波〇。（【唐】刘禹锡《浪淘沙·其九》）

→〇虽灭众雏，死亦垂千〇。（【唐】杜甫《义鹘》）

→〇深不辨娃宫处，夜夜苏台空月〇。（【唐】白居易《长洲苑》）

→〇年未去池阳郡，更乞春时却重〇。（【唐】杜牧《送薛邦二首·其二》）

→〇倾阮氏酒，去著老莱〇。（【唐】岑参《送崔全被放归都觐省》）

→〇食旋营犹可过，赋输长急不堪〇。（【唐】杜荀鹤《题所居村舍》）

→〇莺才觉晓，闭户已知晴。（【唐】韦庄《春早》）

答案：鸡声茅店月，人迹板桥霜。→霜皮溜雨四十围，黛色参天二千尺。→尺帛无长裁，浅水无长流。→流水淘沙不暂停，前波未灭后波生。→生虽灭众雏，死亦垂千年。→年深不辨娃宫处，夜夜苏台空月明。→明年未去池阳郡，更乞春时却重来。→来倾阮氏酒，去著老莱衣。→衣食旋营犹可过，赋输长急不堪闻。→闻莺才觉晓，闭户已知晴。

唐诗谜语

畅所欲言（打一句七言唐诗）

谜底：说尽心中无限事

第2章 草木生灵

> 红豆生南国，春来发几枝？
>
> ——【唐】王维《相思》

【佳句解析】

红豆树生长在南方，春天来到，不知它生了几根新枝？

【原作欣赏】

相思

红豆生南国①，春来发几枝？
愿君多采撷②，此物最相思。

注释

① 红豆：又名相思子，一种生在岭南地区的植物，结出的籽像豌豆而稍扁，呈鲜红色。
② 采撷：采摘。

佳句品读

南国既是红豆产地，也是诗中所思之人所在之地，这相思子所寓相思之意，便如春风催发的枝条，蓬勃而生。诗句造语自然，意蕴深长，令人品味再三。

【佳句接龙】

红豆生南国,春来发几枝?([唐]王维《相思》) → 枝倾巢

覆雏坠地,乌鸢下啄更相◯。([唐]孟郊《覆巢行》) → ◯儿扫

中堂,坐客论悲◯。([唐]李白《门有车马客行》) → 苦关西车

骑官,几年旌节客河◯。([唐]鲍溶《赠远》) → 风桂露洒幽

翠,红弦袅云咽深◯。([唐]李贺《洛姝真珠》) → 归若汾水,无日

不悠◯。([唐]李白《太原早秋》) → 悠到乡国,远望海西◯。([唐]

张籍《送新罗使》) → 生丽质难自弃,一朝选在君王◯。([唐]

白居易《长恨歌》) → 听飞中使,重荣华德◯。([唐]孟郊《和钱侍

郎甘露》) → 前南流水,中有北飞鱼。([唐]贾岛《寄远》)

答案:红豆生南国,春来发几枝?→枝倾巢覆雏坠地,乌鸢下啄更相呼。→呼儿扫中堂,坐客论悲辛。→辛苦关西车骑官,几年旌节客河兰。→兰风桂露洒幽翠,红弦袅云咽深思。→思归若汾水,无日不悠悠。→悠悠到乡国,远望海西天。→天生丽质难自弃,一朝选在君王侧。→侧听飞中使,重荣华德门。→门前南流水,中有北飞鱼。

唐诗谜语

酒账(打一句七言唐诗)

谜底:惟有饮者留其名

桃红复含宿雨，柳绿更带朝烟。

——【唐】王维《田园乐·其六》

【佳句解析】

桃花红艳的花瓣上还含着昨夜的雨珠，雨后的柳树碧绿一片，笼罩在早上的烟雾之中。

【原作欣赏】

田园乐·其六

桃红复含宿雨①，柳绿更带朝烟。
花落家僮未扫，莺啼山客犹眠②。

① 宿(xiǔ)雨：夜雨；经夜的雨水。宿：夜晚。
② 山客：隐居山庄的人。犹眠：还在睡觉。

佳句品读

通过"宿雨""朝烟"来写"夜来风雨"，在勾勒景物的基础上，进而着以鲜明的颜色，"红"、"绿"两个颜色字的运用，使景物明丽怡目，在读者眼前展现出一幅清新自然的图画。

【佳句接龙】

桃红复含宿雨，柳绿更带朝烟。（【唐】王维《田园乐·其

六》→ 烟开兰叶香风暖,岸夹桃花锦浪○。([唐]李白《鹦鹉洲》)

→ ○别皆自取,况为士卒○。([唐]常建《客有自燕而归哀其老而赠》)

之》→ ○人留素业,老圃作邻○。([唐]孟浩然《南山下与老圃期种瓜》)

瓜》→ ○人劝我餐,对案空垂○。([唐]韦应物《出还》)→○眼

凌寒冻不流,每经高处即回○。([唐]白居易《寄湘灵》)→○上锐耳

批秋竹,脚下高蹄削寒○。([唐]杜甫《李鄠县丈人胡马行》)→○城

山里多灵药,摆落功名且养○。([唐]刘禹锡《寄杨虢州与之旧姻》)

→ ○来兽率舞,仙去凤还○。([唐]宋之问《桂州黄潭舜祠》)

→ ○阁凌芳树,华池落彩云。([唐]张九龄《三月三日申王园亭宴集》)

答案:桃红复含宿雨,柳绿更带朝烟。→烟开兰叶香风暖,岸夹桃花锦浪生。→生别皆自取,况为士卒先。→先人留素业,老圃作邻家。→家人劝我餐,对案空垂泪。→泪眼凌寒冻不流,每经高处即回头。→头上锐耳批秋竹,脚下高蹄削寒玉。→玉城山里多灵药,摆落功名且养神。→神来兽率舞,仙去凤还飞。→飞阁凌芳树,华池落彩云。

唐诗谜语

沉鱼落雁(打一句五言唐诗)

谜底:寄书长不达

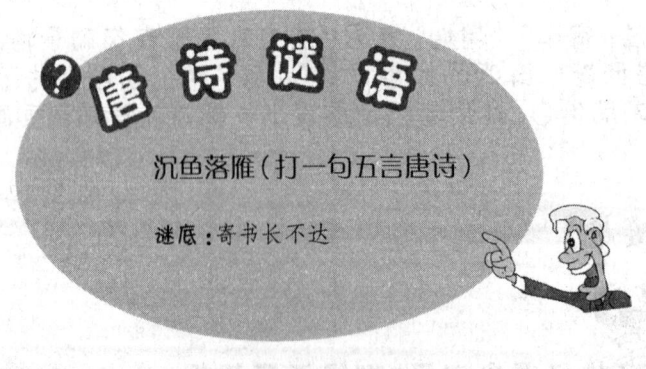

落花如有意,来去逐船流。

——【唐】储光羲《江南曲四首·其三》

【佳句解析】

落花像是有亲近人的心意,追随我们的小舟飘飘荡荡。

【原作欣赏】

江南曲四首·其三①

日暮长江里,相邀归渡头②。
落花如有意,来去逐船流。

注释

① **江南曲**:乐府旧题。唐朝诗人学习乐府民歌,采用这些旧题,创作了不少清新平易、明丽活泼的诗歌。储光羲的《江南曲四首》就属于这一类作品。

② **渡头**:渡口,过河的地方。

佳句品读

"落花"随着流水,因此尽管桨儿向后划,落花来去飘荡,但还是紧随着船儿朝前流。诗人只加了"如有意"三个字,就通过"落花"映照了人,既表现了那种揣摩不定的心理,也反映了那藏在心中的期望和追求,使这"来去逐船流"的自然现象,感情化了,诗化了,表现了青年男女微妙的、欲藏欲露的感情。

【作者简介】

储光羲(约706—约763),盛唐著名田园山水诗人。其诗多为五古,擅长以质朴淡雅的笔调,描写恬静淳朴的农村生活和田园风光,著有《储光羲集》等。

【佳句接龙】

落花如有意，来去逐船流。（【唐】储光羲《江南曲四首·其三》）

→流落征南将，曾驱十万◯。（【唐】刘长卿《送李中丞之襄州》）→

◯与雷居士，寻山道入◯。（【唐】贯休《送缘有禅师与雷处士入武夷山》）→◯山翠卉迎飞旆，越水清纹散落◯。（【唐】李群玉《送唐侍御福建省兄》）→◯花扶院吐，兰叶绕阶◯。（【唐】卢照邻《首春贻京邑文士》）→◯平同此居，一旦异存◯。（【唐】韦应物《送终》）→◯家与亡国，云此更何◯。（【唐】齐己《寓言》）→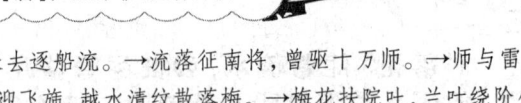高未易信，犹复加诃◯。（【唐】刘禹锡《游桃源一百韵》）→◯诮甘首免，岁晏当归◯。（【唐】韦应物《答崔都水》）→◯家自有乐，谁肯谢青溪。（【唐】卢照邻《山庄休沐》）

答案：落花如有意，来去逐船流。→流落征南将，曾驱十万师。→师与雷居士，寻山道入闽。→闽山翠卉迎飞旆，越水清纹散落梅。→梅花扶院吐，兰叶绕阶生。→生平同此居，一旦异存亡。→亡家与亡国，云此更何言。→言高未易信，犹复加诃责。→责诮甘首免，岁晏当归田。→田家自有乐，谁肯谢青溪。

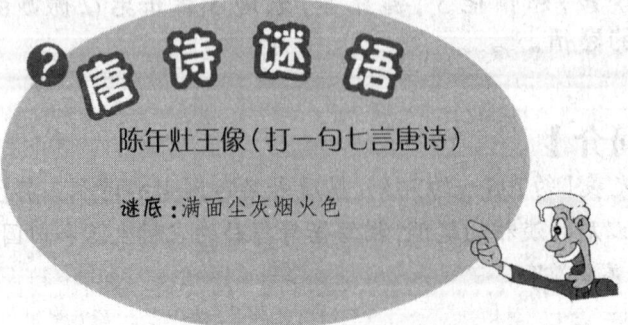

唐诗谜语

陈年灶王像（打一句七言唐诗）

谜底：满面尘灰烟火色

第2章 草木生灵

> 颠狂柳絮随风去,轻薄桃花逐水流。
>
> ——【唐】杜甫《漫兴九首·其五》

【佳句解析】

似颠似狂的柳絮,随着春风在空中到处飞舞;那轻薄随便的桃花,追逐着河水向远方流去。

【原作欣赏】

漫兴九首·其五①

肠断春江欲尽头,杖藜徐步立芳洲②。
颠狂柳絮随风舞③,轻薄桃花逐水流。

注释

① 漫兴:随性而至,信笔写来。
② 芳洲:长满花草的水中陆地。
③ 颠狂:放荡不羁。

佳句品读

在诗人笔下,柳絮和桃花无根无蒂,俱无操守,像一群势利的小人,它们对春天的流逝,丝毫无动于衷,只知道乘风乱舞,随波逐流。这种深有所指的描写,寄托了他对黑暗现实的深刻不满和政治理想不能实现的苦闷。

【佳句接龙】

颠狂柳絮随风去,轻薄桃花逐水流。（【唐】杜甫《漫兴九首·其五》）→流艳去不息,朝英亦疏〇。（【唐】孟郊《嵩少》）→〇雨侵晚阳,连山半藏〇。（【唐】钱起《登胜果寺南楼,雨中望严协律》）→〇泉更幽绝,赏爱未能〇。（【唐】韦应物《游龙门香山泉》）→〇国空知远,安身竟不〇。（【唐】卢纶《江行次武昌县》）→居谁厌僻,门掩汉祠〇。（【唐】马戴《题吴发原南居》）→〇宫路非远,旧苑春将〇。（【唐】戴叔伦《独不见》）→〇识才人字,多知旧曲〇。（【唐】李端《赠李龟年》）→〇在飞骑籍,长番岁时〇。（【唐】杜甫《遭田父泥饮美严中丞》）→〇卧青山云,遂为青山客。（【唐】李白《日夕山中忽然有怀》）

答案：颠狂柳絮随风去,轻薄桃花逐水流。→流艳去不息,朝英亦疏微。→微雨侵晚阳,连山半藏碧。→碧泉更幽绝,赏爱未能去。→去国空知远,安身竟不闲。→闲居谁厌僻,门掩汉祠前。→前宫路非远,旧苑春将遍。→遍识才人字,多知旧曲名。→名在飞骑籍,长番岁时久。→久卧青山云,遂为青山客。

趣味唐诗

唐诗中的黄昏

下列的唐诗都带有"黄昏"一词，但是"黄昏"前的一个字都不一样，请猜猜分别是什么字。

① 一去紫台连朔漠，独留青冢（　　）黄昏。
② 犹去孤舟三四里，水烟沙雨（　　）黄昏。
③ 银钥却收金锁合，月明花落（　　）黄昏。
④ 楚王宫北（　　）黄昏，白帝城西过雨痕。
⑤ 华清别馆（　　）黄昏，碧草悠悠内厩门。
⑥ 郿坞抵陈仓，此地（　　）黄昏。
⑦ 几时辞碧落，谁伴（　　）黄昏。
⑧ 夷音迷咫尺，鬼物（　　）黄昏。
⑨ 夕阳无限好，只是（　　）黄昏。
⑩ 犹怜未圆月，先出（　　）黄昏。

答案：①向　②欲　③又　④正　⑤闭
　　　⑥忌　⑦过　⑧傍　⑨近　⑩照

> 自去自来梁上燕，相亲相近水中鸥。
>
> ——【唐】杜甫《江村》

【佳句解析】

梁上的燕子自由自在地飞来飞去，水中的鸥鸟互相追逐嬉戏，亲亲热热。

【原作欣赏】

江村①

清江一曲抱村流②，长夏江村事事幽③。
自去自来梁上燕，相亲相近水中鸥。
老妻画纸为棋局，稚子敲针作钓钩。
但有故人供禄米④，微躯此外更何求⑤？

① 江村：在成都郊外浣花溪畔，是受安史之乱影响较小的西南富庶之乡。
② 抱：围绕。
③ 长夏：盛夏。
④ 但有故人供禄米：有的版本作"多病所须惟药物"。
⑤ 微躯：微贱的身躯，诗人自指。

佳句品读

从诗人眼里看来，燕子也好，鸥鸟也罢，都有一种闲适自然的意趣，这也折射出饱受离乱之苦的诗人在找到安居之所后的惬意满足。

【佳句接龙】

自去自来梁上燕,相亲相近水中鸥。(【唐】杜甫《江村》)
→ 鸥鸟似能齐物理,杏花疑欲伴人○。(【唐】罗隐《清明日曲江怀友》)
→ ○颜与衰鬓,明日又逢○。(【唐】戴叔伦《除夜宿石头驿》)
→ ○来遍是桃花水,不辨仙源何处○。(【唐】王维《桃源行》)
→ ○声暗问弹者谁,琵琶声停欲语○。(【唐】白居易《琵琶行》)
→ ○迟钟鼓初长夜,耿耿星河欲曙○。(【唐】白居易《长恨歌》)
→ ○街小雨润如酥,草色遥看近却○。(【唐】韩愈《早春呈水部张十八员外二首·其一》)
→ ○边落木萧萧下,不尽长江滚滚○。(【唐】杜甫《登高》)
→ ○往天地间,人皆有离○。(【唐】孟郊《古别曲》)
→ ○路山嶂里,诗情暮云端。(【唐】刘禹锡《海阳湖别浩初师》)

答案:自去自来梁上燕,相亲相近水中鸥。→鸥鸟似能齐物理,杏花疑欲伴人愁。→愁颜与衰鬓,明日又逢春。→春来遍是桃花水,不辨仙源何处寻。→寻声暗问弹者谁,琵琶声停欲语迟。→迟迟钟鼓初长夜,耿耿星河欲曙天。→天街小雨润如酥,草色遥看近却无。→无边落木萧萧下,不尽长江滚滚来。→来往天地间,人皆有离别。→别路山嶂里,诗情暮云端。

唐诗谜语

刺绣能手(打一句七言唐诗)

谜底:敢将十指夸针巧

江山如有待，花柳自无私。

——【唐】杜甫《后游》

【佳句解析】

　　山水如画，好像在等着我再次欣赏，娇花翠柳也无私地用自身装点着大自然。

【原作欣赏】

后游①

寺忆曾游处②，桥怜再渡时。
江山如有待③，花柳自无私。
野润烟光薄，沙暄日色迟④。
客愁全为减，舍此复何之？

注释

① **后游**：杜甫于上元二年（761）春曾一度到四川新津，写了《游修觉寺》，第二次即写了这首《后游》。
② **寺**：指修觉寺，在今四川新津县的修觉山上。
③ **如**：好像。
④ **暄**：松软、松散。

佳句品读

　　江山、花柳皆被赋予了人的情感，客观的自然之物幻化为有情之物，且通过诗人之"怜"与"江山"有待的双向交流，既深化了"后游"的感受，更体现了诗人"民胞物与"的博大襟怀，说明了大自然是有情无私的，也隐隐透露出诗人对世态炎凉的感慨。

【佳句接龙】

江山如有待,花柳自无私。([唐]杜甫《后游》) ➡ 私心·期

一日,许近看逡 。([唐]孙鲂《主人司空后亭牡丹》) ➡ 拾玉沙

天汉晓,犹残织女两三 。([唐]王建《夜看美人宫棋》) ➡ 汉

下天孙,车服降殊 。([唐]徐坚《奉和送金城公主适西蕃应制》) ➡

人旧日不耕犁,相学如今种禾 。([唐]王建《凉州行》)

➡ 穗豆苗侵古道,晴原午后早秋 。([唐]贾岛《酬姚合》)

➡ 时用抵戏,亦未杂风 。([唐]杜甫《能画》) ➡ 紫

游子面,蝶弄美人 。([唐]李白《春感诗》) ➡ 斜穿彩燕,罗

薄剪春 。([唐]李远《立春日》) ➡ 声绕屋无人语,月影当

松有鹤眠。([唐]齐己《溪居寓言》)

答案: 江山如有待,花柳自无私。→私心期一日,许近看逡巡。→巡拾玉沙天汉晓,犹残织女两三星。→星汉下天孙,车服降殊蕃。→蕃人旧日不耕犁,相学如今种禾黍。→黍穗豆苗侵古道,晴原午后早秋时。→时时用抵戏,亦未杂风尘。→尘紫游子面,蝶弄美人钗。→钗斜穿彩燕,罗薄剪春虫。→虫声绕屋无人语,月影当松有鹤眠。

唐诗谜语

大(打一句七言唐诗)

谜底:春日双飞去

> 年年岁岁花相似,岁岁年年人不同。
>
> ——【唐】刘希夷 《代悲白头翁》

【佳句解析】

一年又一年过去了,花依旧没有什么变化,人却和以前大不一样了。

【原作欣赏】

代悲白头翁

洛阳城东桃李花,飞来飞去落谁家?
洛阳女儿惜颜色,坐见落花长叹息。
今年花落颜色改,明年花开复谁在?
已见松柏摧为薪①,更闻桑田变成海②。
古人无复洛城东,今人还对落花风。
年年岁岁花相似,岁岁年年人不同。
寄言全盛红颜子,应怜半死白头翁。
此翁白头真可怜,伊昔红颜美少年。
公子王孙芳树下,清歌妙舞落花前③。
光禄池台文锦绣,将军楼阁画神仙④。
一朝卧病无相识,三春行乐在谁边?
宛转蛾眉能几时⑤,须臾鹤发乱如丝。
但看古来歌舞地,唯有黄昏鸟雀悲。

① **松柏摧为薪**:松柏被砍伐作柴薪。《古诗十九首》:"古墓犁为田,松柏摧为薪。"

② **桑田变成海**:《神仙传》:"麻姑谓王方平曰:'接待以来,已见东海三为桑田'。"

❸ **"公子""清歌"两句**：这两句说白头翁年轻时曾和公子王孙在树下花前共赏清歌妙舞。

❹ **"光禄""将军"两句**：这两句说白头翁昔年曾出入权势之家，过豪华的生活。**光禄**：《后汉书·马援传》（附马防传）载，马援之子马防在汉章帝时拜光禄勋，生活很奢侈。**文锦绣**：指以锦绣装饰池台中物。**将军**：指东汉贵戚梁冀，他曾为大将军。《后汉书·梁冀传》载，梁冀大兴土木，建造府宅。

❺ **宛转蛾眉**：本为年轻女子的面部画妆，此代指青春年华。

佳句品读

这两句诗以优美、流畅、工整的对句集中地表现青春易老世事无常的感叹，富于诗的意境，且具有哲理性，历来广为传诵。"年年岁岁""岁岁年年"叠字错落，强调了时光流逝的无情事实；"花相似""人不同"的对比，则突出了花卉盛衰有时而人生青春不再的无奈，耐人寻味。

【作者简介】

刘希夷（约651—？），字延之（一作庭芝），唐朝诗人。其诗以歌行见长，多写闺情，辞意柔婉华丽，且多感伤情调。原有集，已失传。

【佳句接龙】

年年岁岁花相似，岁岁年年人不同。（【唐】刘希夷《代悲白头翁》）➡ 同郎一回顾，听唱纥那 。（【唐】刘禹锡《杂曲歌辞·纥那曲》）➡ 齐雏鸟语，画卷老僧 。（【唐】贾岛《过唐校书书斋》）➡ 集道方至，貌殊妒还 。（【唐】贾岛《寓兴》）➡ 病仍 多感，君心自我 。（【唐】韦庄《对酒赋友人》）➡ 如野鹿迹如

萍,漫向人间性一◯。(【唐】罗隐《京中晚望》)➡ ◯山缘未绝,

他日重来◯。(【唐】温庭筠《正见寺晓别生公》)➡ ◯潮背日伺泗

鳞,贝阙夜移鲸失◯。(【唐】李商隐《射鱼曲》)➡ ◯正秋将半,

光鲜夜自◯。(【唐】姚合《赋月华临静夜》)➡ ◯居俯夹城,春去

夏犹清。(【唐】李商隐《晚晴》)

答案:年年岁岁花相似,岁岁年年人不同。→同郎一回顾,听唱纥那声。→声齐雏鸟语,画卷老僧真。→真集道方至,貌殊妒还多。→多病仍多感,君心自我心。→心如野鹿迹如萍,漫向人间性一灵。→灵山缘未绝,他日重来寻。→寻潮背日伺泗鳞,贝阙夜移鲸失色。→色正秋将半,光鲜夜自深。→深居俯夹城,春去夏犹清。

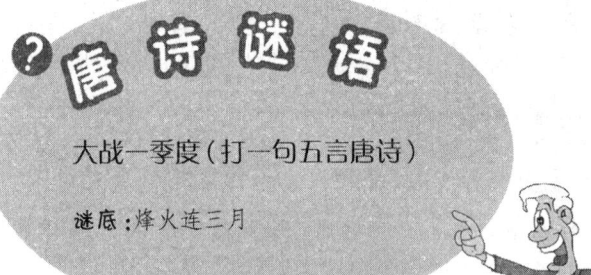

唐诗谜语

大战一季度(打一句五言唐诗)

谜底:烽火连三月

一树寒梅白玉条,迥临村路傍溪桥。

——【唐】张谓《早梅》

【佳句解析】

一树梅花凌寒开放,枝干洁白有如玉条,远离村路,临近溪水桥边。

【原作欣赏】

早梅

一树寒梅白玉条,迥临村路傍溪桥①。
不知近水花先发②,疑是经冬雪未销③。

注释

① 迥:远。傍:靠近。
② 发:开放。
③ 经冬:过冬。销:通"消",融化。

佳句品读

寒梅早发,花开茂盛,满满地覆盖了枝条,看起来就像白玉条一样,而这树梅花又远离人来车往的村路,生长在溪边桥旁,隐隐点出其傲骨写出了梅花的形神。

【作者简介】

张谓(?—777),字正言,唐朝诗人。其诗辞精意深,风格清正,多饮宴送别之作。《全唐诗》录存其诗1卷,但其中杂有他人之作。

【佳句接龙】

一树寒梅白玉条,迥临村路傍溪桥。(【唐】张谓《早梅》)

➡ 桥西暮雨黑,篱外春江 。(【唐】岑参《西蜀旅舍春叹,寄朝中故人呈狄评事》)➡ 空河色浅,红叶露声 。(【唐】钱起《秋夜寄张、韦二主簿》)➡ 庭清气在,众药湿光 。(【唐】张籍《酬李仆射晚春

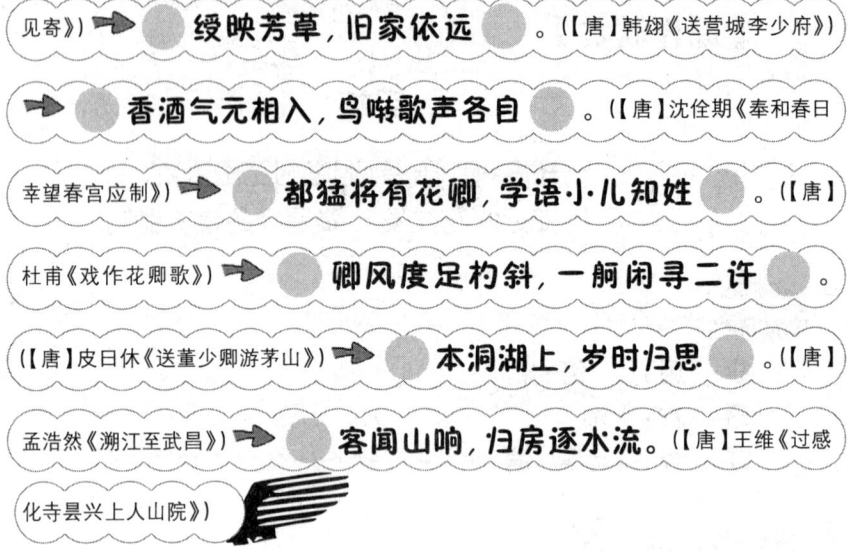

答案：一树寒梅白玉条，迥临村路傍溪桥。→桥西暮雨黑，篱外春江碧。→碧空河色浅，红叶露声虚。→虚庭清气在，众药湿光新。→新绶映芳草，旧家依远林。→林香酒气元相入，鸟啭歌声各自成。→成都猛将有花卿，学语小儿知姓名。→名卿风度足枸斜，一舸闲寻二许家。→家本洞湖上，岁时归思催。→催客闻山响，归房逐水流。

唐诗谜语

空宅（打一句五言唐诗）

谜底：第中无一物

> 野火烧不尽，春风吹又生。
>
> ——【唐】白居易《赋得古原草送别》

【佳句解析】

不管原野上的大火怎样无情地焚烧，只要第二年春风一吹，又是遍地青草。

【原作欣赏】

赋得古原草送别①

离离原上草②，一岁一枯荣③。
野火烧不尽，春风吹又生。
远芳侵古道④，晴翠接荒城⑤。
又送王孙去，萋萋满别情⑥。

注释

1. 赋得：这首诗是白居易应考的习作。按科考规定，凡指定、限定的诗题，题目前必须加"赋得"两字。
2. 离离：形容草长得繁荣茂盛。原：原野。
3. 枯荣：枯，枯萎；荣，茂盛。
4. 远芳：伸向远处的芳草。侵：遮盖、蔓延。
5. 晴翠：芳草在阳光照射下呈现一片翠绿的颜色。
6. "又送""萋萋"两句：这两句借用《楚辞》"王孙游兮不归，春草生兮萋萋"的典故。王孙：贵人的子孙，这里指的是自己的朋友。萋萋：青草繁茂的样子。

佳句品读

诗句歌颂野草顽强的生命力，又超出野草而具有普遍意义，给人以积极的鼓舞力量；蔑视"野火"而赞美"春风"，同样含有深刻的寓意。后人常用这两句比喻任何力量也扼杀不了富有生命力的事物。

【作者简介】

白居易（772—846），字乐天，晚年又号香山居士，唐朝伟大的现实主义诗人。他的诗歌题材广泛，形式多样，语言平易通俗，与元稹并称"元白"，又与刘禹锡并称"刘白"。有《白氏长庆集》传世。

【佳句接龙】

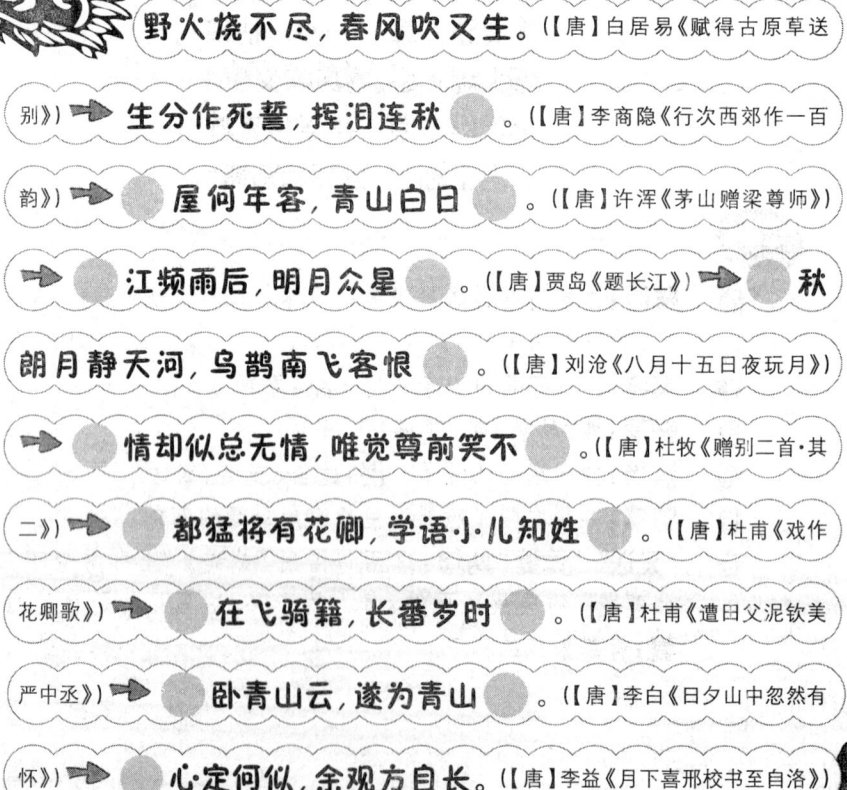

野火烧不尽，春风吹又生。（【唐】白居易《赋得古原草送别》）→ 生分作死誓，挥泪连秋 ❍。（【唐】李商隐《行次西郊作一百韵》）→ ❍屋何年客，青山白日 ❍。（【唐】许浑《茅山赠梁尊师》）→ ❍江频雨后，明月众星 ❍。（【唐】贾岛《题长江》）→ 秋朗月静天河，乌鹊南飞客恨 ❍。（【唐】刘沧《八月十五日夜玩月》）→ ❍情却似总无情，唯觉尊前笑不 ❍。（【唐】杜牧《赠别二首·其二》）→ ❍都猛将有花卿，学语小儿知姓 ❍。（【唐】杜甫《戏作花卿歌》）→ ❍在飞骑籍，长番岁时 ❍。（【唐】杜甫《遭田父泥饮美严中丞》）→ ❍卧青山云，遂为青山 ❍。（【唐】李白《日夕山中忽然有怀》）→ ❍心定何似，余观方自长。（【唐】李益《月下喜邢校书至自洛》）

答案:野火烧不尽,春风吹又生。→生分作死誓,挥泪连秋云。→云屋何年客,青山白日长。→长江频雨后,明月众星中。→中秋朗月静天河,乌鹊南飞客恨多。→多情却似总无情,唯觉尊前笑不成。→成都猛将有花卿,学语小儿知姓名。→名在飞骑籍,长番岁时久。→久卧青山云,遂为青山客。→客心定何似,余观方自长。

唐诗谜语
旦(打一句五言唐诗)

谜底:日脚下平地

漠漠水田飞白鹭,阴阴夏木啭黄鹂。

——【唐】王维《积雨辋川庄作》

【佳句解析】

在那一片广阔平坦的水田上,白鹭自在地飞舞;在那浓荫森森的树林里,黄鹂鸟婉转地鸣叫。

【原作欣赏】

积雨辋川庄作

积雨空林烟火迟①,蒸藜炊黍饷东菑②。
漠漠水田飞白鹭③,阴阴夏木啭黄鹂④。
山中习静观朝槿⑤,松下清斋折露葵⑥。
野老与人争席罢⑦,海鸥何事更相疑⑧。

注释

① 空林：疏林。烟火迟：因久雨林野润湿，故烟火缓升。
② 藜(lí)：一种可食的野菜。这里指蔬菜。黍(shǔ)：谷物名，古时为主食。饷东菑：给在东边田里干活的人送饭。饷：送饭食到田头。东菑(zī)：指东边田地上的农人。菑：已经开垦了一年的田，这里泛指农田。
③ 漠漠：形容广阔无际。
④ 阴阴：幽暗的样子。夏木：高大的树木，犹乔木。夏：大。啭(zhuàn)：小鸟婉转地鸣叫。
⑤ 山中习静观朝槿：意谓深居山中，望着槿花的开落以修养宁静之性。槿(jǐn)：落叶灌木，其花朝开夕谢，古人常以此悟人生枯荣无常之理。
⑥ 清斋：这里是素食的意思。露葵：沾着露水的葵菜。葵为古代重要蔬菜，有"百菜之主"之称。
⑦ 野老：指作者自己。争席罢：指自己要隐退山林，与世无争。
⑧ 海鸥何事更相疑：古时海上有好鸥者，每日到海上从鸥鸟游。其父曰："吾闻鸥鸟皆从汝游，汝取来，吾玩之。"明日再往海上，鸥鸟飞舞而不下。这里借海鸥喻人事。

佳句品读

以"漠漠"之广阔形容水田，以"阴阴"之幽深形容夏木，把积雨天气的辋川山野写得画意盎然，极富色调和气氛。所谓"诗中有画"，这便是很好的例证。

【佳句接龙】

漠漠水田飞白鹭，阴阴夏木啭黄鹂。（【唐】王维《积雨辋川庄作》）➡ 鹂黄好鸟摇深树，细白佳人著紫 　　。（【唐】钱起《早

夏》→ 裙玉珮当轩出,点翠施红竞春 。（【唐】李峤《拟古

东飞伯劳西飞燕》→ 照金觞动,风吹玉佩 。（【唐】包佶《元

日观百僚朝会》→ 笔望白云,开帘当翠 。（【唐】李白《赠秋

浦柳少府》→ 臣欲献唐尧寿,遥指南山对衮 。（【唐】王

涯《献寿辞》→ 马花雪毛,金鞍五陵 。（【唐】李白《白马篇》）

→ 家沽酒长安陌,一旦起楼高百 。（【唐】韦应物《酒肆

行》→ 书能不吝,时望鲤鱼 。（【唐】孟浩然《送王大校书》）

→ 语后来者,斯路诚独难。（【唐】卢照邻《早度分水岭》）

答案： 漠漠水田飞白鹭,阴阴夏木啭黄鹂。→鹂黄好鸟摇深树,细白佳人著紫罗。→罗裙玉珮当轩出,点翠施红竞春日。→日照金觞动,风吹玉佩摇。→摇笔望白云,开帘当翠微。→微臣欲献唐尧寿,遥指南山对衮龙。→龙马花雪毛,金鞍五陵豪。→豪家沽酒长安陌,一旦起楼高百尺。→尺书能不吝,时望鲤鱼传。→传语后来者,斯路诚独难。

唐诗故事

生吞活剥

　　唐高宗时,枣强县尉张怀庆喜欢抄袭著名文人的文章。当朝大臣李义府曾写了一首五言诗,原文是："镂月为歌扇,裁云作舞衣。自怜回雪影,好取洛川归。"张怀庆将这首诗每句的前头加上两个字,变成一首七言诗："生情镂月为歌扇,出性裁云作舞衣。照鉴自怜回雪影,来时好取洛川归。"时人讽刺他这种手段是："活剥张昌龄,生吞郭正一。"张、郭都是当时以文辞闻名的朝中要人,唐高宗的诏书和朝廷文告,多半出自他们的手笔。

我有迷魂招不得,雄鸡一声天下白。

——【唐】李贺《致酒行》

【佳句解析】

我有迷失的魂魄无法招回,雄鸡一叫,天下大亮(我也茅塞顿开)。

【原作欣赏】

致酒行①

零落栖迟一杯酒②,主人奉觞客长寿③。
主父西游困不归④,家人折断门前柳。
吾闻马周昔作新丰客⑤,天荒地老无人识。
空将笺上两行书,直犯龙颜请恩泽。
我有迷魂招不得⑥,雄鸡一声天下白。
少年心事当拏云,谁念幽寒坐呜呃⑦。

① **致酒**:劝酒。**行**:乐府诗的一种体裁。
② **零落栖迟**:这是说诗人潦倒闲居,漂泊落魄,寄人篱下。
③ **奉觞**:捧觞,举杯敬酒。**客长寿**:敬酒时的祝词,祝身体健康之意。
④ **主父**:《史记·平津侯主父列传》载,汉武帝的时候,主父偃"西入关见卫将军,卫将军数言上,上不召。资用乏,留久,诸公宾客多厌之"。后来,主父偃的上书终于被采纳,当上了郎中。
⑤ **马周**:《新唐书·马周传》载,马周西游长安,宿于新丰,逆旅主人慢待他,他遂"命酒一斗八升,悠然独酌,众异之"。
⑥ **迷魂**:这里指执迷不悟。
⑦ **"少年""谁念"两句**:这两句是说,少年人应有高远的理想,谁会顾念你凄凉困顿、独坐悲叹呢?**拏云**:高举入云。**呜呃**:悲叹。

佳句品读

诗人运用擅长的象征手法,以"雄鸡一声天下白"写主人的开导生出奇效,使自己心胸豁然开朗。这"雄鸡一声"是一鸣惊人,"天下白"的景象更是多么光明璀璨,让诗人激起了豪情,一扫积郁。

【佳句接龙】

我有迷魂招不得,雄鸡一声天下白。([唐]李贺《致酒行》)➡ 白浪茫茫与海连,平沙浩浩四无〇。([唐]白居易《浪淘沙》)➡ 〇城琴酒处,俱是越乡〇。([唐]王勃《他乡叙兴》)➡ 〇隔壶中地,龙游洞里〇。([唐]宋之问《送田道士使蜀投龙》)➡ 〇清远峰出,水落寒沙〇。([唐]李白《岘山怀古》)➡ 〇留一片石,万古在燕〇。([唐]刘长卿《平蕃曲三首·其三》)➡ 〇阳遗韵在,林端横吹〇。([唐]韦应物《楼中阅清管》)➡ 〇风吹鸿鹄,不得相追〇。([唐]杜甫《送高三十五书记》)➡ 〇风潜入夜,润物细无〇。([唐]杜甫《春夜喜雨》)➡ 〇和细管珠才转,曲度沉烟雪更香。([唐]崔珏《和人听歌》)

答案: 我有迷魂招不得,雄鸡一声天下白。→白浪茫茫与海连,平沙浩浩四无边。→边城琴酒处,俱是越乡人。→人隔壶中地,龙游洞里天。→天清远峰出,水落寒沙空。→空留一片石,万古在燕山。→山阳遗韵在,林端横吹惊。→惊风吹鸿鹄,不得相追随。→随风潜入夜,润物细无声。→声和细管珠才转,曲度沉烟雪更香。

唐诗谜语

敦煌三月柳无芽（打一句七言唐诗）

谜底：春风不度玉门关

停车坐爱枫林晚，霜叶红于二月花。

——【唐】杜牧《山行》

【佳句解析】

只因爱那枫林晚景我把马车停下，霜染的枫叶胜过鲜艳的二月花。

【原作欣赏】

山行①

远上寒山石径斜②，白云生处有人家③。
停车坐爱枫林晚④，霜叶红于二月花。

注释

① 山行：在山中行走。
② 寒山：指深秋时候的山。径：小路。斜(xié)：意为倾斜伸向。
③ 白云生处：白云升腾、缭绕的地方，说明山很高。
④ 坐：因为。

佳句品读

诗人没有落入一般封建文人哀秋叹秋的窠臼，这两句所展现出来的是枫叶流丹、层林如染的秋天美景，有一种英爽俊拔之气洋溢于笔端。那停车而望、陶然而醉的诗人自己，也成了这天然景致的一部分，整个画面情韵悠扬，余味无穷。

【作者简介】

杜牧（803—约852），字牧之，号樊川居士，晚唐著名诗人，其诗以辞采清丽、情韵跌宕见长，与李商隐合称"小李杜"。著有《樊川文集》。

【佳句接龙】

停车坐爱枫林晚，霜叶红于二月花。（【唐】杜牧《山行》）→ 花径不曾缘客扫，蓬门今始为君◯。（【唐】杜甫《客至》）→ ◯畦分白水，间柳发红◯。（【唐】王维《春园即事》）→ ◯花一簇开无主，可爱深红爱浅◯。（【唐】杜甫《江畔独步寻花七绝句·其五》）→ 缨不动白马骄，垂柳金丝香拂◯。（【唐】李贺《少年乐》）→ ◯禽渡残月，飞雨洒高◯。（【唐】刘禹锡《早夏郡中书事》）→ 楼枕南浦，日西顾西◯。（【唐】张九龄《登城楼望西山作》）→ ◯簇暮云千野雨，江分秋水九条◯。（【唐】杜牧《将赴京题陵阳王氏水居》）→ ◯笼寒水月笼沙，夜泊秦淮近酒◯。

([唐]杜牧《泊秦淮》)→ 家家流血如泉沸,处处冤声声动地。([唐]韦庄《秦妇吟》)

答案： 停车坐爱枫林晚,霜叶红于二月花。→花径不曾缘客扫,蓬门今始为君开。→开畦分白水,间柳发红桃。→桃花一簇开无主,可爱深红爱浅红。→红缨不动白马骄,垂柳金丝香拂水。→水禽渡残月,飞雨洒高城。→城楼枕南浦,日西顾西山。→山簇暮云千野雨,江分秋水九条烟。→烟笼寒水月笼沙,夜泊秦淮近酒家。→家家流血如泉沸,处处冤声声动地。

唐诗谜语

兀（打一句五言唐诗）

谜底：兀然空一身

旧时王谢堂前燕,飞入寻常百姓家。

——【唐】刘禹锡《乌衣巷》

【佳句解析】

晋代时王导、谢安两家的堂前燕子,而今却飞入寻常老百姓之家。

【原作欣赏】

乌衣巷①

朱雀桥边野草花②,乌衣巷口夕阳斜。
旧时王谢堂前燕③,飞入寻常百姓家。

❶ 乌衣巷:古代金陵(今江苏南京市)东南一条街道的名称,在秦淮河南面,东晋时是高门士族的聚居区。

❷ 朱雀桥:秦淮河上的一座桥,在乌衣巷附近。金陵古城的正南门叫朱雀门,桥面对朱雀门,故名。

❸ 王谢:指东晋时势力很大的王导、谢安两大家族。两家府第就在朱雀桥边的乌衣巷里。

佳句品读

正当诗人抚今追昔之际,忽见双双归燕掠过斜晖,飞进寻常院落。这情景触发了诗人的奇想:这些燕子不正是乌衣巷由繁华走向衰落的见证吗?以燕栖旧巢而地已变迁唤起人们想象,含而不露,语虽极浅,味却无限,充满了深长的时空之感和深沉的感慨。

【佳句接龙】

旧时王谢堂前燕,飞入寻常百姓家。([唐]刘禹锡《乌衣巷》)➡ 家产既不事,顾盼自生〇。([唐]刘禹锡《武夫词》)

➡ 动绿烟遮岸竹,粉开红艳塞溪〇。([唐]王建《郭家溪亭》)

➡ 光来去传香袖,霞影高低傍玉〇。([唐]钱起《玛瑙杯》)

歌》）→ ○城苍苍夜寂寂，水月逶迤绕城○。（【唐】刘禹锡《洞

庭秋月行》）→ ○帝城边又相遇，敛翼三年不飞○。（【唐】刘

禹锡《送裴处士应制举诗》）→ ○国魂已远，怀人泪空○。（【唐】柳

宗元《南涧中题》）→ ○阴当覆地，耸干会参○。（【唐】柳宗元《种

柳戏题》）→ ○璞本平一，人巧生异○。（【唐】孟郊《吊元鲁山》）

→ ○在道路间，讲论亦未亏。（【唐】张籍《别段生》）

答案：旧时王谢堂前燕，飞入寻常百姓家。→家产既不事，顾盼自生光。→光动绿烟遮岸竹，粉开红艳塞溪花。→花光来去传香袖，霞影高低傍玉山。→山城苍苍夜寂寂，水月逶迤绕城白。→白帝城边又相遇，敛翼三年不飞去。→去国魂已远，怀人泪空垂。→垂阴当覆地，耸干会参天。→天璞本平一，人巧生异同。→同在道路间，讲论亦未亏。

唐诗谜语

徐霞客（打一句七言唐诗）

谜底：一生好入名山游

第3章 日月星辰

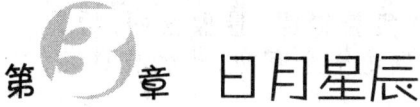

白日依山尽,黄河入海流。

——【唐】王之涣《登鹳雀楼》

【佳句解析】

夕阳依傍着山峦慢慢地沉落,滔滔黄河朝着大海汹涌奔流。

【原作欣赏】

登鹳雀楼①

白日依山尽②,黄河入海流。
欲穷千里目③,更上一层楼④。

① **鹳雀楼**:旧址在今山西永济市,楼高三层,前对中条山,下临黄河。传说常有鹳雀在此停留,故有此名。
② **白日**:太阳。**依**:依傍。**尽**:消失。
③ **穷**:尽,使达到极点。**千里目**:眼界宽阔。
④ **更**:再。

佳句品读

这两句写登楼所见的景色,气势雄浑,景象壮丽,极具盛唐气象,而后人在千载之下读到这十个字时,也如临其地,如见其景,胸襟为之一开。

【作者简介】

王之涣(688—742),字季凌,盛唐著名诗人。其诗以善于描写边塞风光著称,用词十分朴实,造境却极为深远,令人回味无穷。

【佳句接龙】

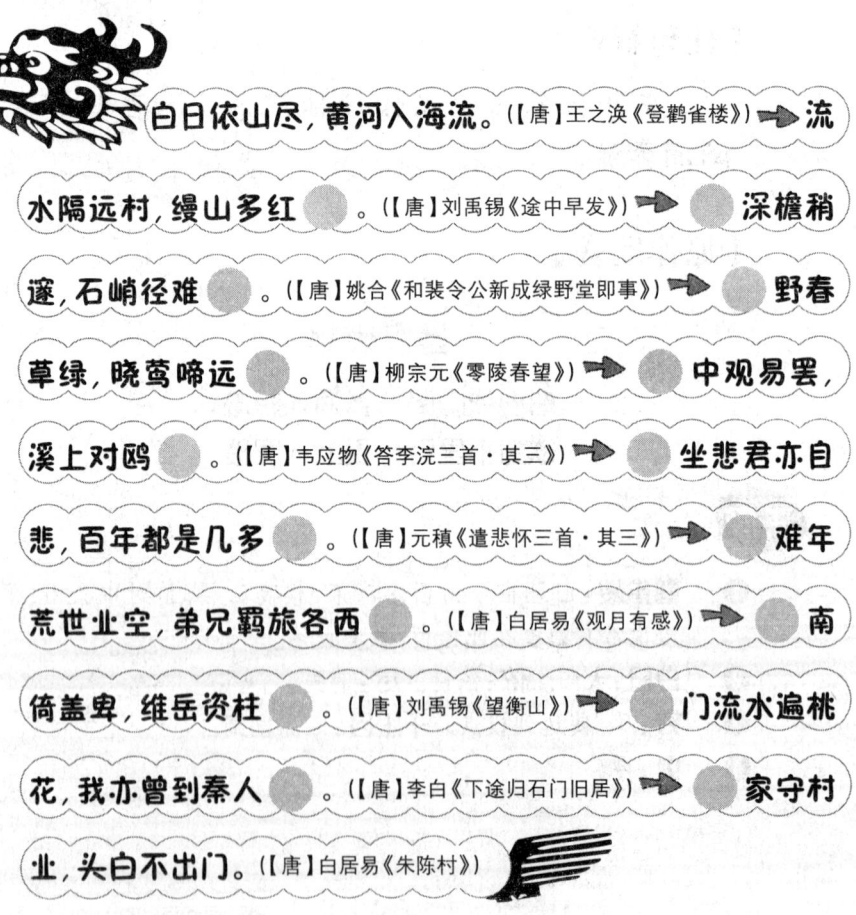

白日依山尽,黄河入海流。([唐]王之涣《登鹳雀楼》)➡ 流

水隔远村,缦山多红 ⬤。([唐]刘禹锡《途中早发》)➡ ⬤深檐梢

邃,石岫径难 ⬤。([唐]姚合《和裴令公新成绿野堂即事》)➡ 野春

草绿,晓莺啼远 ⬤。([唐]柳宗元《零陵春望》)➡ 中观易罢,

溪上对鸥 ⬤。([唐]韦应物《答李浣三首·其三》)➡ 坐悲君亦自

悲,百年都是几多 ⬤。([唐]元稹《遣悲怀三首·其三》)➡ 难年

荒世业空,弟兄羁旅各西 ⬤。([唐]白居易《望月有感》)➡ 南

倚盖卑,维岳资柱 ⬤。([唐]刘禹锡《望衡山》)➡ 门流水遍桃

花,我亦曾到秦人 ⬤。([唐]李白《下途归石门旧居》)➡ 家守村

业,头白不出门。([唐]白居易《朱陈村》)

答案：白日依山尽，黄河入海流。→流水隔远村，缦山多红树。→树深檐梢邃，石峭径难平。→平野春草绿，晓莺啼远林。→林中观易罢，溪上对鸥闲。→闲坐悲君亦自悲，百年都是几多时。→时难年荒世业空，弟兄羁旅各西东。→东南倚盖卑，维岳资柱石。→石门流水遍桃花，我亦曾到秦人家。→家家守村业，头白不出门。

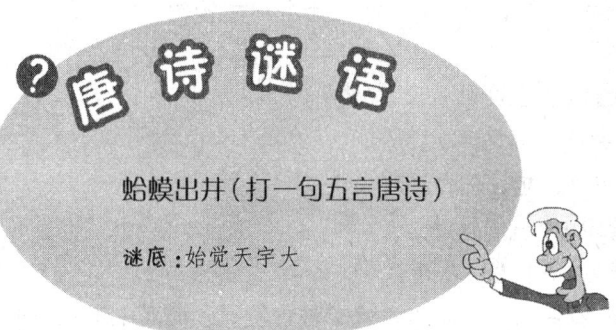

唐诗谜语

蛤蟆出井（打一句五言唐诗）

谜底：始觉天宇大

泉声咽危石，日色冷青松。

——【唐】王维《过香积寺》

【佳句解析】

泉水流过高山响声幽咽，照在幽深松林里的余晖也显得寒冷。

【原作欣赏】

过香积寺①

不知香积寺，数里入云峰②。
古木无人径，深山何处钟③？
泉声咽危石④，日色冷青松⑤。
薄暮空潭曲⑥，安禅制毒龙⑦。

注释

1. **香积寺**：香积寺在陕西西安长安区韦曲镇西南的神禾原，建于唐高宗永隆二年(681)。寺名的来历有两种说法，一说唐代寺旁有香积堰水流入长安城内，另一说来源于佛经"天竺有众香之国，佛名香积"。
2. **入云峰**：登上高耸入云的山峰。
3. **钟**：寺庙的钟鸣声。
4. **咽**：呜咽。**危**：高的，陡的。
5. **冷青松**：为青松所冷。
6. **薄暮**：黄昏。**曲**：水边。
7. **安禅**：指身心安然进入清寂宁静的境界。**毒龙**：佛家比喻邪念妄想。

佳句品读

这两句历来被誉为炼字典范。"咽"是幽咽，山中危石耸立，流泉自然不能轻快地流淌，仿佛发出幽咽之声，在热闹场合这种低沉的声音不易引人注意，所以一个"咽"字写出山的幽静来。"冷"指阳光的微弱，因为山中松林的幽深，才显出日色的"冷"来。平常的景物，添上一两个精确的动词，景就注入了作者的情思。

【佳句接龙】

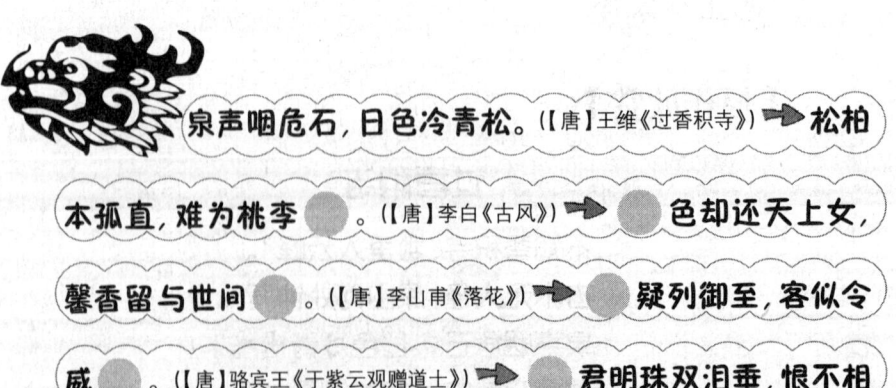

泉声咽危石，日色冷青松。（【唐】王维《过香积寺》）➡ 松柏

本孤直，难为桃李 ●。（【唐】李白《古风》）➡ ● 色却还天上女，

馨香留与世间 ●。（【唐】李山甫《落花》）➡ 疑列御至，客似令

威 ●。（【唐】骆宾王《于紫云观赠道士》）➡ 君明珠双泪垂，恨不相

逢未嫁○。（【唐】张籍《节妇吟》）→ ○人未会严陵志，不钓鲈鱼

只钓○。（【唐】韩偓《招隐》）→ ○因定鼎地，门对凿龙○。（【唐】

韦应物《赋得鼎门，送卢耿赴任》）→ ○馆夜听雨，秋猿独叫○。（【唐】韦

应物《送颜司议使蜀访图书》）→ ○贤无邪人，朗鉴穷情○。（【唐】李白

《送杨少府赴选》）→ ○居白云穴，静注赤松经。（【唐】马戴《赠道者》）

答案：泉声咽危石，日色冷青松。→松柏本孤直，难为桃李颜。→颜色却还天上女，馨香留与世间人。→人疑列御至，客似令威还。→还君明珠双泪垂，恨不相逢未嫁时。→时人未会严陵志，不钓鲈鱼只钓名。→名因定鼎地，门对凿龙山。→山馆夜听雨，秋猿独叫群。→群贤无邪人，朗鉴穷情深。→深居白云穴，静注赤松经。

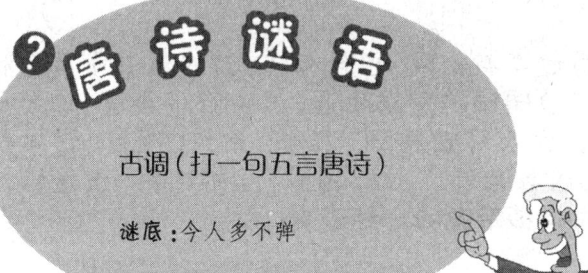

唐诗谜语

古调（打一句五言唐诗）

谜底：今人多不弹

松风吹解带，山月照弹琴。

——【唐】王维《酬张少府》

【佳句解析】

松林的轻风，吹拂着宽解的衣带；山上的明月，映照着正在弹琴的我。

【原作欣赏】

酬张少府

晚年唯好静，万事不关心。
自顾无长策①，空知返旧林②。
松风吹解带，山月照弹琴。
君问穷通理③，渔歌入浦深。

① 长策：高见。
② 空：徒，白白地。旧林：故居。
③ "君问""渔歌"两句：这是劝张少府达观，也即要他像渔樵那样，不因穷通而有得失之患。

佳句品读

在大自然中有松风、山月相伴，诗人沉心于自得和闲适中。比起终日碌碌的官场生涯，这种解带自适、弹琴自娱的生活是多么令人舒心惬意！松林、清风、明月、素琴都含有高洁之意，也都与诗人心意相通，互相映衬，这是诗人在苦闷之中追求精神解脱的一种表现。

【佳句接龙】

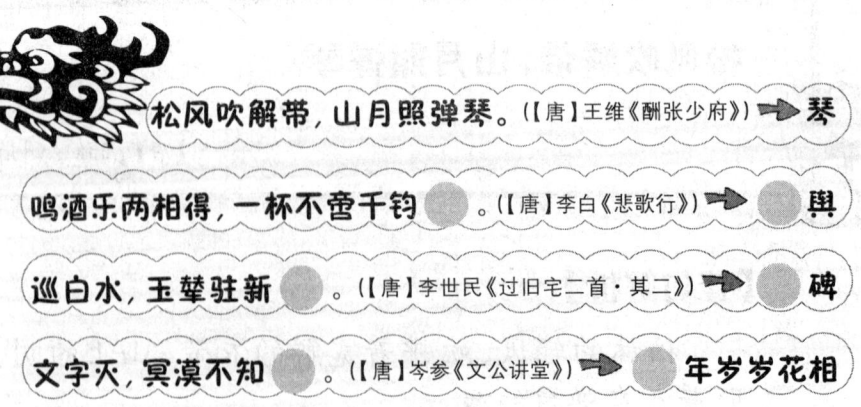

似，岁岁年年人不○。（【唐】刘希夷《代悲白头翁》）→ 是天涯

沦落人，相逢何必曾相○。（【唐】白居易《琵琶行》）→ 音者谓

谁，清夜吹赠○。（【唐】孟郊《楚竹吟酬卢虔端公见和湘弦怨》）→ 不

见，黄河之水天上来，奔流到海不复○。（【唐】李白《将进酒》）

→ ○回偃飞盖，熠熠进流○。（【唐】杜甫《扬旗》）→ 垂平

野阔，月涌大江流。（【唐】杜甫《旅夜书怀》）

答案：松风吹解带，山月照弹琴。→琴鸣酒乐两相得，一杯不啻千钧金。→金舆巡白水，玉辇驻新丰。→丰碑文字灭，冥漠不知年。→年年岁岁花相似，岁岁年年人不同。→同是天涯沦落人，相逢何必曾相识。→识音者谓谁，清夜吹赠君。→君不见，黄河之水天上来，奔流到海不复回。→回回偃飞盖，熠熠进流星。→星垂平野阔，月涌大江流。

白兔捣药秋复春，嫦娥孤栖与谁邻？

——【唐】李白《把酒问月》

【佳句解析】

白兔在月中年复一年地捣药，嫦娥在月宫里孤独地生活着，她与谁作邻居呢？

【原作欣赏】

把酒问月①

青天有月来几时？我今停杯一问之。
人攀明月不可得，月行却与人相随。

皎如飞镜临丹阙②,绿烟灭尽清辉发③。
但见宵从海上来④,宁知晓向云间没⑤?
白兔捣药秋复春⑥,嫦娥孤栖与谁邻⑦?
今人不见古时月,今月曾经照古人。
古人今人若流水,共看明月皆如此。
唯愿当歌对酒时⑧,月光长照金樽里。

注释

1. **把酒问月**:题下有作者自注:"故人贾淳令予问之"。
2. **丹阙**:朱红色的宫门。
3. **绿烟**:指遮蔽月光的浓重的云雾。
4. **但见**:只看到。
5. **宁知**:怎知。**没**(mò):隐没。
6. **白兔捣药**:传说中月亮上有白兔捣药。
7. **嫦娥**:传说中后羿的妻子,她偷吃了后羿的仙药,成为仙人,奔入月中。
8. **当歌对酒时**:在唱歌饮酒的时候。曹操《短歌行》:"对酒当歌,人生几何?"

佳句品读

仙兔年年捣药,仙女独自栖居,月中其实寂寞寒冷,在对他们的深深同情中,流露出诗人自己的孤傲高洁的情怀。

【佳句接龙】

白兔捣药秋复春,嫦娥孤栖与谁邻?〖【唐】李白《把酒问月》〗➡ 邻里不通径,俸钱唯买○。〖【唐】姚合《题厉玄侍御所居》〗➡ 高半岩雪,竹覆一溪○。〖【唐】王贞白《云居长老》〗➡ 河夜渡偷来马,雪岭朝飞猎去○。〖【唐】杜荀

鹤《塞上》→ ◯亡建业空城在，花落西江春水◯。（【唐】韩

偓《吴郡怀古》→ ◯生重离别，感激对孤◯。（【唐】高适《赠别

沈四逸人》→ ◯罢辄举酒，酒罢辄吟◯。（【唐】白居易《北窗三

友》→ ◯中难得友，湖畔喜逢◯。（【唐】杜荀鹤《浙中逢诗友》）

→ ◯将海月珮，赠之光我◯。（【唐】马戴《答太原从军杨员外送别》）

→ ◯看洛阳陌，光景丽天中。（【唐】张九龄《奉和圣制途次陕州作》）

答案：白兔捣药秋复春，嫦娥孤栖与谁邻？→邻里不通径，俸钱唯买松。→松高半岩雪，竹覆一溪冰。→冰河夜渡偷来马，雪岭朝飞猎去人。→人亡建业空城在，花落西江春水平。→平生重离别，感激对孤琴。→琴罢辄举酒，酒罢辄吟诗。→诗中难得友，湖畔喜逢君。→君将海月珮，赠之光我行。→行看洛阳陌，光景丽天中。

❓唐诗谜语

广播（打一句五言唐诗）

谜底：四海无闲田

人生不相见，动如参与商。

——【唐】杜甫《赠卫八处士》

【佳句解析】

人活在世上，互相分离着不能见面，常常就像是天上的参星和商星一样。

【原作欣赏】

赠卫八处士①

人生不相见,动如参与商②。今夕复何夕,共此灯烛光。
少壮能几时,鬓发各已苍③。访旧半为鬼④,惊呼热中肠⑤。
焉知二十载,重上君子堂。昔别君未婚,儿女忽成行⑥。
怡然敬父执⑦,问我来何方。问答乃未已⑧,儿女罗酒浆⑨。
夜雨剪春韭,新炊间黄粱⑩。主称会面难⑪,一举累十觞⑫。
十觞亦不醉,感子故意长⑬。明日隔山岳⑭,世事两茫茫⑮。

注释

① **卫八处士**:名字和生平事迹已不可考。**处士**:隐居不仕的人。**八**:卫处士的排行。

② **动如**:动不动就像。**参**(shēn)**与商**:二星名。商星居于东方卯位(上午5点到7点),参星居于西方酉位(下午5点到7点),一出一没,永不相见,故以为比。

③ **苍**:灰白色。

④ **访旧半为鬼**:彼此打听故旧亲友,竟已去世一半。

⑤ **惊呼热中肠**:见到故友的惊呼,使人内心感到热乎乎的。

⑥ **成行**(háng):指儿女众多。

⑦ **父执**:父亲的朋友。

⑧ **乃未已**:还未等说完。

⑨ **儿女**:一作"驱儿"。**罗酒浆**:罗列酒菜。

⑩ **新炊**:刚煮的新鲜饭。**间**(jiàn):掺和的意思。**黄粱**:即黄米。

⑪ **主**:主人,即卫八处士。**称**:说。

⑫ **累**:接连。

⑬ **故意长**:老朋友的情谊深长。

⑭ **山岳**:指西岳华山。这句是说明天便要辞别。

⑮ **两茫茫**:是说明天辞别后,人世沧桑如何,便彼此都不相知了。

佳句品读

多年未见的老友一夕相会，明日便又匆匆而别，在离乱时代，相聚十分困难，也由此显得短暂的会面弥足珍贵。这两句诗既抒发了强烈的人生感慨，同时也表现出那个动乱年代的实况。

【佳句接龙】

➡ 人生不相见，动如参与商。（【唐】杜甫《赠卫八处士》）

➡ 商女不知亡国恨，隔江犹唱后庭花。（【唐】杜牧《泊秦淮》）

➡ 落草齐生，莺飞蝶双。（【唐】孟浩然《清明即事》）

➡ 鹤唳且闲，断云轻不。（【唐】戴叔伦《九日与敬处士左学士同赋采菊上东山便为首句》）

➡ 旗收败马，占碛拥残。（【唐】卢纶《从军行》）

➡ 符关帝阙，天策动将。（【唐】骆宾王《宿温城望军营》）

➡ 中异苦乐，主将宁尽。（【唐】杜甫《前出塞九首·其五》）

➡ 道欲来相问讯，西楼望月几回？（【唐】韦应物《寄李儋元锡》）

➡ 光随露湛，碎影逐波。（【唐】骆宾王《望月有所思》）

➡ 忧御魑魅，归愿牧鸡豚。（【唐】刘禹锡《武陵书怀五十韵》）

答案：人生不相见，动如参与商。→商女不知亡国恨，隔江犹唱后庭花。→花落草齐生，莺飞蝶双戏。→戏鹤唳且闲，断云轻不卷。→卷旗收败马，占碛拥残兵。→兵符关帝阙，天策动将军。→军中异苦乐，主将宁尽闻。→闻道欲来相问讯，西楼望月几回圆？→圆光随露湛，碎影逐波来。→来忧御魑魅，归愿牧鸡豚。

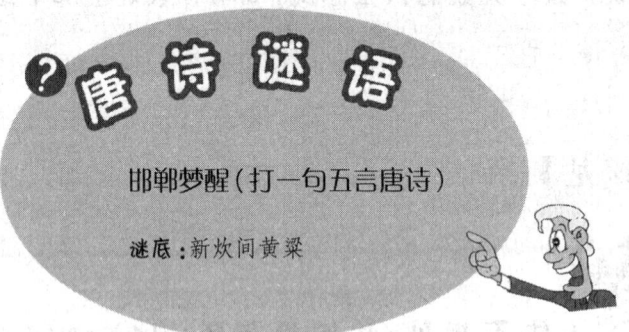

唐诗谜语

邯郸梦醒（打一句五言唐诗）

谜底：新炊间黄粱

五更鼓角声悲壮，三峡星河影动摇。

——【唐】杜甫《阁夜》

【佳句解析】

五更的时候，军中响起号角的声音，听起来是那样的悲壮；天上的银河映照在三峡的江水上，星辰的倒影不停地在水面上摇动。

【原作欣赏】

阁夜

岁暮阴阳催短景①，天涯霜雪霁寒宵②。
五更鼓角声悲壮③，三峡星河影动摇④。

野哭千家闻战伐⑤,夷歌数处起渔樵⑥。
卧龙跃马终黄土⑦,人事音书漫寂寥⑧。

注释

① **阴阳**:指日月。**短景**:指冬季日短。**景**:通"影",日光。
② **霁**(jì):雪停。
③ **五更鼓角声悲壮**:指天未明时,当地的驻军已开始活动起来。
④ **三峡**:指瞿塘峡、巫峡、西陵峡。**星河**:银河,这里泛指天上的群星。
⑤ **野哭千家闻战伐**:战乱的消息传来,千家万户的哭声响彻四野。**战伐**:指崔旰(gàn)之乱。永泰元年(765)四月,郭英继任剑南节度使兼成都尹,崔旰起兵攻郭,后郭被杀,郭的旧部又讨伐崔旰,蜀中大乱。
⑥ **夷歌**:指四川境内少数民族的歌谣。
⑦ **卧龙**:指诸葛亮。**跃马**:指公孙述。西汉末年,天下大乱,他凭蜀地险要,自立为天子,号"白帝"。诸葛亮和公孙述在夔州都有祠庙,故诗中提到。这句是贤人和愚人终成黄土之意。
⑧ **人事**:指交游。**音书**:指亲朋间的慰藉。**漫**:徒然、白白地。

佳句品读

黎明前军队已在加紧活动从侧面反映出兵革未息、时局动荡。星河灿烂,映照于江流之中却是摇曳不定,更显出诗人风雨飘摇的人生和动荡不安的心境。诗人把他对时局的深切关怀和三峡夜深美景的欣赏有声有色地表现出来,气势苍凉,音调铿锵悦耳,辞采伟丽,深蕴着诗人悲壮深沉的情怀。

【佳句接龙】

五更鼓角声悲壮,三峡星河影动摇。(【唐】杜甫《阁夜》)

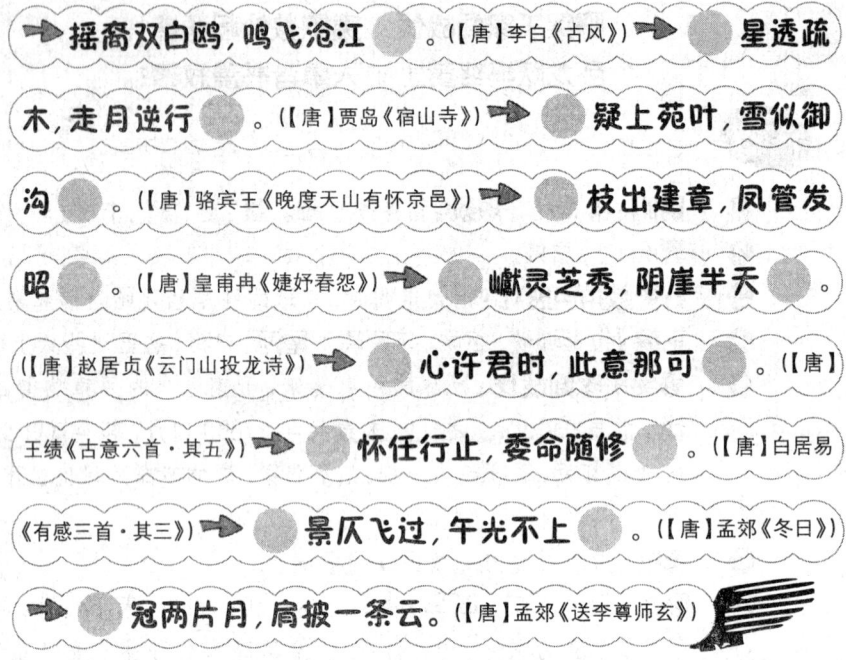

答案：五更鼓角声悲壮，三峡星河影动摇。→摇裔双白鸥，鸣飞沧江流。→流星透疏木，走月逆行云。→云疑上苑叶，雪似御沟花。→花枝出建章，凤管发昭阳。→阳巘灵芝秀，阴崖半天赤。→赤心许君时，此意那可忘。→忘怀任行止，委命随修短。→短景仄飞过，午光不上头。→头冠两片月，肩披一条云。

月落乌啼霜满天，江枫渔火对愁眠。

——【唐】张继《枫桥夜泊》

【佳句解析】

    月亮沉落，栖乌啼鸣，茫茫夜气中似正弥漫满天霜华；江枫隐隐，渔火点点，只剩旅人独自对愁而眠。

【原作欣赏】

枫桥夜泊①

月落乌啼霜满天②，江枫渔火对愁眠。
姑苏城外寒山寺③，夜半钟声到客船④。

注释

① 枫桥：桥名，在今江苏苏州市阊门外。
② 乌啼：乌鸦啼叫。乌：指乌鸦，亦指夜晚树上的栖鸟。
③ 姑苏：苏州市的别称，因城西南有姑苏山而名。寒山寺：在枫桥附近，据传唐代僧人寒山、拾得曾住此，因而得名。
④ 夜半钟声：唐代寺庙有半夜敲钟的习惯。

佳句品读

　　这两句诗营造出十分清寂幽远的意境，景物的选取搭配与人物的心理达到了高度默契与交融，情味隽永，让人感同身受。

【作者简介】

　　张继（约715—约779），字懿孙，唐朝诗人。其诗多登临纪行之作，诗风爽朗激越，不事雕琢，比兴幽深，情致深远。著有《张祠部诗集》。

【佳句接龙】

月落乌啼霜满天，江枫渔火对愁眠。（【唐】张继《枫桥夜泊》）

➡ 眠罢又一酌，酌罢又一　　。（【唐】白居易《自咏》）➡ 篇高

➡ 且真，真为国风　　。（【唐】郑谷《读故许昌薛尚书诗集》）➡ 宫因

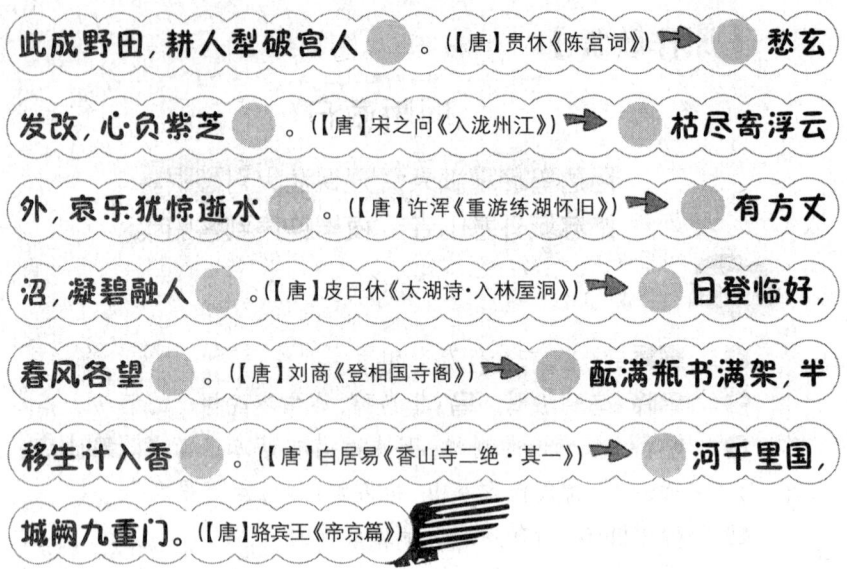

答案：月落乌啼霜满天，江枫渔火对愁眠。→眠罢又一酌，酌罢又一篇。→篇篇高且真，真为国风陈。→陈宫因此成野田，耕人犁破宫人镜。→镜愁玄发改，心负紫芝荣。→荣枯尽寄浮云外，哀乐犹惊逝水前。→前有方丈沼，凝碧融人晴。→晴日登临好，春风各望家。→家酝满瓶书满架，半移生计入香山。→山河千里国，城阙九重门。

唐诗谜语

化妆品广告（打一句五言唐诗）

谜底：邀人傅脂粉

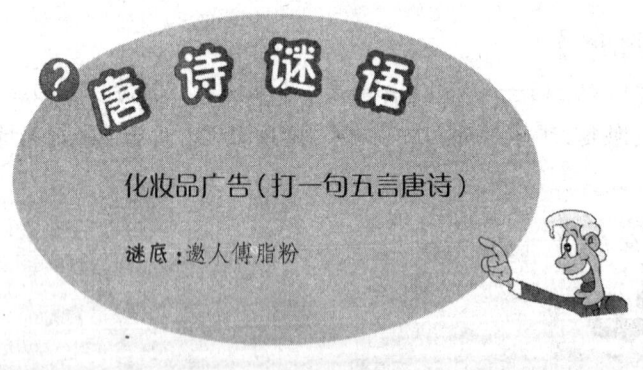

第4章 山水情怀

> 潮平两岸阔，风正一帆悬。
>
> ——【唐】王湾《次北固山下》

【佳句解析】

江水潮涨，漫平两岸，江面变得浩浩荡荡，辽阔无边；白帆顺风，远远望去，好像悬挂在碧蓝的空中。

【原作欣赏】

次北固山下①

客路青山外②，行舟绿水前。
潮平两岸阔③，风正一帆悬④。
海日生残夜⑤，江春入旧年。
乡书何处达⑥？归雁洛阳边⑦。

注释

① **次**：这里是停泊的意思。**北固山**：在今江苏镇江市北，三面临长江。
② **客路**：旅途。
③ **潮平两岸阔**：潮水涨满，两岸之间水面宽阔。
④ **风正**：顺风。**悬**：挂，这里指船帆端端直直地高挂着的样子。
⑤ **海日**：海上的旭日。**残夜**：夜色已残，指天将破晓，夜将尽而未尽的时候。

⑥ 乡书：家信。
⑦ 归雁：北归的大雁。大雁每年秋天飞往南方，春天飞往北方，古代有用大雁传递书信的传说。

佳句品读

旅途中的诗人立身船头，见春水初生江面尤显宽阔，加之江风不仅是"顺"风而且是"和"风，感于此景，笔下诗句勾勒出一幅鲜明壮美的大江行船图画。"平"、"阔"、"正"、"悬"堪称为诗眼。

【作者简介】

王湾（693—751），字为德，唐朝诗人、文学家，其诗名早著，现仅存10首。

【佳句接龙】

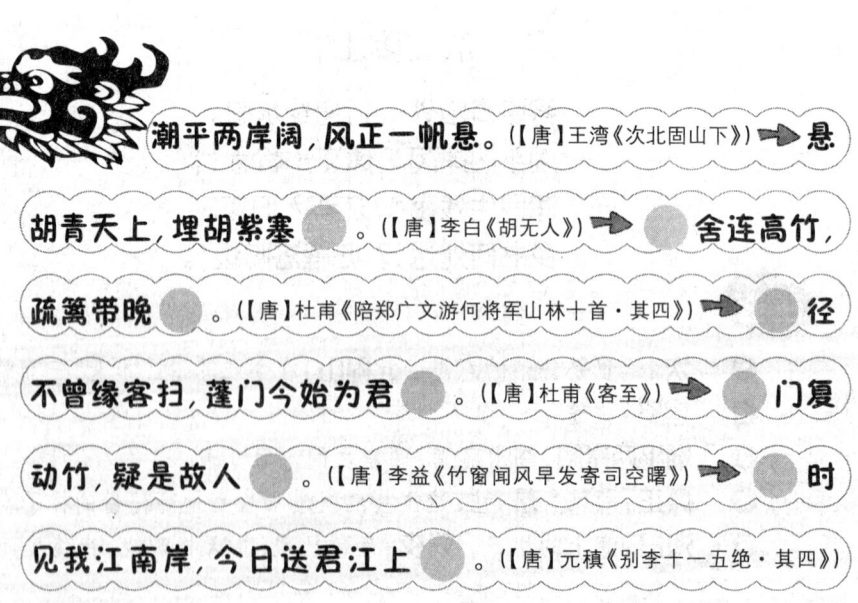

潮平两岸阔，风正一帆悬。（【唐】王湾《次北固山下》）➡ 悬

胡青天上，埋胡紫塞　。（【唐】李白《胡无人》）➡　舍连高竹，

疏篱带晚　。（【唐】杜甫《陪郑广文游何将军山林十首·其四》）➡　径

不曾缘客扫，蓬门今始为君　。（【唐】杜甫《客至》）➡　门复

动竹，疑是故人　。（【唐】李益《竹窗闻风早发寄司空曙》）➡　时

见我江南岸，今日送君江上　。（【唐】元稹《别李十一五绝·其四》）

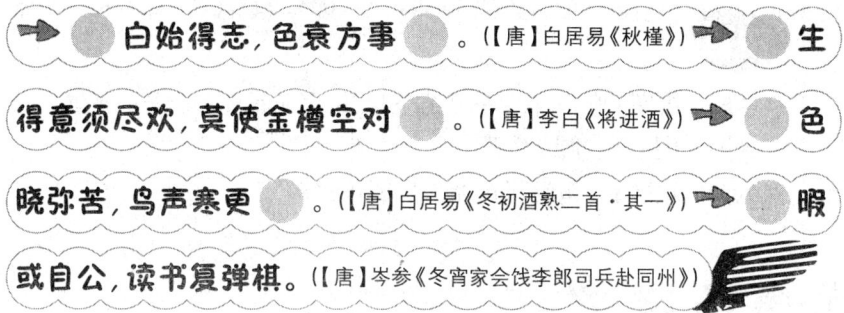

→ 白始得志,色衰方事○。([唐]白居易《秋槿》)→ 生
得意须尽欢,莫使金樽空对○。([唐]李白《将进酒》)→ 色
晓弥苦,鸟声寒更○。([唐]白居易《冬初酒熟二首·其一》)→ 暇
或自公,读书复弹棋。([唐]岑参《冬宵家会饯李郎司兵赴同州》)

答案: 潮平两岸阔,风正一帆悬。→悬胡青天上,埋胡紫塞旁。→旁舍连高竹,疏篱带晚花。→花径不曾缘客扫,蓬门今始为君开。→开门复动竹,疑是故人来。→来时见我江南岸,今日送君江上头。→头白始得志,色衰方事人。→人生得意须尽欢,莫使金樽空对月。→月色晓弥苦,鸟声寒更多。→多暇或自公,读书复弹棋。

空山不见人,但闻人语响。

——【唐】王维《鹿柴》

【佳句解析】

空旷的山林里看不到一个人影,只是能听到有人说话的声音。

【原作欣赏】

鹿柴①

空山不见人,但闻人语响②。
返景入深林③,复照青苔上。

81

注释

1. **鹿柴**：地名，在今陕西省蓝田县，是王维晚年隐居的地方。"柴"同"寨"。
2. **但**：只。**闻**：听见。
3. **返景**：夕阳返照的光。"景"同"影"。

佳句品读

空谷传音，只会愈见空谷之空。待人语响过，山林复归于静，而由于刚才的那一阵"响"，此时的空寂便会更加触动人心，这短暂的"响"，反衬出的是长久乃至永恒的空和寂。

【佳句接龙】

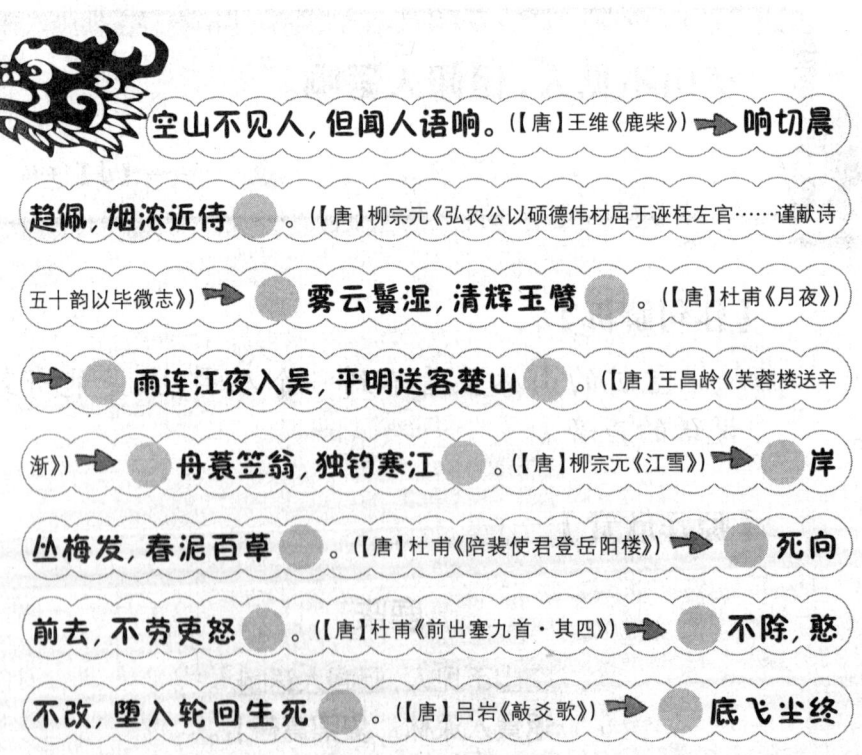

空山不见人，但闻人语响。（【唐】王维《鹿柴》）➡ 响切晨

趋佩，烟浓近侍 ○。（【唐】柳宗元《弘农公以硕德伟材屈于诬枉左官……谨献诗五十韵以毕微志》）➡ ○ 雾云鬟湿，清辉玉臂 ○。（【唐】杜甫《月夜》）

➡ ○ 雨连江夜入吴，平明送客楚山 ○。（【唐】王昌龄《芙蓉楼送辛渐》）➡ ○ 舟蓑笠翁，独钓寒江 ○。（【唐】柳宗元《江雪》）➡ 岸

丛梅发，春泥百草 ○。（【唐】杜甫《陪裴使君登岳阳楼》）➡ 死向

前去，不劳吏怒 ○。（【唐】杜甫《前出塞九首·其四》）➡ 不除，憨

不改，堕入轮回生死 ○。（【唐】吕岩《敲爻歌》）➡ ○ 底飞尘终

有日，山头化石岂无 ● 。（【唐】白居易《浪淘沙》） ● 难访亲戚，相见喜还悲。（【唐】卢纶《至德中赠内兄刘赞》）

答案： 空山不见人，但闻人语响。→响切晨趋佩，烟浓近侍香。→香雾云鬟湿，清辉玉臂寒。→寒雨连江夜入吴，平明送客楚山孤。→孤舟蓑笠翁，独钓寒江雪。→雪岸丛梅发，春泥百草生。→生死向前去，不劳吏怒嗔。→嗔不除，憨不改，堕入轮回生死海。→海底飞尘终有日，山头化石岂无时。→时难访亲戚，相见喜还悲。

趣味唐诗

唐诗中的花朵

请把花朵的名字填入下列各句唐诗。
① 归时共待暮潮上，自弄（　　）还荡桨。
② 中庭地白树栖鸦，冷露无声湿（　　）。
③ 平原池阁在谁家，双塔丛台野（　　）。
④ 芍药（　　）手里栽，临行一日绕千回。
⑤ 燕子不归春事晚，一汀烟雨（　　）寒。
⑥ 觉后（　　）委平绿，春风和雨吹池塘。
⑦ 月随波动碎潾潾，雪似（　　）不堪折。
⑧ 人面不知何处去，（　　）依旧笑春风。
⑨ （　　）花发满溪津，溪女洗花染白云。
⑩ 惆怅阶前红（　　），晚来唯有两枝残。

答案： ① 芙蓉　② 桂花　③ 菊花　④ 丁香　⑤ 杏花
　　　　　⑥ 梨花　⑦ 梅花　⑧ 桃花　⑨ 石榴　⑩ 牡丹

> 会当凌绝顶,一览众山小。
>
> ——【唐】杜甫《望岳》

【佳句解析】

　　我一定要登上泰山的顶峰,俯瞰那群山,而群山就会显得极为渺小。

【原作欣赏】

望岳①

岱宗夫如何②？齐鲁青未了③。
造化钟神秀④,阴阳割昏晓⑤。
荡胸生曾云⑥,决眦入归鸟⑦。
会当凌绝顶⑧,一览众山小⑨。

注释

① 岳：此指东岳泰山,在今山东省泰安市城北,其余四岳为西岳华山、北岳恒山、南岳衡山、中岳嵩山。

② 岱宗：泰山亦名岱山或岱岳。古代以泰山为五岳之首,诸山所宗,故又称"岱宗",历代帝王凡举行封禅大典,皆在此山。夫(fú)：发语词,无实在意义,强调疑问语气。

③ 齐鲁：原是春秋战国时代的两个国名,两国以泰山为界,齐国在泰山北,鲁国在泰山南。故后世以齐鲁大地代称山东地区。青未了：指郁郁苍苍的山色无边无际,难以尽言。青：指山色。未了：不尽。

④ 造化：指天地,大自然。钟：钟爱,偏爱。神秀：指泰山神奇秀丽(的景色)。

⑤ 阴阳割昏晓：此句是说泰山很高,在同一时间,山南山北判若早晨和晚上。阴阳：古代山南叫"阳",山北叫"阴"。割：分。昏晓：黄昏和早晨。

⑥ **荡胸**：心胸摇荡。**曾云**：重叠的云。曾，通"层"。
⑦ **决眦**（zì）：指极力张大眼睛。**决**：裂开。**眦**：眼角。**入**：收入眼底，即看到。
⑧ **会当**：终要，终当，定要。**凌**：登上。
⑨ **小**：以……为小，认为……小。

佳句品读

诗句描绘了泰山雄伟磅礴的气象，抒发了诗人向往登上绝顶的壮志，表现了一种敢于进取、积极向上的人生态度，极富哲理性。这种雄心和气概，不仅是杜甫能够成为伟大诗人的推动力，也是一切有所作为的人们所不可缺少的。

【佳句接龙】

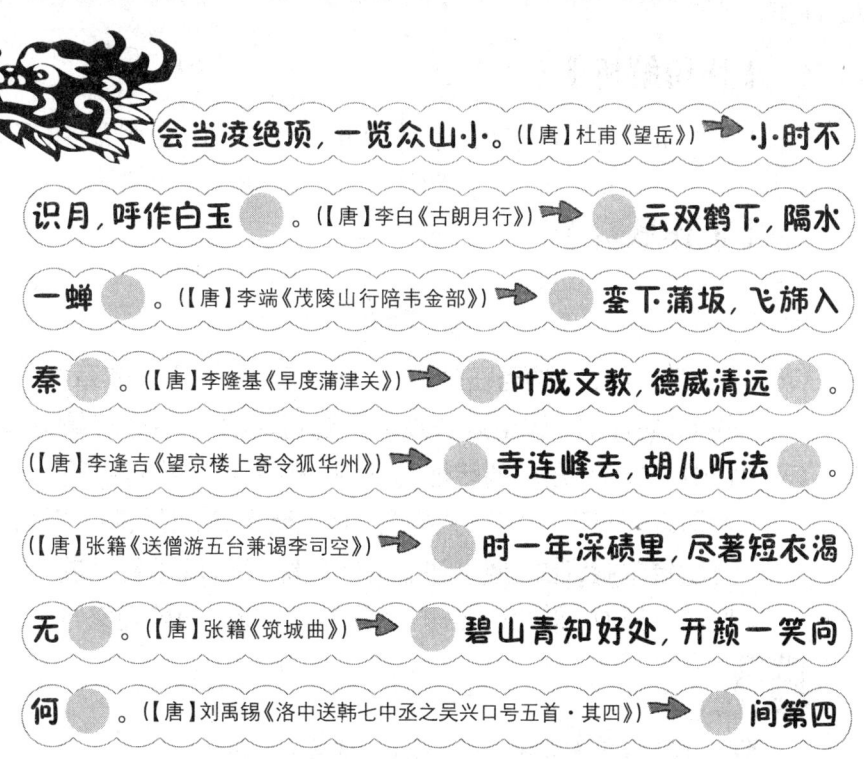

会当凌绝顶，一览众山小。（【唐】杜甫《望岳》）➡ 小时不识月，呼作白玉 。（【唐】李白《古朗月行》）➡ 云双鹤下，隔水一蝉 。（【唐】李端《茂陵山行陪韦金部》）➡ 銮下蒲坂，飞斾入秦 。（【唐】李隆基《早度蒲津关》）➡ 叶成文教，德威清远 。（【唐】李逢吉《望京楼上寄令狐华州》）➡ 寺连峰去，胡儿听法 。（【唐】张籍《送僧游五台兼谒李司空》）➡ 时一年深碛里，尽著短衣渴无 。（【唐】张籍《筑城曲》）➡ 碧山青知好处，开颜一笑向何 。（【唐】刘禹锡《洛中送韩七中丞之吴兴口号五首·其四》）➡ 间第四

祖,云里一双。({【唐】包佶《双山过信公所居》})→ 夺香炉巧,池偷明镜圆。({【唐】沈佺期《同李舍人冬日集安乐公主山池》})

答案: 会当凌绝顶,一览众山小。→小时不识月,呼作白玉盘。→盘云双鹤下,隔水一蝉鸣。→鸣銮下蒲坂,飞旆入秦中。→中叶成文教,德威清远边。→边寺连峰去,胡儿听法来。→来时一年深碛里,尽著短衣渴无水。→水碧山青知好处,开颜一笑向何人。→人间第四祖,云里一双峰。→峰夺香炉巧,池偷明镜圆。

在山泉水清,出山泉水浊。

——【唐】杜甫《佳人》

【佳句解析】

泉水在山中时是清澈的,出了山就变混浊了。

【原作欣赏】

佳人

绝代有佳人①,幽居在空谷②。自云良家子,零落依草木③。
关中昔丧乱④,兄弟遭杀戮。官高何足论⑤,不得收骨肉⑥。
世情恶衰歇,万事随转烛⑦。夫婿轻薄儿⑧,新人美如玉⑨。
合昏尚知时⑩,鸳鸯不独宿⑪。但见新人笑,那闻旧人哭⑫。
在山泉水清,出山泉水浊。侍婢卖珠回⑬,牵萝补茅屋⑭。
摘花不插发,采柏动盈掬⑮。天寒翠袖薄,日暮倚修竹⑯。

❶ **绝代:** 冠绝当代,举世无双。**佳人:** 貌美的女子。

② **幽居**：静处闺室，恬淡自守。
③ **零落**：飘零沦落。**依草木**：住在山林中。
④ **丧乱**：死亡和祸乱，指遭逢安史之乱。
⑤ **官高**：指娘家官阶高。
⑥ **骨肉**：指遭难的兄弟。
⑦ **转烛**：烛火随风转动，比喻世事变化无常。
⑧ **夫婿**：丈夫。
⑨ **新人**：指丈夫新娶的妻子。
⑩ **合昏**：夜合花，叶子朝开夜合。
⑪ **鸳鸯**：水鸟，雌雄成对，日夜形影不离。
⑫ **旧人**：佳人自称。
⑬ **卖珠**：因生活穷困而卖珠宝。
⑭ **牵萝**：拾取树藤类枝条。这是写佳人的清贫。
⑮ **采柏**：采摘柏树叶。**动**：往往。
⑯ **修竹**：高高的竹子。比喻佳人高尚的节操。

佳句品读

　　诗句直白，然而孕育深刻的人生哲理。一个人欲立志守节、宛若清澈山泉何其难？诗句比喻佳人固守贞洁，宁愿待在深山幽谷中，也不愿轻易出山沾染尘俗的污秽。

【佳句接龙】

在山泉水清，出山泉水浊。（【唐】杜甫《佳人》）→ 浊酒寻

陶令，丹砂访葛　　。（【唐】杜甫《奉寄河南韦尹丈人》）→ 才传出

世，清甲得高　　。（【唐】贯休《送卢舍人朝觐》）→ 将古谁是，疲

兵良可　　。（【唐】李白《幽州胡马客歌》）→ 此北上苦，停骖为

之●。([唐]李白《北上行》）→ ●心小儿女，撩乱火堆●。([唐]

元稹《除夜》）→ ●马萧萧鸣，边风满碛●。([唐]刘禹锡《边风行》）

→ ●世莫徒劳，风吹盘上●。([唐]李贺《铜驼悲》）→ ●送

香车入，花临宝扇●。([唐]沈佺期《寿阳王花烛》）→ ●户西北

望，远见嵯峨山。([唐]张籍《三原李氏园宴集》）

答案： 在山泉水清，出山泉水浊。→浊酒寻陶令，丹砂访葛洪。→洪才传出世，清甲得高名。→名将古谁是，疲兵良可叹。→叹此北上苦，停骖为之伤。→伤心小儿女，撩乱火堆边。→边马萧萧鸣，边风满碛生。→生世莫徒劳，风吹盘上烛。→烛送香车入，花临宝扇开。→开户西北望，远见嵯峨山。

❓唐诗谜语

古来将相在何方（打一句五言唐诗）

谜底：昔时人已没

白水暮东流，青山犹哭声。

——【唐】杜甫《新安吏》

【佳句解析】

白水在暮色中无语东流，青山好像犹自带着哭声。

【原作欣赏】

新安吏①

客行新安道,喧呼闻点兵。借问新安吏:"县小更无丁②?"
"府帖昨夜下,次选中男行③。""中男绝短小,何以守王城?"
肥男有母送,瘦男独伶俜④。白水暮东流,青山犹哭声。
"莫自使眼枯,收汝泪纵横。眼枯即见骨,天地终无情。
我军取相州⑤,日夕望其平。岂意贼难料,归军星散营。
就粮近故垒,练卒依旧京⑥。掘壕不到水⑦,牧马役亦轻。
况乃王师顺,抚养甚分明。送行勿泣血,仆射如父兄⑧。"

注释

① **新安**:地名,今河南省新安县。
② **更**:岂。
③ **次**:依次。**中男**:唐初定制以16岁为中男,21岁为丁,唐天宝初年改以18岁为中男,22岁为丁。按照正常的征兵制度,中男不该服役。
④ **伶俜**(pīng):形容孤独。
⑤ **相州**:即邺城,今河南安阳市。
⑥ **旧京**:指唐东都洛阳。
⑦ **不到水**:指掘壕很浅。
⑧ **仆射**:指郭子仪。**如父兄**:指极爱士卒。

佳句品读

被抽走的征人和送别的人们哭声震天,场面惨伤,直至黄昏人走以后,哭声仍然在耳,仿佛连青山白水也呜咽不止,似幻觉又似真实,读起来叫人惊心动魄。

【佳句接龙】

白水暮东流,青山犹哭声。([唐]杜甫《新安吏》) ➡ 声流三处管，响乱一重○。（【唐】李世民《三层阁上置音声》）→ ○歌欣再理，和乐醉人○。（【唐】李白《赠从孙义兴宰铭》）→ ○摇如舞鹤，骨出似飞○。（【唐】李贺《恼公》）→ ○门变化人皆望，莺谷飞鸣自有○。（【唐】王涯《广宣上人以诗贺放榜和谢》）→ ○文仰雄伯，耀武震遐○。（【唐】卢从愿《奉和圣制送张说巡边》）→ ○城无人霜满路，野火烧桥不得○。（【唐】张籍《羁旅行》）→ ○溪犹忆处，寻洞不知○。（【唐】卢照邻《羁卧山中》）→ ○利我所无，清浊谁见○。（【唐】员半千《陇右途中遭非语》）→ ○推愁易惑，乡思病难裁。（【唐】元稹《酬卢秘书》）

答案：白水暮东流，青山犹哭声。→声流三处管，响乱一重弦。→弦歌欣再理，和乐醉人心。→心摇如舞鹤，骨出似飞龙。→龙门变化人皆望，莺谷飞鸣自有时。→时文仰雄伯，耀武震遐荒。→荒城无人霜满路，野火烧桥不得度。→度溪犹忆处，寻洞不知名。→名利我所无，清浊谁见理。→理推愁易惑，乡思病难裁。

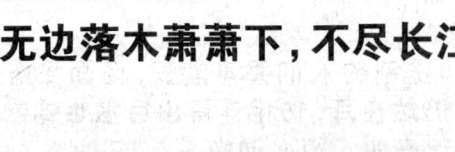

无边落木萧萧下，不尽长江滚滚来。

——【唐】杜甫《登高》

【佳句解析】

无边无际的树木落叶萧萧，望不到头的长江滚滚奔腾。

【原作欣赏】

登高

风急天高猿啸哀①，渚清沙白鸟飞回②。
无边落木萧萧下③，不尽长江滚滚来。
万里悲秋常作客④，百年多病独登台⑤。
艰难苦恨繁霜鬓⑥，潦倒新停浊酒杯⑦。

注释

① **啸哀**：指猿的叫声凄厉。
② **渚**（zhǔ）：水中的小块陆地。**鸟飞回**：鸟飞舞盘旋。**回**：回旋。
③ **落木**：指秋天飘落的树叶。**萧萧**：形容草木飘落的声音。
④ **万里**：指远离故乡。**常作客**：长期漂泊他乡。
⑤ **百年**：这里指晚年。
⑥ **艰难**：兼指国运和自身命运。**苦恨**：极恨，极其遗憾。**繁霜鬓**：白发增多，如鬓边着霜雪。
⑦ **潦倒**：衰颓，失意。这里指衰老多病，志不得伸。**新停**：刚刚停止。杜甫晚年因病戒酒，所以说"新停"。

佳句品读

诗人仰望茫无边际、萧萧而下的落叶，俯视奔流不息、滚滚而来的江水，在写景的同时，深沉地抒发了自己壮志难酬的悲怆情怀。"无边""不尽"，使"萧萧""滚滚"更加形象化，极写出肃穆肃杀、广阔辽远的景象。诗句对仗精工，笔力沉郁苍凉，而境界非常壮阔，十分触动读者。

【佳句接龙】

无边落木萧萧下，不尽长江滚滚来。（[唐]杜甫《登

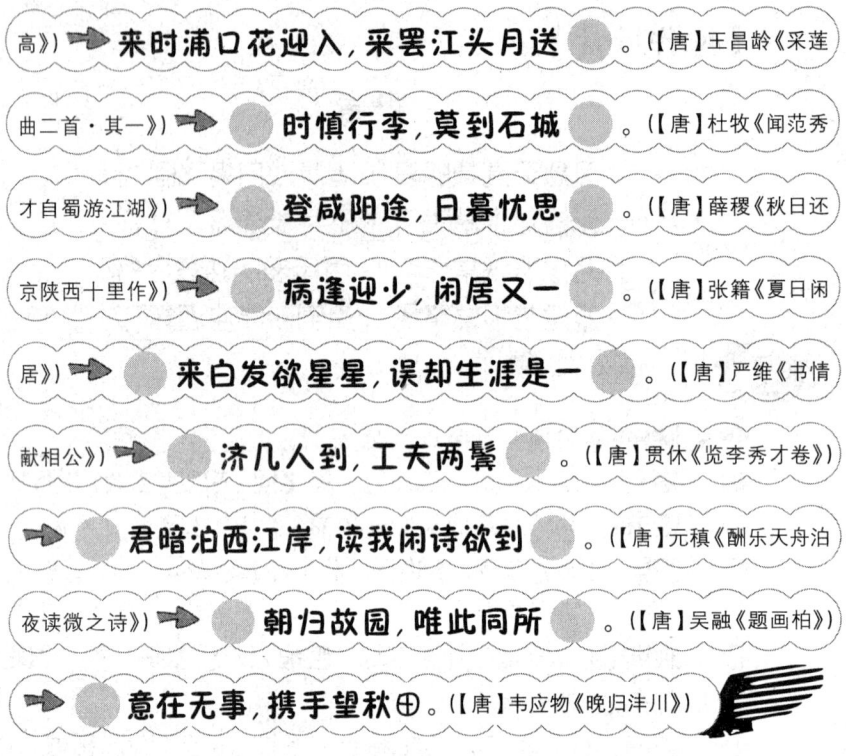

（高》）➡ 来时浦口花迎入，采罢江头月送○。（【唐】王昌龄《采莲曲二首·其一》）➡ ○时慎行李，莫到石城○。（【唐】杜牧《闻范秀才自蜀游江湖》）➡ ○登咸阳途，日暮忧思○。（【唐】薛稷《秋日还京陕西十里作》）➡ ○病逢迎少，闲居又一○。（【唐】张籍《夏日闲居》）➡ ○来白发欲星星，误却生涯是一○。（【唐】严维《书情献相公》）➡ ○济几人到，工夫两鬓○。（【唐】贯休《览李秀才卷》）➡ ○君暗泊西江岸，读我闲诗欲到○。（【唐】元稹《酬乐天舟泊夜读微之诗》）➡ ○朝归故园，唯此同所○。（【唐】吴融《题画柏》）➡ ○意在无事，携手望秋田。（【唐】韦应物《晚归沣川》）

答案：无边落木萧萧下，不尽长江滚滚来。→来时浦口花迎入，采罢江头月送归。→归时慎行李，莫到石城西。→西登咸阳途，日暮忧思多。→多病逢迎少，闲居又一年。→年来白发欲星星，误却生涯是一经。→经济几人到，工夫两鬓知。→知君暗泊西江岸，读我闲诗欲到明。→明朝归故园，唯此同所适。→适意在无事，携手望秋田。

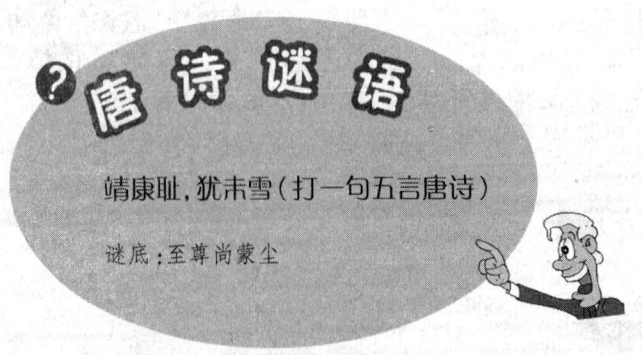

唐诗谜语

靖康耻，犹未雪（打一句五言唐诗）

谜底：至尊尚蒙尘

> 只在此山中,云深不知处。
>
> ——【唐】贾岛《寻隐者不遇》

【佳句解析】

就在这座山中,可是林深云密,也不知道到底在哪里。

【原作欣赏】

寻隐者不遇①

松下问童子②,言师采药去。
只在此山中,云深不知处③。

注释

① 寻:寻访。隐者:古代指不出仕而隐居在山野中的人。
② 童子:这里指隐者的弟子。
③ 处:地方。

佳句品读

诗句白描无华,却有清新之致,实际不只是诗人对隐者的描绘,也是诗人自己所追求向往的人生境界。现在这两句常被用于形容深藏不露的神秘事物。

【作者简介】

贾岛(779—843),字阆仙(一作浪仙),唐朝诗人。其诗精于雕琢,喜写荒凉、枯寂之境,多凄苦情味,著有《长江集》等。

【佳句接龙】

只在此山中,云深不知处。([唐]贾岛《寻隐者不遇》)

处处已知仓廪溢,家家皆歌管弦〇。([唐]贯休《贺雨上王使君二首·其一》)

〇此更肠断,凭崖泪如〇。([唐]李白《秋登巴陵望洞庭》)

〇鸣碧涧底,花落紫岩〇。([唐]卢照邻《过东山谷口》)

〇人爱芳草,志士惜颓〇。([唐]李端《卧病别郑锡》)

〇色年年谢,相如赋岂〇。([唐]皇甫冉《婕妤怨》)

〇商彻屋去,牛马登山〇。([唐]白居易《大水》) 〇楫时惊透,猜钩每误〇。([唐]沈佺期《钓竿篇》) 〇衣顿足拦道哭,哭声直上干云〇。([唐]杜甫《兵车行》) 〇汉九重辞凤阙,云山何处访桃源。([唐]戴叔伦《汉宫人入道》)

答案：只在此山中,云深不知处。→处处已知仓廪溢,家家皆歌管弦听。→听此更肠断,凭崖泪如泉。→泉鸣碧涧底,花落紫岩幽。→幽人爱芳草,志士惜颓颜。→颜色年年谢,相如赋岂工。→工商彻屋去,牛马登山避。→避楫时惊透,猜钩每误牵。→牵衣顿足拦道哭,哭声直上干云霄。→霄汉九重辞凤阙,云山何处访桃源。

山间小路（打一句五言唐诗）

谜底：崎岖不易行

第 5 章 季节时令

> 白雪却嫌春色晚,故穿庭树作飞花。
>
> ——【唐】韩愈《春雪》

【佳句解析】

白雪嫌春色来得太迟,于是纷纷扬扬,在庭院的树木间洒下片片飞花。

【原作欣赏】

春雪

新年都未有芳华①,二月初惊见草芽②。
白雪却嫌春色晚,故穿庭树作飞花③。

注释

① 芳华:芬芳的鲜花。
② 初:刚刚。
③ 故:因此。**庭树**:庭院里的树木。

佳句品读

春天姗姗来迟,白雪却等不住了,纷纷扬扬,自己装点出了一派春色。真正的春色(百花盛开)未来,固然不免令人感到有些遗憾,但这穿树飞花的春雪不也照样给人以春的气息吗?诗人对春雪不是惆怅、遗憾,而是充满着欣喜。

【作者简介】

韩愈（768—824），字退之，唐朝著名文学家、政治家，被尊为"唐宋八大家"之首。著有《昌黎先生集》《外集》等。

【佳句接龙】

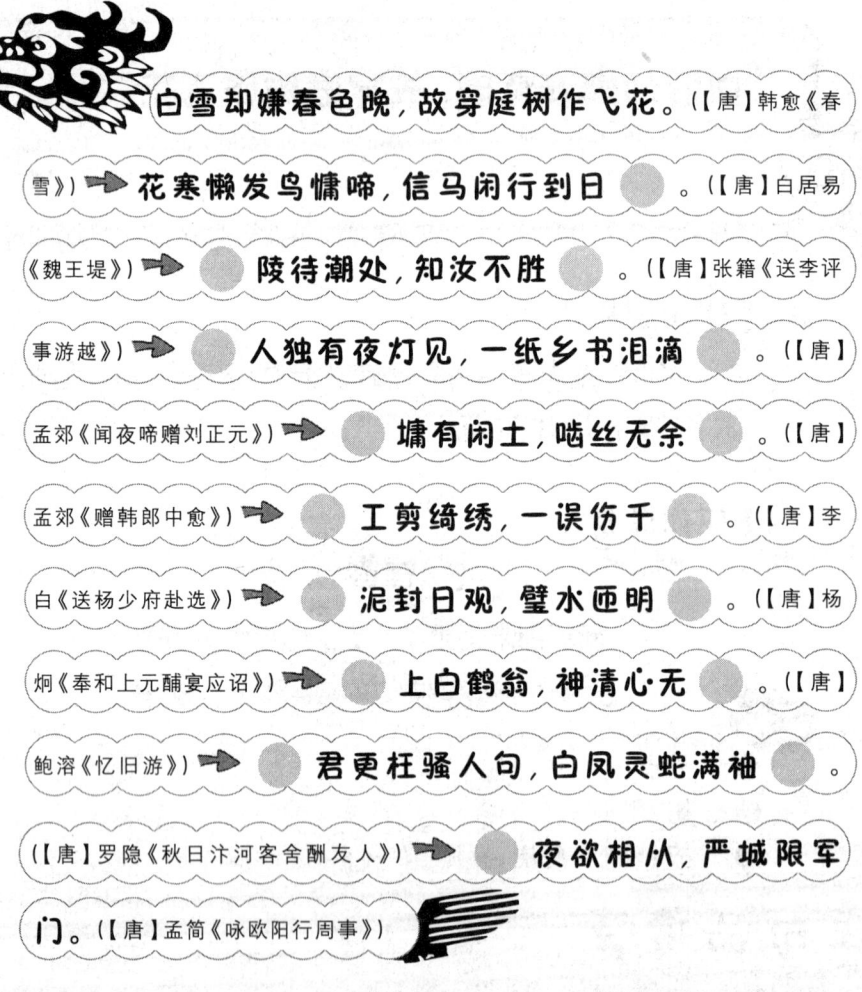

白雪却嫌春色晚，故穿庭树作飞花。（【唐】韩愈《春雪》）→ 花寒懒发鸟慵啼，信马闲行到日〇。（【唐】白居易《魏王堤》）→ 〇陵待潮处，知汝不胜〇。（【唐】张籍《送李评事游越》）→ 〇人独有夜灯见，一纸乡书泪滴〇。（【唐】孟郊《闻夜啼赠刘正元》）→ 〇墉有闲土，啮丝无余〇。（【唐】孟郊《赠韩郎中愈》）→ 〇工剪绮绣，一误伤千〇。（【唐】李白《送杨少府赴选》）→ 〇泥封日观，璧水匝明〇。（【唐】杨炯《奉和上元酺宴应诏》）→ 〇上白鹤翁，神清心无〇。（【唐】鲍溶《忆旧游》）→ 〇君更枉骚人句，白凤灵蛇满袖〇。（【唐】罗隐《秋日汴河客舍酬友人》）→ 〇夜欲相从，严城限军门。（【唐】孟简《咏欧阳行周事》）

答案： 白雪却嫌春色晚，故穿庭树作飞花。→花寒懒发鸟慵啼，信马闲行到日西。→西陵待潮处，知汝不胜愁。→愁人独有夜灯见，一纸乡书泪滴穿。→穿墉有闲土，啮丝无余衣。→衣工剪绮绣，一误伤千金。→金泥封日观，璧水匝明堂。→堂上白鹤翁,神清心无烦。→烦君更枉骚人句,白凤灵蛇满袖中。→中夜欲相从,严城限军门。

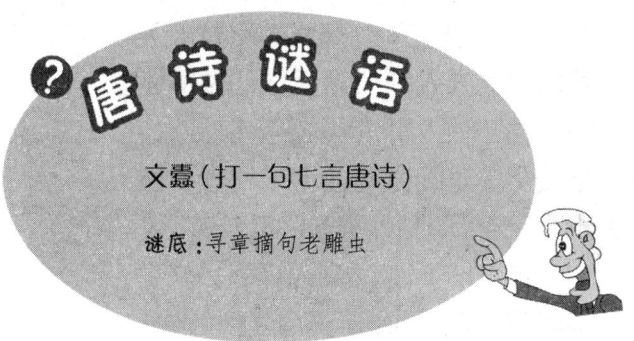

唐诗谜语

文蠹（打一句七言唐诗）

谜底：寻章摘句老雕虫

春来遍是桃花水,不辨仙源何处寻？

——【唐】王维《桃源行》

【佳句解析】

到了春天的时候,到处都是桃花盛开流水涨溢,不知往何处去找寻那神仙乐地桃花源？

【原作欣赏】

桃源行

渔舟逐水爱山春①,两岸桃花夹古津②。
坐看红树不知远③,行尽青溪不见人④。
山口潜行始隈隩⑤,山开旷望旋平陆⑥。
遥看一处攒云树⑦,近入千家散花竹⑧。
樵客初传汉姓名⑨,居人未改秦衣服。

居人共住武陵源⑩，还从物外起田园⑪。
月明松下房栊静⑫，日出云中鸡犬喧⑬。
惊闻俗客争来集⑭，竞引还家问都邑⑮。
平明闾巷扫花开⑯，薄暮渔樵乘水入⑰。
初因避地去人间⑱，及至成仙遂不还。
峡里谁知有人事，世中遥望空云山。
不疑灵境难闻见⑲，尘心未尽思乡县⑳。
出洞无论隔山水，辞家终拟长游衍㉑。
自谓经过旧不迷㉒，安知峰壑今来变㉓。
当时只记入山深，青溪几度到云林㉔。
春来遍是桃花水㉕，不辨仙源何处寻？

注释

① **逐水**：顺着溪水。
② **古津**：古渡口。
③ **坐**：因为。
④ **见人**：遇到路人。
⑤ **隈**(wēi)：山、水弯曲的地方。**隩**(ào)：河岸弯曲处。
⑥ **旷望**：指视野开阔。**旋**：不久。
⑦ **攒云树**：云树相连。**攒**：聚集。
⑧ **散花竹**：指到处都有花和竹林。
⑨ **樵客**：原本指打柴人，这里指渔人。
⑩ **武陵源**：指桃花源，相传在今湖南省桃源县（晋代属武陵郡）西南。
⑪ **物外**：世外。
⑫ **房栊**：房屋的窗户。
⑬ **喧**：叫声嘈杂。
⑭ **俗客**：指误入桃花源的渔人。
⑮ **引**：领。**都邑**：指桃源人原来的家乡。
⑯ **平明**：天刚亮。**闾巷**：街巷。**开**：指开门。
⑰ **薄暮**：傍晚。
⑱ **避地**：迁居此地以避祸患。**去**：离开。
⑲ **灵境**：指仙境。

⑳ **尘心**：普通人的感情。**乡县**：家乡。
㉑ **游衍**：流连不去。
㉒ **自谓**：自以为。**不迷**：不再迷路。
㉓ **峰壑**：山峰峡谷。
㉔ **云林**：云中山林。
㉕ **桃花水**：指春水。春天桃花开时河流涨溢。

佳句品读

这两句诗笔优美，意境迷茫，蕴藏着深深的怅惘之情，也让诗人对"仙源"的向往显得喟叹良多。诗句可用来写春天的山间溪水，还可以用来表现人们欲找回已经失去的美好事物，可是时过境迁，愿望难以实现。

【佳句接龙】

春来遍是桃花水，不辨仙源何处寻？（【唐】王维《桃源行》）➡ 寻常行处皆逢见，世上多疑是谪 ◯ 。（【唐】张籍《罗道士》）➡ ◯ 台初见五城楼，风物凄凄宿雨 ◯ 。（【唐】韩翃《同题仙游观》）➡ ◯ 拾古所弃，俯仰补空 ◯ 。（【唐】孟郊《奉报翰林张舍人见遗之诗》）➡ ◯ 场供秀句，乐府待新 ◯ 。（【唐】白居易《读李杜诗集因题卷后》）➡ ◯ 客携文访病夫，因吟送别忆湘 ◯ 秀才归湘中）➡ ◯ 平帆尽落，天淡月初 ◯ 。（【唐】贯休《鄱阳道中作》）➡ ◯ 毫促点声静新，孔砚宽顽何足 ◯ 。（【唐】李贺《杨生青花紫

《石砚歌》》→ 〇间二室劳君画,水墨苍苍半壁〇。([唐]许浑《赠

《李伊阙》》→ 〇律随寒改,阳和应节生。([唐]裴度《至日登乐游园》)

答案:春来遍是桃花水,不辨仙源何处寻?→寻常行处皆逢见,世上多疑是谪仙。→仙台初见五城楼,风物凄凄宿雨收。→收拾古所弃,俯仰补空文。→文场供秀句,乐府待新词。→词客携文访病夫,因吟送别忆湘湖。→湖平帆尽落,天淡月初圆。→圆毫促点声静新,孔砚宽顽何足云。→云间二室劳君画,水墨苍苍半壁阴。→阴律随寒改,阳和应节生。

只恋江南住(打一句五言唐诗)

谜底:北土非吾愿

春潮带雨晚来急,野渡无人舟自横。

——【唐】韦应物《滁州西涧》

【佳句解析】

傍晚下了春雨,潮水涌得更急,荒野渡口空无一人,只有小船独自漂浮在河边上。

【原作欣赏】

滁州西涧①

独怜幽草涧边生②,上有黄鹂深树鸣。
春潮带雨晚来急,野渡无人舟自横③。

注释

① 滁州:今安徽省滁州市。西涧:滁州城西郊的一条小溪,又称上马河,即今天的西涧湖(原城西水库)。
② 独怜:独独怜爱。
③ 野渡:荒郊野外的渡口。横:指随意漂浮。

佳句品读

诗人以情写景、借景达意,在水急舟横的幽深景象当中,蕴含着一种不在其位、不得其用的无奈、忧虑、悲愁的情怀。

【作者简介】

韦应物(737—792),唐朝诗人,诗风恬淡高远,以善于写景和描写隐逸生活著称。著有《韦苏州集》。

【佳句接龙】

春潮带雨晚来急,野渡无人舟自横。【唐】韦应物《滁州西涧》➡ 横绝历四海,所居未得 ◯。(【唐】李白《古风》)➡ ◯笛哀声急,城砧朔气 ◯。(【唐】皇甫冉《秋夜寄所思》)➡ 客闻山响,归房逐水 ◯。【唐】王维《过感化寺昙兴上人山院》➡ 水朝将暮,行人东复 ◯。【唐】刘长卿《长沙桓王墓下别李纾、张南史》➡ 风淅

渺月连天，同醉兰舟未十　。（【唐】许浑《重游练湖怀旧》）➡ 　老

从僧律，生知解佛　。（【唐】严维《赠别至弘上人》）➡ 　院欲

开虫网户，讼庭犹掩雀罗　。（【唐】许浑《疾后与郡中群公宴李秀才》）

➡ 　前种柳深成巷，野谷流泉添入　。（【唐】高适《寄宿田家》）

➡ 　藕重生叶，林鸦再引雏。（【唐】白居易《归来二周岁》）

答案： 春潮带雨晚来急，野渡无人舟自横。→横绝历四海，所居未得邻。→邻笛哀声急，城砧朔气催。→催客闻山响，归房逐水流。→流水朝将暮，行人东复西。→西风渺渺月连天，同醉兰舟未十年。→年老从僧律，生知解佛书。→书院欲开虫网户，讼庭犹掩雀罗门。→门前种柳深成巷，野谷流泉添入池。→池藕重生叶，林鸦再引雏。

匡衡凿壁（打一句五言唐诗）

谜底：共此灯烛光

三月三日天气新，长安水边多丽人。

——【唐】杜甫《丽人行》

【佳句解析】

三月三日阳春时节天气清新，长安曲江河畔聚集着很多美人。

【原作欣赏】

丽人行

三月三日天气新①,长安水边多丽人。
态浓意远淑且真②,肌理细腻骨肉匀③。
绣罗衣裳照暮春,蹙金孔雀银麒麟④。
头上何所有?翠微㔩叶垂鬓唇⑤。
背后何所见?珠压腰衱稳称身⑥。
就中云幕椒房亲⑦,赐名大国虢与秦⑧。
紫驼之峰出翠釜⑨,水精之盘行素鳞⑩。
犀箸厌饫久未下⑪,鸾刀缕切空纷纶⑫。
黄门飞鞚不动尘⑬,御厨络绎送八珍⑭。
箫鼓哀吟感鬼神,宾从杂遝实要津⑮。
后来鞍马何逡巡⑯,当轩下马入锦茵⑰。
杨花雪落覆白𬞟,青鸟飞去衔红巾⑱。
炙手可热势绝伦,慎莫近前丞相嗔⑲!

① **三月三日**:此日为上巳日,唐朝长安士女多于此日到城南曲江游玩踏青。
② **态浓**:姿态浓艳。**意远**:神气高远。**淑且真**:淑美而不做作。
③ **肌理细腻**:皮肤细嫩光滑。**骨肉匀**:身材匀称适中。
④ **"绣罗""蹙金"两句**:用金银线镶绣着孔雀和麒麟的华丽衣裳与暮春的美丽景色相映生辉。
⑤ **㔩(è)叶**:一种首饰。**鬓唇**:鬓边。
⑥ **腰衱(jié)**:裙带。**稳称身**:十分贴切合身。
⑦ **就中**:其中。**云幕**:指宫殿中的云状帷幕。**椒房**:汉代皇后居室,以椒和泥涂壁。后世泛指后妃居住的宫室或代指后妃。
⑧ **赐名大国虢与秦**:这句是指天宝七载(748)唐玄宗赐封杨贵妃的大姐为韩国夫人,三姐为虢国夫人,八姐为秦国夫人。
⑨ **紫驼之峰**:即驼峰,是一种珍贵的食品。唐贵族食品中有"驼峰炙"。**釜**:古代的一种锅。
⑩ **水精**:即水晶。**行**:传送。**素鳞**:指白鳞鱼。

⑪ **犀筯**：犀牛角作的筷子。**厌饫**：吃得腻了。

⑫ **鸾刀**：带鸾铃的刀。**缕切**：细切。**空纷纶**：指厨师们白白忙乱一番。

⑬ **黄门**：宦官。**飞鞚**（kòng）：即飞马。

⑭ **八珍**：形容珍美食品之多。

⑮ **宾从**：宾客随从。**杂遝**（tà）：众多杂乱。**要津**：本指重要渡口，这里喻指杨国忠兄妹的家门。

⑯ **后来鞍马**：指丞相杨国忠。**逡巡**：缓慢徐行，旁若无人之态。

⑰ **锦茵**：锦织的地毯。

⑱ **"杨花""青鸟"两句**：这两句是隐语，以曲江暮春的自然景色来影射杨国忠与其从妹虢国夫人的暧昧关系。**杨花覆蘋**：古有杨花入水化为萍的说法，萍之大者为蘋。杨花、萍和蘋虽为三物，实出一体。故以杨花覆蘋影射兄妹苟且乱伦。**青鸟**：古代神话传说中能为西王母传递信息的使者。后世即以青鸟代指情人的信使。**红巾**：妇人所用的手帕。"飞去衔红巾"，指为杨氏兄妹传递消息。

⑲ **"炙手""慎莫"两句**：这两句言杨氏权倾朝野，气焰灼人，无人能比。**丞相**：指杨国忠，天宝十一载（752）十一月为右丞相。**嗔**：发怒。

佳句品读

盛唐时，每年春暖花开时节，权贵们都要到曲江游园踏青，其规模盛大而奢华，诗句在让后人看到大唐王朝繁荣强盛的同时，也窥见了当朝权贵们那奢靡腐败、骄横跋扈的丑态。

【佳句接龙】

三月三日天气新，长安水边多丽人。（[唐]杜甫《丽人行》）➡ 人间唯有醉，醉后复何 。（[唐]姚合《会将作崔监东园》）➡ 芝浮碎叶，冰镜上朝 。（[唐]李世民《宴中山》）

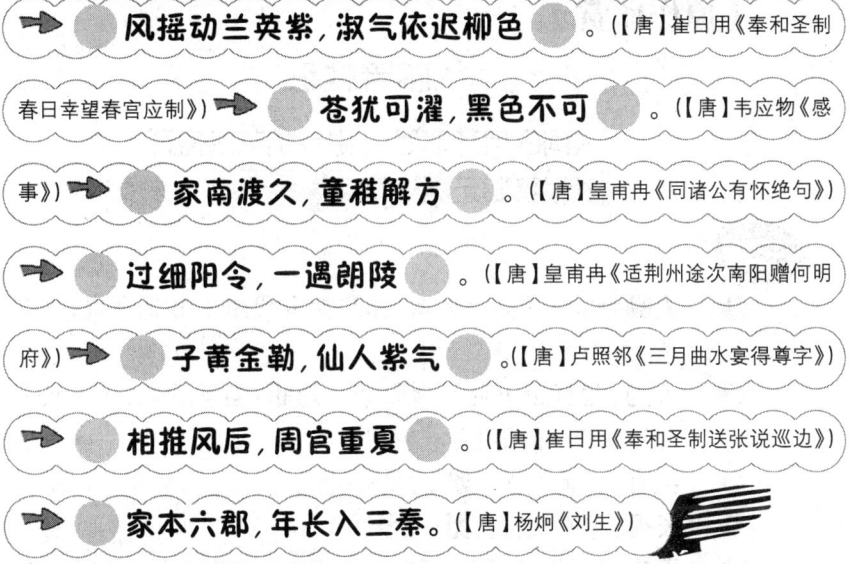

➡ ◯风摇动兰英紫,淑气依迟柳色◯。([唐]崔日用《奉和圣制春日幸望春宫应制》)

➡ ◯苍犹可濯,黑色不可◯。([唐]韦应物《感事》)

➡ ◯家南渡久,童稚解方◯。([唐]皇甫冉《同诸公有怀绝句》)

➡ ◯过细阳令,一遇朗陵◯。([唐]皇甫冉《适荆州途次南阳赠何明府》)

➡ ◯子黄金勒,仙人紫气◯。([唐]卢照邻《三月曲水宴得尊字》)

➡ ◯相推风后,周官重夏◯。([唐]崔日用《奉和圣制送张说巡边》)

➡ ◯家本六郡,年长入三秦。([唐]杨炯《刘生》)

答案: 三月三日天气新,长安水边多丽人。→人间唯有醉,醉后复何云。→云芝浮碎叶,冰镜上朝光。→光风摇动兰英紫,淑气依迟柳色青。→青苍犹可濯,黑色不可移。→移家南渡久,童稚解方言。→言过细阳令,一遇朗陵公。→公子黄金勒,仙人紫气轩。→轩相推风后,周官重夏卿。→卿家本六郡,年长入三秦。

长恨春归无觅处,不知转入此中来。

——【唐】白居易《大林寺桃花》

【佳句解析】

我常常为春天的逝去无处寻觅而惋惜,没想到春天反倒在这深山寺庙之中了。

【原作欣赏】

大林寺桃花①

人间四月芳菲尽②，山寺桃花始盛开③。
长恨春归无觅处④，不知转入此中来⑤。

① **大林寺**：在庐山大林峰，相传为晋代僧人昙诜所建，为我国佛教胜地之一。
② **人间**：指庐山下的平地村落。**芳菲**：盛开的花，亦可泛指花草艳盛的阳春景色。**尽**：指花凋谢了。
③ **山寺**：指大林寺。**始**：才，刚刚。
④ **长恨**：常常惋惜。**觅**：寻找。
⑤ **不知**：岂料，想不到。**转**：反。**此中**：这深山的寺庙里。

佳句品读

这两句诗一举扭转了对于春天的叹逝之情，转而一变而为惊异、欣喜，诗人用桃花代替抽象的春光，把春光写得具体可感、生动美丽，同时又立意新颖、造语趣雅。

【佳句接龙】

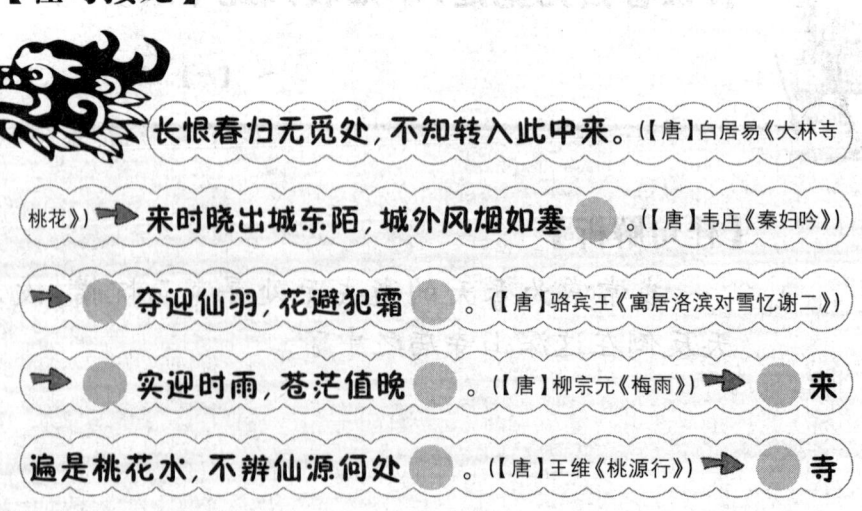

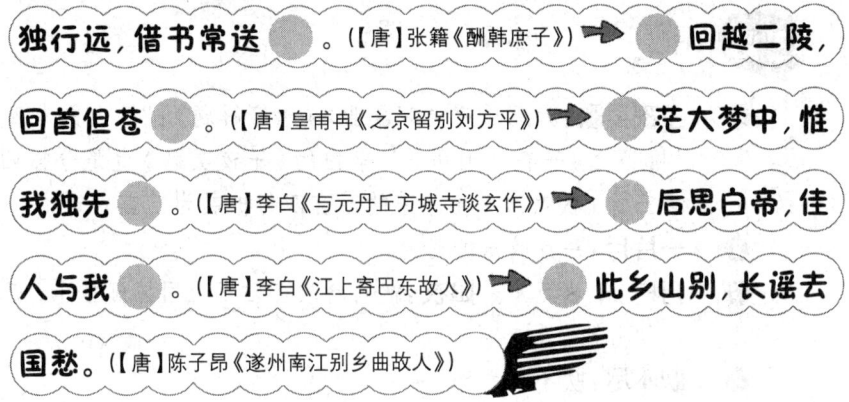

答案：长恨春归无觅处，不知转入此中来。→来时晓出城东陌，城外风烟如塞色。→色夺迎仙羽，花避犯霜梅。→梅实迎时雨，苍茫值晚春。→春来遍是桃花水，不辨仙源何处寻。→寻寺独行远，借书常送迟。→迟回越二陵，回首但苍茫。→茫茫大梦中，惟我独先觉。→觉后思白帝，佳人与我违。→违此乡山别，长谣去国愁。

秋风吹不尽，总是玉关情。

——【唐】李白《子夜吴歌·秋歌》

【佳句解析】

秋风吹也吹不尽那浓浓情思，缕缕都牵系着出征在玉门关的亲人。

【原作欣赏】

子夜吴歌·秋歌①

长安一片月②，万户捣衣声③。
秋风吹不尽④，总是玉关情⑤。
何日平胡虏⑥，良人罢远征⑦。

注释

① **子夜吴歌**：六朝乐府吴声歌曲。《乐府解题》："后人更为四时行乐之词，谓之《子夜四时歌》。"李白的《子夜吴歌》也是分咏四季，这是第三首《秋歌》，并由原来的五言四句扩展为五言六句。

② **一片月**：一片皎洁的月光。

③ **万户**：千家万户。**捣衣**：把衣料放在砧石上用棒槌捶击，使衣料绵软，以便剪裁。

④ **吹不尽**：吹不掉之意。

⑤ **玉关**：玉门关，故址在今甘肃省敦煌西北。

⑥ **平胡虏**：平定侵扰边境的敌人。

⑦ **良人**：指驻守边地的丈夫。**罢**：结束。

佳句品读

飒飒秋风，驱散不了内心的情思，更加勾起了对远方征人的思念。这种思念在前两句所塑造的浑成幽远的情境下更显深厚，而在后两句思妇直接倾诉自己的愿望，希望丈夫早日安定边疆，返回家园和亲人团聚的映衬下，又突出了思念的沉重。

【佳句接龙】

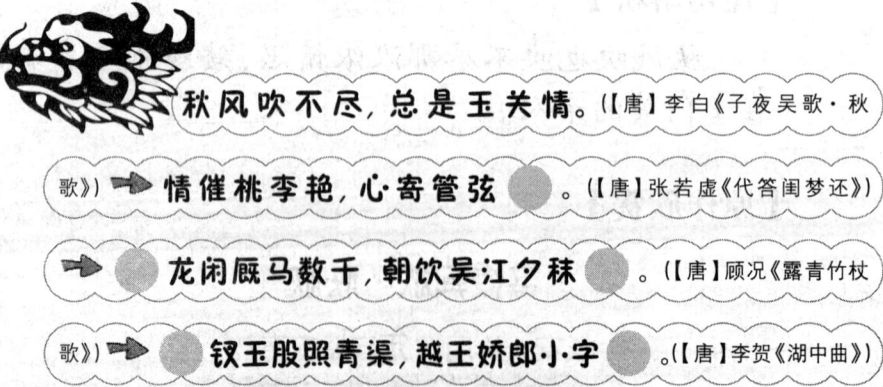

秋风吹不尽，总是玉关情。（【唐】李白《子夜吴歌·秋歌》）➡ 情催桃李艳，心寄管弦⬤。（【唐】张若虚《代答闺梦还》）

➡ ⬤龙闲厩马数千，朝饮吴江夕秣⬤。（【唐】顾况《露青竹杖歌》）

➡ ⬤钗玉股照青渠，越王娇郎小字⬤。（【唐】李贺《湖中曲》）

➡ ⬤去魂亦去，兀然空一⬤。（【唐】孟郊《归信吟》）➡ 贵

早登龙尾道,功高自破鹿头◯。([唐]张籍《赠赵将军》)➡ ◯楼

枕南浦,日夕顾西◯。([唐]张九龄《登城楼望西山作》)➡ ◯僧对

棋坐,局上竹阴◯。([唐]白居易《池上二绝·其一》)➡ ◯水出芙

蓉,天然去雕◯。([唐]李白《经乱离后天恩流夜郎忆旧游书怀赠江夏韦太守良

宰》)➡ ◯心无彩缋,到骨是风尘。([唐]杜牧《自贻》)

答案:秋风吹不尽,总是玉关情。→情催桃李艳,心寄管弦飞。→飞龙闲厩马数千,朝饮吴江夕秣燕。→燕钗玉股照青渠,越王娇郎小字书。→书去魂亦去,兀然空一身。→身贵早登龙尾道,功高自破鹿头城。→城楼枕南浦,日夕顾西山。→山僧对棋坐,局上竹阴清。→清水出芙蓉,天然去雕饰。→饰心无彩缋,到骨是风尘。

清秋幕府井梧寒,独宿江城蜡炬残。

——【唐】杜甫《宿府》

【佳句解析】

深秋时节,幕府井边梧桐凋寒;独宿江城,更深人静灯独已残。

【原作欣赏】

宿府

清秋幕府井梧寒①,独宿江城蜡炬残。
永夜角声悲自语②,中天月色好谁看③?
风尘荏苒音书绝④,关塞萧条行路难。
已忍伶俜十年事⑤,强移栖息一枝安⑥。

注释

① **幕府**：古代军中主将的府署。杜甫当时在严武幕府中。
② **永夜**：整夜。**自语**：自言自语。
③ **中天**：半空之中。
④ **风尘荏苒**：指战乱已久。**荏苒**：指时间推移。
⑤ **伶俜**(pīng)：流离失所。**十年事**：杜甫饱经丧乱，从天宝十四载（755）安史之乱爆发至其写诗之时，正是十年。
⑥ **强移**：勉强移就。**一枝安**：指杜甫在幕府中任参谋一职。杜甫此次入幕府，出于为一家生活而勉强任职，虽是应严武盛情邀请，但也只是求暂时安居。

佳句品读

第一句诗以"清"、"寒"的深秋环境烘托出第二句诗"独宿"的氛围，意在笔先，自然而然地契合了诗人彼时的感受和心情，诗人夜不能寐、沉郁悲凉的苦况如在纸上。

【佳句接龙】

清秋幕府井梧寒，独宿江城蜡炬残。（【唐】杜甫《宿府》）

➡ 残蕊在犹稀，青条耸复 ●。（【唐】张籍《惜花》）➡ 继

先朝卫与英，能移孝友作忠 ●。（【唐】李逢吉《奉酬忠武李相公见寄》）➡ 白先生那得知，只向空山自怡 ●。（【唐】皎然《白云歌寄陆中丞使君长源》）➡ ● 闻若有待，瞥见终无 ●。（【唐】孟郊《喷玉布》）➡ 剧辞京县，褒贤待诏 ●。（【唐】韦应物《赠萧》

河南》→ 留魏主阙,魂掩汉家 。(【唐】卢照邻《哭金部韦郎

中》→ 头苍梧云,帘下天台 。(【唐】岑参《送祁乐归河东》)

→ 柏生枝直且坚,与君作屋成家 。(【唐】张籍《樵客吟》)

→ 中平岸水,身外满床书。(【唐】杜甫《汉州王大录事宅作》)

答案: 清秋幕府井梧寒,独宿江城蜡炬残。→残蕊在犹稀,青条耸复直。→直继先朝卫与英,能移孝友作忠贞。→贞白先生那得知,只向空山自怡悦。→悦闻若有待,瞥见终无厌。→厌剧辞京县,褒贤待诏书。→书留魏主阙,魂掩汉家床。→床头苍梧云,帘下天台松。→松柏生枝直且坚,与君作屋成家宅。→宅中平岸水,身外满床书。

荒城临古渡,落日满秋山。

——【唐】王维《归嵩山作》

【佳句解析】

荒凉的城池临靠着古老的渡口,落日的余晖洒满了秋天的山林。

【原作欣赏】

归嵩山作

清川带长薄①，车马去闲闲②。
流水如有意，暮禽相与还。
荒城临古渡，落日满秋山。
迢递嵩高下③，归来且闭关④。

注释

① 带：围绕。薄：草木交错丛生之地。
② 去：行走。闲闲：悠闲从容貌。
③ 迢递：遥远的样子。嵩高：嵩山别称嵩高山。
④ 且闭关：将要闭门静修。这里有闭门谢客意。

佳句品读

诗句中的荒城、古渡、落日、秋山，构成了一幅具有季节、时间、地点特征而又色彩萧飒的傍晚野外秋景图，反映了诗人感情上的波折变化，衬托出凄清黯然的心境。

【佳句接龙】

荒城临古渡，落日满秋山。（【唐】王维《归嵩山作》）

山色遥连秦树晚，砧声近报汉宫○。（【唐】韩翃《同题仙游观》）

○堂入闲夜，云月思离○。（【唐】钱起《罢官后酬元校书见赠》）

○止白云内，渔樵沧海○。（【唐】马戴《过野叟居》）

○草旱不春，剑光增野○。（【唐】厉玄《从军行》）

→ ●中尚青葱，更想尘外●。（【唐】刘驾《琪树下因吟六韵呈先达者》）

→ ●向群木深，光摇一潭●。（【唐】岑参《终南山双峰草堂作》）

→ ●如坠琼方截璐，粉壁生寒象筵●。（【唐】韦应物《夏冰歌》）

→ ●衣侍丹墀，密勿草丝●。（【唐】李白《赠崔司户文昆季》）

→ ●阁沈沈天宠命，苏台籍籍有能声。（【唐】白居易《和梦得》）

答案：荒城临古渡，落日满秋山。→山色遥连秦树晚，砧声近报汉宫秋。→秋堂入闲夜，云月思离居。→居止白云内，渔樵沧海边。→边草旱不春，剑光增野尘。→尘中尚青葱，更想尘外色。→色向群木深，光摇一潭碎。→碎如坠琼方截璐，粉壁生寒象筵布。→布衣侍丹墀，密勿草丝纶。→纶阁沈沈天宠命，苏台籍籍有能声。

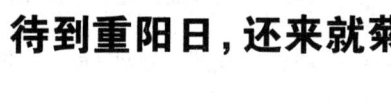

待到重阳日，还来就菊花。

——【唐】孟浩然《过故人庄》

【佳句解析】

等到了九月九日重阳节那天，我再来和你一起饮酒赏菊。

【原作欣赏】

过故人庄①

故人具鸡黍②，邀我至田家。
绿树村边合③，青山郭外斜④。
开轩面场圃⑤，把酒话桑麻。
待到重阳日，还来就菊花⑥。

注释

① **过**：拜访，探访，看望。
② **具**：备办。
③ **合**：环绕。
④ **郭**：本指城郭，此指村庄。
⑤ **轩**：指窗户。**场圃**：指农家的场院。**场**：打谷场。**圃**：菜园。
⑥ **就菊花**：指饮酒赏菊。**就**：赴，这里指欣赏的意思。

佳句品读

诗人此次做客无疑是身心极其愉悦的，于是临走时，向主人率真地表示将在秋高气爽的重阳节重来。淡淡两句诗，使得故人相待的热情，主客之间的亲切融洽，以及诗人对村庄和故人的恋恋不舍的情谊，都跃然纸上了。

【作者简介】

孟浩然（689—740），本名不详，字浩然，唐朝诗人。他是山水田园诗派的代表人物，与王维齐名，并称"王孟"。著有《孟浩然集》。

【佳句接龙】

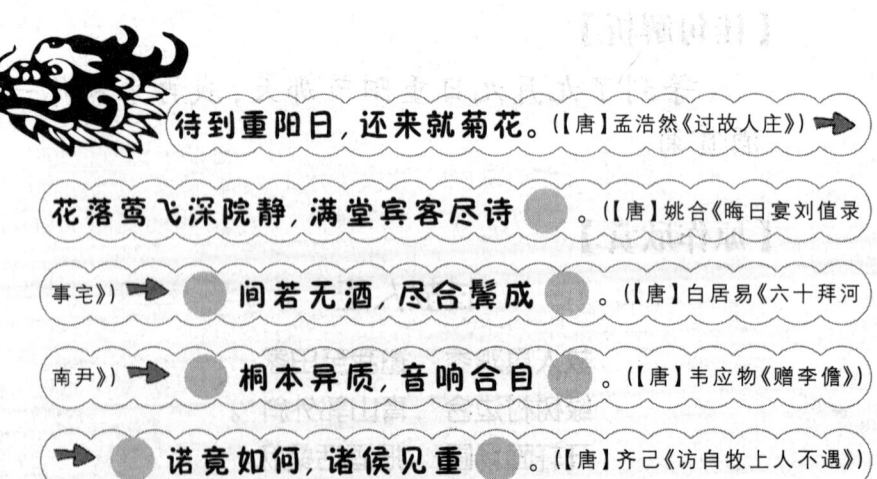

➡ ◯少绿荷相倚恨，一时回首背西◯。（【唐】杜牧《齐安郡中偶
题二首·其一》）➡ ◯中何处鹤，石上几年◯。（【唐】顾况《寄江南鹤
林寺石冰上人》）➡ ◯下问童子，言师采药◯。（【唐】贾岛《寻隐者
不遇》）➡ ◯矣奉戎律，悲君为我◯。（【唐】卢纶《送畅当赴山南幕》）
➡ ◯刘不免死，谁敢负年华。（【唐】孟郊《招文士饮》）

答案：待到重阳日，还来就菊花。→花落莺飞深院静，满堂宾客尽诗人。→人间若无酒，尽合鬓成丝。→丝桐本异质，音响合自然。→然诺竟如何，诸侯见重多。→多少绿荷相倚恨，一时回首背西风。→风中何处鹤，石上几年松。→松下问童子，言师采药去。→去矣奉戎律，悲君为我曹。→曹刘不免死，谁敢负年华。

我辈岂是蓬蒿人（打一句七言唐诗）

谜底：不肯低头在草莽

柴门闻犬吠，风雪夜归人。

——【唐】刘长卿《逢雪宿芙蓉山主人》

【佳句解析】

柴门外传来一阵狗叫声，原来是茅屋的主人顶着漫天风雪回家来了。

【原作欣赏】

逢雪宿芙蓉山主人①

日暮苍山远②,天寒白屋贫③。
柴门闻犬吠④,风雪夜归人⑤。

注释

① 芙蓉山:地名。
② 苍山:青山。
③ 白屋:这里指诗人投宿的贫家的住所。
④ 犬吠:狗叫。
⑤ 夜归:夜晚归来。

佳句品读

风雪弥漫,夜路茫茫,即使是荒村贫家,那透露了"家"的气息的柴门犬吠,也足以让中途遇雪而借宿的旅人感到亲切温暖。

【佳句接龙】

柴门闻犬吠,风雪夜归人。(【唐】刘长卿《逢雪宿芙蓉山主人》)➡ 人愁荒村路细,马怯寒溪水 ●。(【唐】卢纶《送万巨》)➡ ●斋竹木合,毕夕风雨 ●。(【唐】贾岛《重酬姚少府》)➡ ●点溅池心,微烟昏水 ●。(【唐】韩偓《暴雨》)➡ ●上三年土,春风草又 ●。(【唐】杜甫《不归》)➡ ●公与园吏,何

处是吾 ● 。([唐]许浑《早秋三首·其二》) → ● 院清无敌,师心智

不 ● 。([唐]贯休《题师颖和尚院》) → ● 时每笑论兵法,识势还

轻立战 ● 。([唐]王建《赠李愬仆射》) → ● 成走马朝天子,伏槛

论边若流 ● 。([唐]卢纶《送张郎中还蜀歌》) → ● 流归思远,花发

长年悲。([唐]戴叔伦《寄中书李舍人纾》)

答案:柴门闻犬吠,风雪夜归人。→人愁荒村路细,马怯寒溪水深。→深斋竹木合,毕夕风雨急。→急点溅池心,微烟昏水面。→面上三年土,春风草又生。→生公与园吏,何处是吾师。→师院清无敌,师心智不知。→知时每笑论兵法,识势还轻立战功。→功成走马朝天子,伏槛论边若流水。→水流归思远,花发长年悲。

> 燕山雪花大如席,片片吹落轩辕台。
>
> ——【唐】李白《北风行》

【佳句解析】

燕山的雪花大得像席子一样,一片一片地吹落在轩辕台上。

【原作欣赏】

北风行

烛龙栖寒门,光曜犹旦开①。
日月照之何不及此?唯有北风号怒天上来②。
燕山雪花大如席,片片吹落轩辕台③。
幽州思妇十二月,停歌罢笑双蛾摧④。

倚门望行人，念君长城苦寒良可哀⑤。
别时提剑救边去，遗此虎文金鞞靫⑥。
中有一双白羽箭，蜘蛛结网生尘埃。
箭空在，人今战死不复回。
不忍见此物，焚之已成灰。
黄河捧土尚可塞，北风雨雪恨难裁⑦。

注释

❶ "烛龙""光曜"两句：意为烛龙栖身在寒门，尚能放出光芒犹如白昼。**烛龙**：我国古代神话传说中的神物，人面蛇身，居住在不见太阳的极北，睁眼为昼，闭眼为夜。

❷ "日月""唯有"两句：意为日月之光为何都照不到幽州，只能听到满天北风在怒吼。这是指当时安禄山统治北方，一片黑暗。**此**：指幽州，治所在今北京大兴。

❸ "燕山""片片"两句：这两句用夸张的手法描写北方大雪纷飞、气候严寒的景象。**燕山**：山名，在河北平原的北侧。**轩辕台**：纪念黄帝的建筑物，故址在今河北怀来县乔山上。

❹ **双蛾摧**：双眉紧锁，形容悲伤、愁闷的样子。

❺ **长城**：古诗中常借以泛指北方前线。**良**：实在。

❻ **鞞靫**（bǐng chá）：当作"鞴靫"，盛剑的器物。

❼ **北风雨雪**：这是化用《诗经·邶风·北风》中的"北风其凉，雨雪其雱"句意，借以衬托思妇悲惨的遭遇和凄凉的心情。**裁**：消除。

佳句品读

这两句以高度的艺术夸张，生动形象地描绘了大片而密集的雪花，极写北地寒冷，大气包举，想象飞腾，精彩绝妙，不愧是千古传诵的名句。

【佳句接龙】

燕山雪花大如席,片片吹落轩辕台。（【唐】李白《北风行》）
→台上霜风凌草木,军中杀气傍旌⬤。（【唐】岑参《九日使君席奉钱卫中丞赴长水》）
→⬤亭腊酎逾年熟,水国春寒向晚⬤。（【唐】韩偓《雪中过重湖信笔偶题》）
→⬤生修律业,外学得诗⬤。（【唐】张籍《送闲师归江南》）
→⬤公绎思挥彩笔,驱山走海置眼⬤。（【唐】李白《当涂赵炎少府粉图山水歌》）
→⬤年辞紫闼,今岁抛皂⬤。（【唐】白居易《卯时酒》）
→⬤覆相团圆,可怜无厚⬤。（【唐】元稹《桐花落》）
→⬤游空感惠,失计自怜⬤。（【唐】张籍《舟行寄李湖州》）
→⬤女皆罢织,富人岂不⬤。（【唐】刘驾《赠先达》）
→⬤蝉近衰柳,古木似高人。（【唐】姚合《假日书事呈院中司徒》）

答案： 燕山雪花大如席,片片吹落轩辕台。→台上霜风凌草木,军中杀气傍旌旗。→旗亭腊酎逾年熟,水国春寒向晚多。→多生修律业,外学得诗名。→名公绎思挥彩笔,驱山走海置眼前。→前年辞紫闼,今岁抛皂盖。→盖覆相团圆,可怜无厚薄。→薄游空感惠,失计自怜贫。→贫女皆罢织,富人岂不寒。→寒蝉近衰柳,古木似高人。

第❻章 喜怒哀乐

> 喜心翻倒极，呜咽泪沾巾。
>
> ——【唐】杜甫《喜达行在所·其二》

【佳句解析】

狂喜的心情翻腾到了顶点，反而呜呜咽咽哭得泪水沾湿了巾帕。

【原作欣赏】

喜达行在所·其二①

愁思胡笳夕，凄凉汉苑春②。
生还今日事，间道暂时人③。
司隶章初睹，南阳气已新④。
喜心翻倒极，呜咽泪沾巾⑤。

❶ **行在所**：指朝廷临时政府所在地。唐至德二年（757），唐肃宗由彭原迁凤翔，该地为临时政府所在地。

❷ **"愁思""凄凉"两句**：入夜则愁闻胡笳，当春则伤心汉苑。这两句追忆陷于安史叛军占据的长安时的苦况。**汉苑**：以汉比唐，指唐宫。

❸ **"生还""间道"两句**：活着回来，这只是今天的事情，因为昨天还在逃命，随时有作鬼的可能。**间（jiàn）道**：指由僻路逃窜。**暂时人**：

指生死悬于俄顷,十分危险。

❹ "司隶""南阳"两句:这两句写所见朝廷新气象,借古喻今,以汉光武帝比唐肃宗。《后汉书·光武帝纪》:"更始(刘玄)将北都洛阳,以光武(刘秀)行司隶校尉,使前整修官府。于是置僚属,作文移,从事司察,一如旧章。时三辅吏士……及见司隶僚属,皆欢喜不自胜。老吏或垂涕曰:不图今日复见汉官威仪。"**南阳**:刘秀的故乡,这里代指凤翔。

❺ "喜心""呜咽"两句:这两句指喜到极处,反而哭起来了。

佳句品读

> 这两句形象地表达了诗人刚刚脱离叛军虎口,又得朝廷任用时的混合着欣喜、兴奋、庆幸、感恩的极为复杂的感情。这种遭遇了巨大转折时从心底激起的喜极而悲、悲喜交集的感情,深深地打动着后世读者。

【佳句接龙】

喜心翻倒极,呜咽泪沾巾。([唐]杜甫《喜达行在所·其二》)

➡ 巾拂香余捣药尘,阶除灰死烧丹 。([唐]杜甫《忆昔行》)

➡ 山五月行人少,看君马去疾如 。([唐]岑参《武威送刘判官赴碛西行军》)

➡ 宿池边树,僧敲月下 。([唐]贾岛《题李凝幽居》)

➡ 前冷落鞍马稀,老大嫁作商人 。([唐]白居易《琵琶行》)

➡ 姑相唤浴蚕去,闲着中庭栀子 。([唐]王建《雨过山村》)

➡ 台欲暮春辞去,落花起作回风 。([唐]李贺《残丝》)

（曲》）→ ●舞妙从兼楚，歌能莫杂。（【唐】李商隐《病中闻河东公乐营置酒口占寄上》）→ ●巴山楚水凄凉地，二十三年弃置。（【唐】刘禹锡《酬乐天扬州初逢席上见赠》）→ ●身心安处为吾土，岂限长安与洛阳。（【唐】白居易《吾土》）

答案：喜心翻倒极，呜咽泪沾巾。→巾拂香余捣药尘，阶除灰死烧丹火。→火山五月行人少，看君马去疾如鸟。→鸟宿池边树，僧敲月下门。→门前冷落鞍马稀，老大嫁作商人妇。→妇姑相唤浴蚕去，闲着中庭栀子花。→花台欲暮春辞去，落花起作回风舞。→舞妙从兼楚，歌能莫杂巴。→巴山楚水凄凉地，二十三年弃置身。→身心安处为吾土，岂限长安与洛阳。

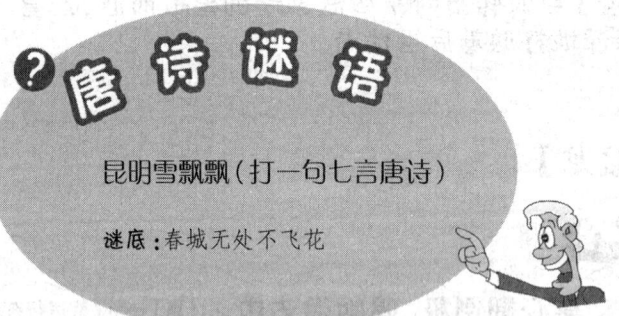

唐诗谜语

昆明雪飘飘（打一句七言唐诗）

谜底：春城无处不飞花

妻孥怪我在，惊定还拭泪。

——【唐】杜甫《羌村·其一》

【佳句解析】

猛然见面，妻子儿女没想到我还活在人间，惊疑之后，不禁泪流满面。

【原作欣赏】

羌村·其一

峥嵘赤云西①,日脚下平地②。
柴门鸟雀噪,归客千里至。
妻孥怪我在③,惊定还拭泪④。
世乱遭飘荡,生还偶然遂⑤。
邻人满墙头,感叹亦歔欷⑥。
夜阑更秉烛⑦,相对如梦寐⑧。

注释

❶ **峥嵘**:形容山高峻的样子。**赤云西**:即赤云之西,因为夕阳在云的西边。

❷ **日脚**:古人不知地转,以为太阳在走,故云。

❸ **妻孥(nú)怪我在**:杜甫的家人对于他的突然出现,不免惊疑不定。
妻孥:妻子和儿女。

❹ **惊定还拭泪**:这句是说家人惊魂既定,方信是真,一时悲喜交集,不觉流下泪来。

❺ **"世乱""生还"两句**:这两句是说乱世之中能活着回来实属偶然。
遂:如愿以偿。

❻ **歔(xū)欷(xī)**:悲泣之声。

❼ **夜阑**:深夜。

❽ **相对如梦寐**:因为久别重逢实在大出意料之外,所以虽在灯前,面面相对,仍疑心是在梦中。

佳句品读

　　这两句逼真地将战乱时期亲人突然相逢时种种复杂情感传达了出来。诗人长年在外,又因乱世而音讯全无,家人本已不敢奢望他还能平安回来,此时他骤然归家,家人在惊讶、惊疑之外,又充满着喜悦,同时长久以来的担忧、感伤、辛酸等情感因素也一同爆发,一切都汇成了泪水。

【佳句接龙】

妻孥怪我在，惊定还拭泪。（【唐】杜甫《羌村·其一》）

→ 泪逐金波满，魂随夜鹊●。（【唐】李群玉《中秋广江驿示韦益》）

→ ●鹊栖未定，飞萤卷帘●。（【唐】孟浩然《秋宵月下有怀》）

→ ●门依旧四壁空，老妻睹我颜色●。（【唐】杜甫《百忧集行》）

→ ●时买江坞，今日别云●。（【唐】张籍《寄汉阳故人》）

→ ●柏岁岁茂，丘陵日日●。（【唐】孟郊《劝酒》）→ ●垒满山谷，桃源无处●。（【唐】杜甫《不寐》）→ ●医主高手，报疾到贫●。（【唐】李端《酬秘书元丞郊园卧疾见寄》）→ ●贫寒未度，身老岁将●。（【唐】刘长卿《酬包谏议佶见寄之什》）→ ●书近拜侍臣去，空院鸟啼风竹前。（【唐】王建《寻补阙旧宅》）

答案：妻孥怪我在，惊定还拭泪。→泪逐金波满，魂随夜鹊惊。→惊鹊栖未定，飞萤卷帘入。→入门依旧四壁空，老妻睹我颜色同。→同时买江坞，今日别云松。→松柏岁岁茂，丘陵日日多。→多垒满山谷，桃源无处求。→求医主高手，报疾到贫家。→家贫寒未度，身老岁将除。→除书近拜侍臣去，空院鸟啼风竹前。

死别已吞声，生别常恻恻。

——【唐】杜甫《梦李白二首·其一》

【佳句解析】

死别往往使人泣不成声，而生离却常令人更加伤悲。

【原作欣赏】

梦李白二首·其一

死别已吞声①，生别常恻恻②。江南瘴疠地③，逐客无消息④。
故人入我梦，明我长相忆⑤。君今在罗网，何以有羽翼⑥。
恐非平生魂，路远不可测。魂来枫林青⑦，魂返关塞黑⑧。
落月满屋梁，犹疑照颜色⑨。水深波浪阔，无使蛟龙得⑩。

注释

① **死别**：永别。**吞声**：无声地悲泣。
② **恻恻**：悲痛。
③ **瘴疠地**：南方因湿热蒸郁而疾病流行的凶险地区。
④ **逐客**：被放逐的人，此指李白。
⑤ **明**：知道。
⑥ **有羽翼**：比喻自由来往。
⑦ **枫林**：指李白所在。出自《楚辞·招魂》："湛湛江水兮，上有枫。目极千里兮，伤春心。魂兮归来，哀江南。"
⑧ **关塞**：指杜甫所居秦陇地带。
⑨ **"落月""犹疑"两句**：这两句写梦醒后的幻觉：月光洒满屋梁，迷离中似乎隐约可见李白的容颜。
⑩ **蛟龙**：传说中兴风作浪、能发洪水的龙，比喻奸佞小人。

佳句品读

诗要写梦,先言别;未言别,先说死,以死别衬托生别,极写李白流放绝域、久无音讯在诗人心中造成的苦痛。这两句诗先声夺人,为全诗定下了悲怆的主调。

【佳句接龙】

死别已吞声,生别常恻恻。(【唐】杜甫《梦李白二首·其一》)→恻恻轻寒翦翦风,小梅飘雪杏花 ◯ 。(【唐】韩偓《夜深》)→ ◯ 亭枕湘江,蒸水会其 ◯ 。(【唐】韩愈《合江亭》)→降通州十日迟,又与幽花一年 ◯ 。(【唐】元稹《山枇杷》)→路千嶂里,诗情暮云 ◯ 。(【唐】刘禹锡《海阳湖别浩初师》)→州石工巧如神,踏天磨刀割紫 ◯ 。(【唐】李贺《杨生青花紫石砚歌》)→白山青万余里,愁看直北是长 ◯ 。(【唐】杜甫《小寒食舟中作》)→知倦游子,两鬓渐如 ◯ 。(【唐】卢照邻《山行寄刘李二参军》)→脆弦将断,金徽色尚 ◯ 。(【唐】孟浩然《赠道士参寥》)→光休气纷五彩,千年一清圣人在。(【唐】李白《西岳云台歌,送丹丘子》)

答案:死别已吞声,生别常恻恻。→恻恻轻寒翦翦风,小梅飘雪杏花红。→红亭枕湘江,蒸水会其左。→左降通州十日迟,又与幽花一年别。→别路千嶂里,诗情暮云端。→端州石工巧如神,踏天磨刀割紫云。→云白山青万余里,愁看直北是长安。→安知倦游子,两鬓渐如丝。→丝脆弦将断,金徽色尚荣。→荣光休气纷五彩,千年一清圣人在。

> 戎马关山北,凭轩涕泗流。
>
> ——【唐】杜甫《登岳阳楼》

【佳句解析】

北方边关战事又起,我倚着栏杆泪流满面。

【原作欣赏】

登岳阳楼①

昔闻洞庭水②,今上岳阳楼。
吴楚东南坼③,乾坤日夜浮④。
亲朋无一字⑤,老病有孤舟⑥。
戎马关山北⑦,凭轩涕泗流⑧。

注释

❶ **岳阳楼**:在今湖南省岳阳市,下临洞庭湖,为游览胜地。

❷ **洞庭水**:即洞庭湖,在今湖南北部,是我国第二大淡水湖。

❸ **吴楚东南坼(chè)**:这句是说辽阔的吴楚两地被洞庭湖一水分割。**吴楚**:春秋时两国名,其地略在今湖南、湖北、江西、安徽、江苏、浙江一带。**坼**:分裂,这里引申为划分。

❹ **乾坤日夜浮**:日月星辰和大地昼夜都飘浮在洞庭湖上。**乾坤**:天地。**夜**:一作"月"。

❺ **无一字**:音讯全无。**字**:这里指书信。

❻ **老病**:年老多病。杜甫时年57岁,身患肺病、风痹,右耳已聋。**有孤舟**:唯有孤舟一叶飘零无定。杜甫的最后3年里大部分时间是在船上度过的。

❼ **戎马关山北**:北方边关战事又起。当时吐蕃侵扰宁夏灵武、陕西邠(bīn)州一带,朝廷震动,匆忙调兵抗敌。**戎马**:军马,借指军事、战争、战乱。

❽ **凭轩**：倚着楼窗。**涕泗流**：眼泪禁不住地流淌。**涕泗**：眼泪和鼻涕，偏义复指，即眼泪。

佳句品读

前6句诗以壮阔浩渺的景物与孤身漂泊的痛苦相互映衬，已然产生了十分深远感人的艺术效果，到了这最末两句，由个人身世而及于时事国运，由己身不幸而推于国家危难，从而大大提升了全诗的境界和格调。

【佳句接龙】

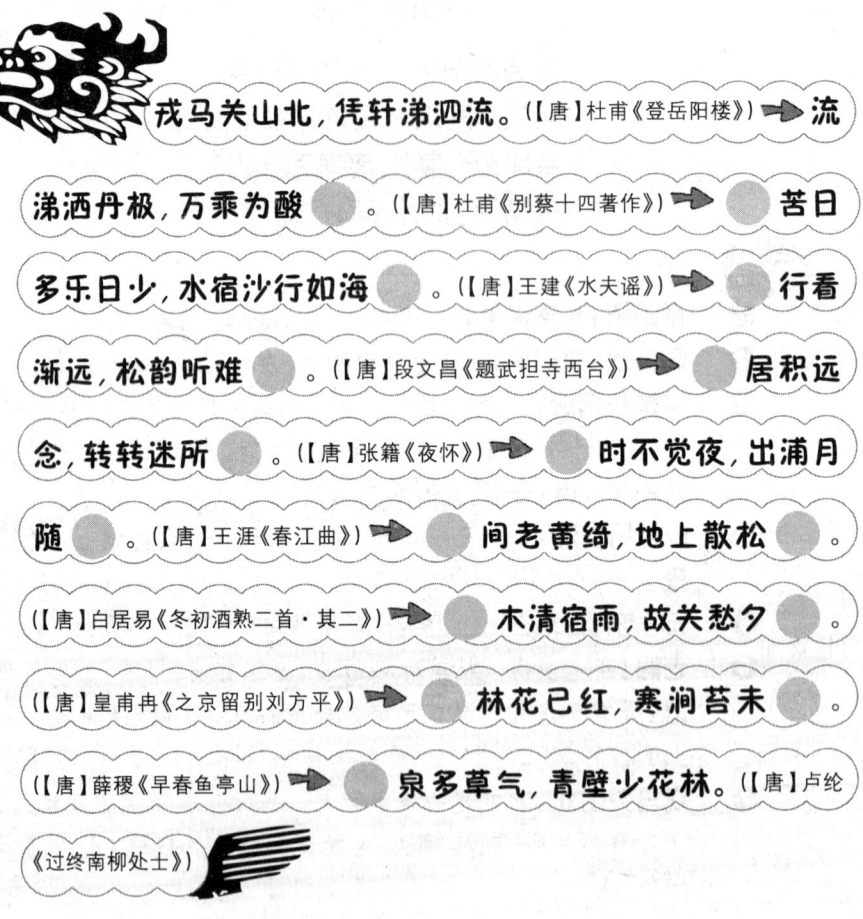

戎马关山北，凭轩涕泗流。（【唐】杜甫《登岳阳楼》）➡ 流

涕洒丹极，万乘为酸〇。（【唐】杜甫《别蔡十四著作》）➡ 〇苦日

多乐日少，水宿沙行如海〇。（【唐】王建《水夫谣》）➡ 〇行看

渐远，松韵听难〇。（【唐】段文昌《题武担寺西台》）➡ 居积远

念，转转迷所〇。（【唐】张籍《夜怀》）➡ 〇时不觉夜，出浦月

随〇。（【唐】王涯《春江曲》）➡ 〇间老黄绮，地上散松〇。

（【唐】白居易《冬初酒熟二首·其二》）➡ 〇木清宿雨，故关愁夕

（【唐】皇甫冉《之京留别刘方平》）➡ 〇林花已红，寒涧苔未

（【唐】薛稷《早春鱼亭山》）➡ 〇泉多草气，青壁少花林。（【唐】卢纶《过终南柳处士》）

答案：戎马关山北,凭轩涕泗流。→流涕洒丹极,万乘为酸辛。→辛苦日多乐日少,水宿沙行如海鸟。→鸟行看渐远,松韵听难穷。→穷居积远念,转转迷所归。→归时不觉夜,出浦月随人。→人间老黄绮,地上散松乔。→乔木清宿雨,故关愁夕阳。→阳林花已红,寒涧苔未绿。→绿泉多草气,青壁少花林。

> 出师未捷身先死,长使英雄泪满襟。
>
> ——【唐】杜甫《蜀相》

【佳句解析】

可惜出师伐魏未及成功就病亡军中,令历代英雄一想到便不禁涕泪满裳。

【原作欣赏】

蜀相①

丞相祠堂何处寻②,锦官城外柏森森③。
映阶碧草自春色④,隔叶黄鹂空好音。
三顾频烦天下计⑤,两朝开济老臣心⑥。
出师未捷身先死,长使英雄泪满襟。

注释

① **蜀相**:三国时蜀汉丞相,指诸葛亮。
② **丞相祠堂**:即诸葛武侯祠,在今成都,晋李雄初建。
③ **森森**:树木茂盛繁密的样子。
④ **自**:空。
⑤ **三顾**:指刘备三顾茅庐请诸葛亮出山辅佐自己。**顾**:拜访,探望。
   频烦:犹"频繁",多次。
⑥ **两朝开济**:指诸葛亮辅助刘备开创帝业,后又辅佐刘禅。**两朝**:刘备、刘禅父子两朝。**开**:开创。**济**:扶助。

佳句品读

"出师"句指的是诸葛亮为了伐魏,曾经六出祁山的事。蜀汉后主建兴十二年(234),诸葛亮统率大军,占据了五丈原,与司马懿隔着渭水相持了100多天,8月病死在军中。"英雄",这里泛指包括诗人自己在内的追怀诸葛亮的有志之士。这两句承接着前面两句,叙事兼抒情,表现出诗人对诸葛亮献身精神的景仰和对其事业未竟的痛惜心情。

【佳句接龙】

出师未捷身先死,长使英雄泪满襟。([唐]杜甫《蜀相》)➡ 襟怀转萧洒,气力弥精❶。([唐]白居易《题裴晋公女几山刻石诗后》)➡ ❶贞深不惮,险涩谅难❶。([唐]杜审言《度石门山》)➡ ❶愁一成疾,百药不可❶。([唐]姚合《送张宗》)➡ 田长山下,引流坦溪❶。([唐]戴叔伦《南野》)➡ 江院里题名处,十九人中最少❶。([唐]张籍《哭孟寂》)➡ 来日日春光好,今日春光好更❶。([唐]戴叔伦《和汴州李相公勉人日喜春》)➡ 衔添一字,旧友逊前❶。([唐]姚合《及第后夜中书事》)➡ 遥日向夕,时晚鬓将❶。([唐]卢照邻《晚渡渭桥寄示京邑游好》)➡ 怀久寥落,冬计又如何。([唐]白居易《冬初酒熟二首·其一》)

答案：出师未捷身先死,长使英雄泪满襟。→襟怀转萧洒,气力弥精坚。→坚贞深不惮,险涩谅难穷。→穷愁一成疾,百药不可治。→治田长山下,引流坦溪曲。→曲江院里题名处,十九人中最少年。→年来日日春光好,今日春光好更新。→新衔添一字,旧友逊前途。→途遥日向夕,时晚鬓将秋。→秋怀久寥落,冬计又如何。

花近高楼伤客心,万方多难此登临。

——【唐】杜甫《登楼》

【佳句解析】

登楼眺望,楼前繁花让我越发伤心;万方多难,我愁思满腹到此登临。

【原作欣赏】

登楼

花近高楼伤客心①,万方多难此登临。
锦江春色来天地②,玉垒浮云变古今③。
北极朝廷终不改,西山寇盗莫相侵④。
可怜后主还祠庙⑤,日暮聊为《梁甫吟》⑥。

① **客心**：客居者之心。
② **锦江**：即濯锦江,流经成都的岷江支流。**来天地**：与天地俱来。
③ **玉垒浮云变古今**：这句是说多变的政局和多难的人生,捉摸不定,有如山上浮云,古往今来一向如此。**玉垒**：山名,在四川都江堰市西。
④ **"北极""西山"两句**：这两句是说唐代政权是稳固的,不容篡夺,吐蕃还是不要枉费心机,前来侵略。唐代宗广德元年（763）九月,吐蕃军队东侵,泾州刺史高晖投降吐蕃,引导吐蕃人攻占唐都长安,唐

代宗东逃陕州。十月下旬,郭子仪收复长安。十二月,唐代宗返回京城。同年十二月,吐蕃人又向四川进攻,占领了松州、维州等地。**北极**:星名,古人常用以指代朝廷。**终不改**:终究不能改,终于没有改。**西山**:指今四川省西部当时和吐蕃交界地区的雪山。**寇盗**:指入侵的吐蕃军队。

⑤ **后主**:刘备的儿子刘禅,三国时蜀国之后主。曹魏灭蜀,他辞庙北上,成亡国之君。**还祠庙**:诗人感叹连刘禅这样的人竟然还有祠庙。这是借眼前古迹慨叹刘禅宠幸佞臣而亡国,暗讽唐代宗信用宦官招致祸患。**还**:仍然。

⑥ **聊为**:不甘心这样做而姑且这样做。**《梁甫吟》**:古乐府篇名。《三国志》说诸葛亮躬耕陇亩,好为《梁甫吟》。

佳句品读

"万方多难",是全诗写景抒情的出发点。在这样一个万方多难的时候,流离他乡的诗人愁思满腹,登楼四顾,虽然繁花满目,诗人却为国家的灾难重重而黯然心伤。花伤客心,和诗人的"感时花溅泪"(《春望》)一样,同是反衬手法,以乐景写哀情,更显其哀。

【佳句接龙】

花近高楼伤客心,万方多难此登临。([唐]杜甫《登楼》)

➡ 临溪一盥濯,清去肢体◯。([唐]张籍《寄韩愈》)➡ ◯昏

一日内,阴暗三四◯。([唐]元稹《苦雨》)➡ 风限清汉,飞

雪滞故◯。([唐]柳宗元《南中荣橘柚》)➡ 魂坐中去,倚壁身

第⑥章 喜怒哀乐

如⬤。（【唐】刘驾《秋夕》）→ ⬤辱片时痛，生辱长年⬤。（【唐】孟郊《夜感自遣》）→ ⬤作济南生，九十诵古⬤。（【唐】李白《赠何七判官昌浩》）→ ⬤士莫辞酒，诗人命属⬤。（【唐】孟郊《招文士饮》）→ ⬤开汉苑经过处，雪下骊山沐浴⬤。（【唐】韦应物《燕李录事》）→ ⬤丰实仓廪，春暖葺庖厨。（【唐】白居易《归来二周岁》）

答案：花近高楼伤客心，万方多难此登临。→临溪一盥濯，清去肢体烦。→烦昏一日内，阴暗三四殊。→殊风限清汉，飞雪滞故乡。→乡魂坐中去，倚壁身如死。→死辱片时痛，生辱长年羞。→羞作济南生，九十诵古文。→文士莫辞酒，诗人命属花。→花开汉苑经过处，雪下骊山沐浴时。→时丰实仓廪，春暖葺庖厨。

> 日暮乡关何处是，烟波江上使人愁。
>
> ——【唐】崔颢《黄鹤楼》

【佳句解析】

时至黄昏，不知何处是我的家乡，江上烟波渺渺，使人愁绪顿生。

【原作欣赏】

黄鹤楼①

昔人已乘黄鹤去，此地空余黄鹤楼。
黄鹤一去不复返，白云千载空悠悠②。
晴川历历汉阳树③，芳草萋萋鹦鹉洲④。
日暮乡关何处是⑤，烟波江上使人愁。

注释

① **黄鹤楼**：故址在湖北武汉市武昌蛇山，历代屡建屡毁，传说古代有仙人在此乘鹤登仙。
② **悠悠**：飘荡的样子。
③ **历历**：清晰、分明的样子。
④ **鹦鹉洲**：长江中的小洲，在黄鹤楼东北。
⑤ **乡关**：故乡。

佳句品读

千年世事茫茫与眼前日暮烟波互相照应，形成了一种悠远渺茫的意境，诗人在其中所涌起的乡愁更显得氤氲绵长。

【作者简介】

崔颢（约704—约754），唐朝诗人，早期诗多流于浮艳，后期诗风变为风骨凛然。《全唐诗》存其诗40多首。

【佳句接龙】

日暮乡关何处是，烟波江上使人愁。（【唐】崔颢《黄鹤楼》）

➡ 愁至为多病，贫来减得 ○ 。（【唐】姚合《喜喻凫至》）➡ ○ 风

吹我心，西挂咸阳 ○ 。（【唐】李白《金乡送韦八之西京》）➡ ○ 杪灯

火夕，云端钟梵 ○ 。（【唐】孟郊《和皇甫判官游琅琊溪》）➡ ○ 公凿新

河，万古流不 ○ 。（【唐】李白《题瓜州新河，饯族叔舍人贲》）➡ ○ 顶横

临日，孤峰半倚 ○ 。（【唐】卢照邻《登玉清》）➡ ○ 近星辰大，山

深世界○。(【唐】姚合《秋夜月中登天坛》)→○夜降真侣,焚香满

空○。(【唐】韦应物《寄黄、刘二尊师》)→○空风气不清泠,短衣

小冠作尘○。(【唐】李贺《绿章封事》)→○地无人老,流移几客

还。(【唐】沈佺期《入鬼门关》)

答案:日暮乡关何处是,烟波江上使人愁。→愁至为多病,贫来减得狂。→狂风吹我心,西挂咸阳树。→树杪灯火夕,云端钟梵齐。→齐公凿新河,万古流不绝。→绝顶横临日,孤峰半倚天。→天近星辰大,山深世界清。→清夜降真侣,焚香满空虚。→虚空风气不清泠,短衣小冠作尘土。→土地无人老,流移几客还。

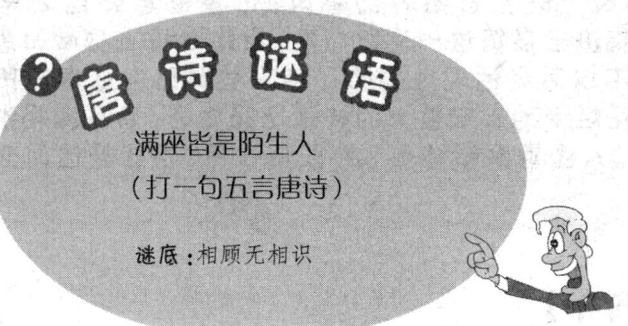

唐诗谜语

满座皆是陌生人
(打一句五言唐诗)

谜底:相顾无相识

春风得意马蹄疾,一日看尽长安花。

——【唐】孟郊《登科后》

【佳句解析】

　　愉快地骑着马儿奔驰在春风里,一天的时间就把长安城的美景全看完了。

【原作欣赏】

登科后

昔日龌龊不足夸①,今朝放荡思无涯②。
春风得意马蹄疾,一日看尽长安花。

 注释

① **龌龊**:指处境不如意和思想上的拘谨局促。
② **放荡**:自由自在,无所拘束。

【佳句品读】

"春风",既指自然界的春风,也象征着朝廷之恩;"得意",既指进士及第这一得意之事,也指心情上称心如意。这两句诗不仅活灵活现地描绘了诗人登科后迎着春风策马奔驰于鲜花烂漫的长安道上的神采飞扬之态,而且酣畅淋漓地抒发了"人逢喜事精神爽"的兴奋心情,明朗畅达而又别有情韵。

【作者简介】

孟郊(751—814),字东野,唐朝诗人,有"诗囚"之称,与贾岛齐名,人称"郊寒岛瘦"。现存诗歌500多首,以短篇的五言古诗最多。

【佳句接龙】

春风得意马蹄疾,一日看尽长安花。([唐]孟郊《登科后》)

➡ 花明玉关雪,叶暖金窗 ○ 。([唐]李白《折杨柳》)➡ ○ 花宜

➡ 落日,丝管醉春 ○ 。([唐]李白《宫中行乐词八首·其三》)➡ ○ 吹城

上树,草没城边●。([唐]李端《芜城》)➡●历波涛去,家惟坐卧●。([唐]李白《送客归吴》)➡●燕识故巢,旧人看新●。

([唐]王维《春中田园作》)➡●历数声猿,寥寥渡白●。([唐]贯休《三峡闻猿》)➡●水吴都郭,阊门架碧●。([唐]李绅《过吴门二十四韵》)➡●水为我乡,扁舟为我●。([唐]鲍溶《代楚老酬主人》)

➡●占凤城胜,窗中云岭宽。([唐]岑参《左仆射相国冀公东斋幽居》)

答案:春风得意马蹄疾,一日看尽长安花。→花明玉关雪,叶暖金窗烟。→烟花宜落日,丝管醉春风。→风吹城上树,草没城边路。→路历波涛去,家惟坐卧归。→归燕识故巢,旧人看新历。→历历数声猿,寥寥渡白烟。→烟水吴都郭,阊门架碧流。→流水为我乡,扁舟为我宅。→宅占凤城胜,窗中云岭宽。

唐诗谜语

老马识途(打一句五言唐诗)

谜底:还从旧路归

第7章 咏古叹今

> 但使龙城飞将在,不教胡马度阴山。
>
> ——【唐】王昌龄《出塞》

【佳句解析】

如果攻袭龙城的卫青和飞将军李广还在,就不会让胡人的军队越过阴山。

【原作欣赏】

出塞①

秦时明月汉时关②,万里长征人未还。
但使龙城飞将在③,不教胡马度阴山④。

① **出塞**:是唐代诗人写边塞生活的诗常用的题目。
② **秦时明月汉时关**:即秦汉时的明月,秦汉时的关塞。意思是说,在漫长的边防线上,一直没有停止过战争。
③ **但使**:只要。**龙城飞将**:"龙城"指奇袭匈奴龙城的名将卫青,而"飞将"则指威名赫赫的"飞将军"李广。"龙城飞将"并不指一人,而是借指御敌名将。
④ **不教**:不叫,不让。**胡马**:指敌方的战马。**胡**:古人对西北少数民族的称呼。**度**:越过。**阴山**:山名,指阴山山脉,在今内蒙古境内,汉时匈奴常常从这里南下侵扰中原地区。

第7章 咏古叹今

佳句品读

这两句诗既是描写卫青、李广的英勇善战,也是感叹边塞守将的不得其人,更是期盼像卫青、李广那样的杰出将领能够再度出现。

【作者简介】

王昌龄(698—756),字少伯,盛唐时期著名边塞诗人,以擅长七绝而名重一时,有"七绝圣手"之称。原有集,已散佚,明人辑有《王昌龄集》。

【佳句接龙】

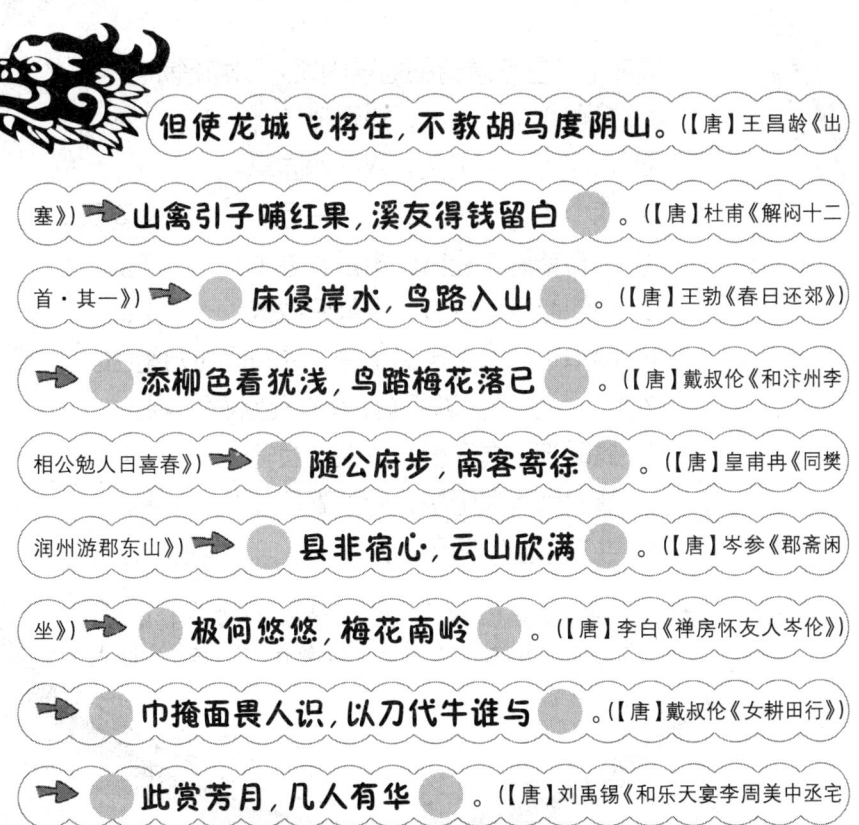

但使龙城飞将在,不教胡马度阴山。(【唐】王昌龄《出塞》)➡ 山禽引子哺红果,溪友得钱留白⬤。(【唐】杜甫《解闷十二首·其一》)➡ ⬤床侵岸水,鸟路入山⬤。(【唐】王勃《春日还郊》)➡ ⬤添柳色看犹浅,鸟踏梅花落已⬤。(【唐】戴叔伦《和汴州李相公勉人日喜春》)➡ ⬤随公府步,南客寄徐⬤。(【唐】皇甫冉《同樊润州游郡东山》)➡ ⬤县非宿心,云山欣满⬤。(【唐】岑参《郡斋闲坐》)➡ ⬤极何悠悠,梅花南岭⬤。(【唐】李白《禅房怀友人岑伦》)➡ ⬤巾掩面畏人识,以刀代牛谁与⬤。(【唐】戴叔伦《女耕田行》)➡ ⬤此赏芳月,几人有华⬤。(【唐】刘禹锡《和乐天宴李周美中丞宅》)

《池上赏樱桃花》→ 筵上芳樽今日酒,箧中黄卷古人书。（【唐】卢肇《别宜春赴举》）

答案：但使龙城飞将在,不教胡马度阴山。→山禽引子哺红果,溪友得钱留白鱼。→鱼床侵岸水,鸟路入山烟。→烟添柳色看犹浅,鸟踏梅花落已频。→频随公府步,南客寄徐州。→州县非宿心,云山欣满目。→目极何悠悠,梅花南岭头。→头巾掩面畏人识,以刀代牛谁与同。→同此赏芳月,几人有华筵。→筵上芳樽今日酒,箧中黄卷古人书。

趣味唐诗

唐诗中的动物（一）

请在下列各句唐诗的括号内填入动物名称。

① 泥融飞（　　），沙暖睡（　　　）。
② 八月（　　）黄,双飞西园草。
③ 两个（　　）鸣翠柳,一行（　　）上青天。
④ 山石荦确行径微,黄昏到寺（　　）飞。
⑤ 毡包席裹可立致,十鼓只载数（　　）。
⑥ 两岸（　　）声啼不住,轻舟已过万重山。
⑦ （　　）千头酒百斛,酒中倒卧南山绿。
⑧ 清明笑语闻空虚,斗乘巨浪骑（　　）。
⑨ 晴川历历汉阳树,芳草萋萋（　　）洲。
⑩ 曲江亭上频频见,为爱（　　）雨里飞。

答案：① 燕子　鸳鸯　② 蝴蝶　③ 黄鹂　白鹭　④ 蝙蝠
　　　⑤ 骆驼　⑥ 猿　⑦ 鲈鱼　⑧ 鲸鱼　⑨ 鹦鹉　⑩ 鸬鹚

> 自从弃置便衰朽,世事蹉跎成白首。
>
> ——【唐】王维《老将行》

【佳句解析】

自从被弃置不用便开始衰朽,世事蹉跎功业难成人已白头。

【原作欣赏】

老将行

少年十五二十时,步行夺得胡马骑①。
射杀山中白额虎②,肯数邺下黄须儿③。
一身转战三千里,一剑曾当百万师。
汉兵奋迅如霹雳,虏骑崩腾畏蒺藜④。
卫青不败由天幸⑤,李广无功缘数奇⑥。
自从弃置便衰朽,世事蹉跎成白首。
昔时飞箭无全目⑦,今日垂杨生左肘⑧。
路傍时卖故侯瓜⑨,门前学种先生柳⑩。
苍茫古木连穷巷,寥落寒山对虚牖。
誓令疏勒出飞泉⑪,不似颍川空使酒⑫。
贺兰山下阵如云,羽檄交驰日夕闻。
节使三河募年少,诏书五道出将军。
试拂铁衣如雪色,聊持宝剑动星文⑬。
愿得燕弓射天将,耻令越甲鸣吾君⑭。
莫嫌旧日云中守,犹堪一战取功勋。

注释

❶ **步行夺得胡马骑**：《史记·李将军列传》载，汉名将李广为匈奴骑兵所擒，广时已受伤，匈奴骑兵便将他装在两马之间的绳编网兜里，走了十多里，李广假装死去，见一胡儿骑着良马，便一跃而上，将胡儿推在地下，疾驰而归。

❷ **射杀山中白额虎**：与上文连观，应是指李广为右北平太守时，多次射杀山中猛虎事。白额虎（传说为虎中最凶猛一种），则似是用晋名将周处除三害事，白额虎是三害之一，见《晋书·周处传》。

❸ **肯数邺下黄须儿**：这句是说，岂可只算黄须儿才是英雄。**肯数**：岂可只算。**邺下黄须儿**：指曹彰，曹操第二子，须黄色，性刚猛，颇为曹操爱重，曾持彰须曰："黄须儿竟大奇也。"**邺下**：曹操封魏王时，以邺城（今河北临漳县西）为都。

❹ **蒺藜**：本是指一种有三角刺的植物，这里指铁蒺藜，战地所用障碍物。

❺ **卫青**：汉代名将，汉武帝皇后卫子夫之弟，以征伐匈奴官至大将军。卫青姊子霍去病，也曾远入匈奴境，却未曾受困折，因而被看作"有天幸"。"天幸"本霍去病事，然古代常卫、霍并称，这里当因卫青而联想霍去病事。

❻ **李广无功缘数奇**：李广曾屡立战功，汉武帝却以他年老数奇，暗示卫青不要让李广抵挡匈奴，因而被看成无功，没有封侯。**缘**：因为。**数**：命运。**奇**：单数，偶之对称，奇即不偶，不偶即不遇。

❼ **飞箭无全目**：鲍照《拟古诗》："惊雀无全目。"李善注引《帝王世纪》：吴贺使羿射雀，贺要羿射雀左目，却误中右目。这里以羿能使雀双目不全来说其射艺之精。**飞箭**：一作"飞雀"。

❽ **垂杨生左肘**：《庄子·至乐》："支离叔与滑介叔观于冥伯之丘，昆仑之虚，黄帝之所休，俄而柳生其左肘，其意蹶蹶然恶之。"沈德潜认为，庄子的"柳生其左肘"的柳本来即疡之意，王维却误解为杨柳之柳，因而有"垂杨生左肘"云云。高步瀛说："或谓柳为瘤之借字，盖以人肘无生柳者。然支离、滑介本无其人，生柳寓言亦无不可。"高说似较胜。

❾ **故侯瓜**：召平，本秦东陵侯，秦亡为平民，家贫，种瓜为生，瓜味甘美。

❿ **先生柳**：晋陶渊明弃官归隐后，因门前有五株杨柳，遂自号"五柳先生"，并写有《五柳先生传》。

⓫ **誓令疏勒出飞泉**：《后汉书·耿恭传》载，东汉耿恭与匈奴作战，据

疏勒城,匈奴于城下绝其涧水,恭于城中穿井,至十五丈犹不得水,他仰叹道:"闻昔贰师将军(西汉李广利)拔佩刀刺山,飞泉涌出,今汉德神明,岂有穷哉。"旋向井祈祷,过了一会儿,果然得水。**疏勒**:指汉疏勒城,非疏勒国。

⑫ **颍川**:指西汉灌夫,为人刚直,好饮酒骂人,失势后横暴颍川,后被诛。**使酒**:恃酒逞意气。

⑬ **聊持**:且持。**星文**:指剑上所嵌的七星纹理。

⑭ **耻令越甲鸣吾君**:意谓以敌人甲兵惊动国君为可耻。《说苑·立节》:越国甲兵入齐,雍门子狄请齐君让他自杀,因为这是越甲在鸣国君,自己应当以身殉之,遂自刎死。**鸣**:这里是惊动的意思。

佳句品读

> 这两句上承前文所述老将青壮年时代的卓越功勋和不平遭遇,下启后文展示老将生活困窘而爱国之志未消,"弃置"而致"衰朽","蹉跎"而成"白首",流露出抑郁不平的悲愤之情。

【佳句接龙】

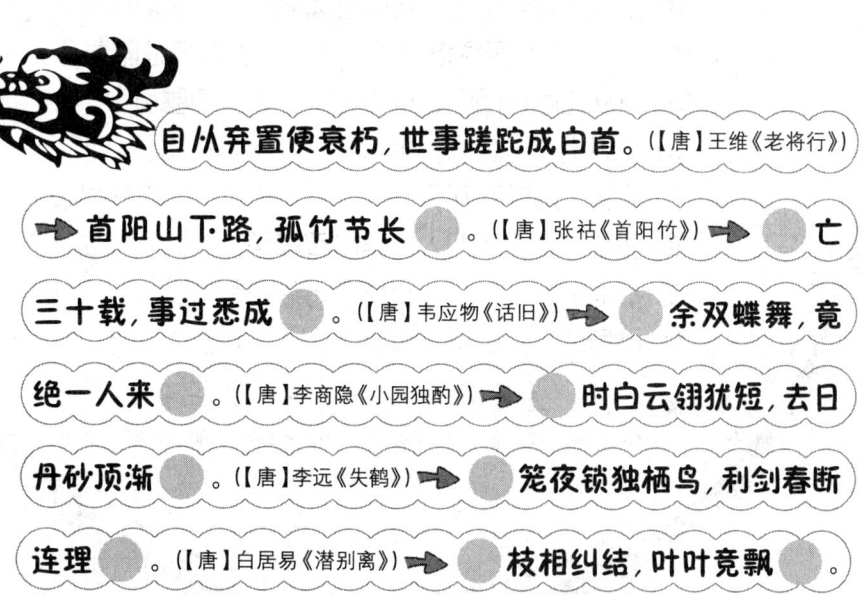

自从弃置便衰朽,世事蹉跎成白首。(【唐】王维《老将行》)

➡ 首阳山下路,孤竹节长〇。(【唐】张祜《首阳竹》)➡〇 亡

三十载,事过悉成〇。(【唐】韦应物《话旧》)➡〇 余双蝶舞,竟

绝一人来〇。(【唐】李商隐《小园独酌》)➡〇 时白云翎犹短,去日

丹砂顶渐〇。(【唐】李远《失鹤》)➡〇 笼夜锁独栖鸟,利剑春断

连理〇。(【唐】白居易《潜别离》)➡〇 枝相纠结,叶叶竞飘

（【唐】李白《古意》）→ ●兵习战张虎旗,江中白浪如银●。（【唐】李白《司马将军歌》）→ ●在瀑泉西,茅檐下有●。（【唐】王建《山居》）→ ●头一径入青崖,处处仙居隔杏花。（【唐】张籍《寻仙》）

答案：自从弃置便衰朽,世事蹉跎成白首。→首阳山下路,孤竹节长存。→存亡三十载,事过悉成空。→空余双蝶舞,竟绝一人来。→来时白云翎犹短,去日丹砂顶渐深。→深笼夜锁独栖鸟,利剑春断连理枝。→枝枝相纠结,叶叶竟飘扬。→扬兵习战张虎旗,江中白浪如银屋。→屋在瀑泉西,茅檐下有溪。→溪头一径入青崖,处处仙居隔杏花。

趣味唐诗

唐诗中的动物（二）

请在下列各句唐诗的括号内填入动物名称。

① 兰溪三日桃花雨,半夜（　　）来上滩。
② 暂对杉松如结社,偶同（　　）自成群。
③ 座中亦有江南客,莫向春风唱（　　）。
④ （　　）衔玉柄增年算,（　　）舞琼筵献寿杯。
⑤ 自从此后还闭门,夜夜（　　）上门屋。
⑥ 中原祸作边防危,果有（　　）四来伐。
⑦ 原头火烧静兀兀,野（　　）畏（　　）出复没。
⑧ 野（　　）不识人,难以驾车盖。
⑨ 不唯空饲（　　）,便可将贻（　　）。
⑩ 见角（　　）没,看皮（　　）存。

答案：① 鲤鱼　② 麋鹿　③ 鹧鸪　④ 龟　鹤　⑤ 狐狸
⑥ 豺狼　⑦ 雉　鹰　⑧ 马　⑨ 犬　蚁　⑩ 牛羊　虎豹

第7章 咏古叹今

> **穷年忧黎元,叹息肠内热。**
>
> ——【唐】杜甫《自京赴奉先县咏怀五百字》

【佳句解析】

一年到头,都为老百姓忧愁,叹息之间想到他们的苦难,心里像火烧似的难过。

【原作欣赏】

自京赴奉先县咏怀五百字

杜陵有布衣①,老大意转拙②。许身一何愚③,窃比稷与契④。
居然成濩落⑤,白首甘契阔⑥。盖棺事则已,此志常觊豁⑦。
穷年忧黎元⑧,叹息肠内热⑨。取笑同学翁,浩歌弥激烈⑩。
非无江海志⑪,潇洒送日月⑫。生逢尧舜君⑬,不忍便永诀。
当今廊庙具⑭,构厦岂云缺?葵藿倾太阳⑮,物性固莫夺。
顾惟蝼蚁辈⑯,但自求其穴。胡为慕大鲸⑰,辄拟偃溟渤⑱?
以兹悟生理⑲,独耻事干谒⑳。兀兀遂至今㉑,忍为尘埃没?
终愧巢与由㉒,未能易其节。沉饮聊自适㉓,放歌颇愁绝。
岁暮百草零,疾风高冈裂。天衢阴峥嵘㉔,客子中夜发㉕。
霜严衣带断,指直不得结。凌晨过骊山㉖,御榻在嵽嵲㉗。
蚩尤塞寒空㉘,蹴蹋崖谷滑。瑶池气郁律㉙,羽林相摩戛㉚。
君臣留欢娱,乐动殷樛嶱㉛。赐浴皆长缨㉜,与宴非短褐㉝。
彤庭所分帛㉞,本自寒女出。鞭挞其夫家,聚敛贡城阙。
圣人筐篚恩㉟,实欲邦国活。臣如忽至理,君岂弃此物㊱?
多士盈朝廷,仁者宜战栗㊲。况闻内金盘㊳,尽在卫霍室㊴。
中堂舞神仙㊵,烟雾散玉质。暖客貂鼠裘,悲管逐清瑟。
劝客驼蹄羹,霜橙压香橘㊷。朱门酒肉臭,路有冻死骨。

荣枯咫尺异㊸，惆怅难再述㊹。北辕就泾渭㊺，官渡又改辙㊻。
群冰从西下，极目高崒兀㊼。疑是崆峒来㊽，恐触天柱折㊾。
河梁幸未坼㊿，枝撑声窸窣(51)。行旅相攀援(52)，川广不可越。
老妻寄异县(53)，十口隔风雪(54)。谁能久不顾，庶往共饥渴(55)。
入门闻号咷，幼子饥已卒。吾宁舍一哀，里巷亦呜咽。
所愧为人父，无食致夭折。岂知秋禾登，贫窭有仓卒(56)？
生常免租税，名不隶征伐(57)。抚迹犹酸辛，平人固骚屑(58)。
默思失业徒(59)，因念远戍卒。忧端齐终南(60)，澒洞不可掇(61)。

注释

❶ **杜陵**：地名，在长安城东南，杜甫祖籍杜陵。因此杜甫常自称少陵野老或杜陵布衣。**布衣**：平民。

❷ **老大意转拙**：这句是说年龄越大，越不能屈志随俗；同时亦有自嘲老大无成之意。**拙**：笨拙。

❸ **许身**：自期、自许。**一何愚**：多么愚笨。

❹ **稷与契**：稷是尧时贤臣，教百姓种植五谷；契是舜时贤臣，掌管文化教育。

❺ **濩（hù）落**：即廓落，大而无用的意思。

❻ **契阔**：辛勤劳苦。

❼ **"盖棺""此志"两句**：这两句是说，死了就算了，只要活着就希望实现理想。**盖棺**：指死亡。**觊豁**：希望达到。

❽ **穷年**：终年。**黎元**：老百姓。

❾ **肠内热**：内心焦急，忧心如焚。

❿ **弥**：更加，越发。

⓫ **江海志**：隐居之志。

⓬ **潇洒送日月**：指自由自在地生活。

⓭ **尧舜君**：此以尧舜比唐玄宗。

⓮ **廊庙具**：治国之人才。

⓯ **葵藿**：葵是向日葵，藿是豆叶。

⓰ **顾**：想一想。**蝼蚁辈**：比喻那些钻营利禄的人。

⓱ **胡为**：为何。**大鲸**：比喻有远大理想者。

⓲ **辄**：就，常常。**拟**：想要。**偃溟渤**：到大海中去。

⑲ **以兹悟生理**：因为这份理想而领悟了人生处世之道。

⑳ **干谒**：求见权贵。

㉑ **兀兀**：穷困劳碌的样子。

㉒ **巢与由**：指巢父、许由，两人都是尧时的隐士。

㉓ **沉饮聊自适**：姑且痛饮，自我排遣。

㉔ **天衢**：天空。**峥嵘**：原是形容山势，这里用来形容阴云密布。

㉕ **客子**：此为杜甫自称。**发**：出发。

㉖ **骊山**：在今陕西西安临潼城南。

㉗ **嵽嵲（dié niè）**：形容山高，此指骊山。

㉘ **蚩尤**：传说中黄帝时的诸侯。黄帝与蚩尤作战，蚩尤作大雾以迷惑对方。这里以蚩尤代指大雾。

㉙ **瑶池**：传说中西王母居住的地方。此指骊山温泉。**气郁律**：温泉热气蒸腾。

㉚ **羽林**：皇帝的禁卫军。**摩戛**：武器相撞击。

㉛ **乐动殷樛（jiū）嶱（kě）**：这句指乐声震动山冈。**殷**：充满。**樛嶱**：山石高峻貌。

㉜ **长缨**：指权贵。**缨**：帽带。

㉝ **短褐**：粗布短衣，此指平民。

㉞ **彤庭**：朝廷。

㉟ **圣人**：指皇帝。**筐篚**：两种盛物的竹器。古代皇帝以筐、篚盛布帛赏赐群臣。

㊱ **"臣如""君岂"两句**：这两句意为：臣子如果忽视此理，那么皇帝的赏赐不是白费了吗？

㊲ **"多士""仁者"两句**：这两句意为：朝臣众多，其中的仁者应当惶恐不安地尽心为国。

㊳ **内金盘**：宫中皇帝御用的金盘。

㊴ **卫霍**：指汉代大将卫青、霍去病，两人都是汉武帝的亲戚。这里喻指杨贵妃的从兄、权臣杨国忠家族。

㊵ **中堂**：指杨氏家族的庭堂。**舞神仙**：像神仙一样的美女在翩翩起舞。

㊶ **烟雾**：指美女所穿的如烟如雾的薄薄的纱衣。**玉质**：指美人的肌肤。

㊷ **"暖客"以下4句**：极写贵族生活豪华奢侈。

㊸ **荣枯**：繁荣、枯萎。此喻朱门的豪华生活和路边冻死的尸骨。
㊹ **惆怅**：这里指感慨、难过。
㊺ **北辕**：车向北行。杜甫自长安至蒲城，沿渭水东走，再折向北行。**泾渭**：二水名，在陕西西安临潼境内汇合。
㊻ **官渡**：官设的渡口。
㊼ **高崒（zú）兀**：河中的浮冰突兀成群。
㊽ **崆峒**：山名，在今甘肃省平凉市城西。
㊾ **恐触天柱折**：形容冰水汹涌，仿佛共工头触不周山，使人有天崩地塌之感，隐喻当时国家形势的危急，表明了诗人对国家命运的担心。**天柱**：古代神话中，天的四角都有柱子支撑，叫天柱。
㊿ **河梁**：桥。**坼**：断裂。
(51) **枝撑**：桥的支柱。**窸窣**：象声词，木桥振动的声音。
(52) **行旅相攀援**：行路的人们相互攀扶。
(53) **异县**：指奉先县。
(54) **十口隔风雪**：杜甫一家十口分居两地，为风雪所阻隔。
(55) **庶**：希望。
(56) **贫窭**：贫穷。**仓卒**：此指意外的不幸。
(57) **名不隶征伐**：此句自言名属“士人”，可按国家规定免征赋税和兵役、劳役。
(58) **平人固骚屑**：平民百姓本来就免不了赋役的烦恼。**平人**：平民，唐人避唐太宗李世民讳，改“民”为“人”。
(59) **失业徒**：失去产业的人们。
(60) **忧端齐终南**：忧虑的情怀像终南山那样沉重。
(61) **澒（hòng）洞**：弥漫无际的样子。**掇**：收拾，引申为止息。

佳句品读

杜甫一生忧国忧民，但在其生时常为不知者嘲笑，纵然如此，他依然矢志不移，这也是其伟大之处。这两句所传递出来的深沉忧思，正可见诗人的仁者之心。

第7章 咏古叹今

【佳句接龙】

穷年忧黎元,叹息肠内热。(【唐】杜甫《自京赴奉先县咏怀五百字》)→热眠雨水饥拾虫,翠尾盘泥金彩●。(【唐】王建《伤韦令孔雀词》)→●红乱逐东流水,一点芳心为君●。(【唐】戴叔伦《相思曲》)→●为星辰终不灭,致君尧舜焉肯●。(【唐】杜甫《可叹》)→●骨穴蝼蚁,又为蔓草●。(【唐】杜甫《遣兴三首·其一》)→●头无别物,一首断肠●。(【唐】白居易《杨柳枝二十韵》)→●情逸似陶彭泽,斋日多如周太●。(【唐】刘禹锡《答乐天戏赠》)→●参班里人犹少,待漏房前月欲●。(【唐】张籍《早朝寄白舍人、严郎中》)→●上游江西,临流恨解●。(【唐】孟浩然《游江西留别富阳裴、刘二少府》)→●壶酌流霞,搴菊泛寒荣。(【唐】李白《九日》)

答案: 穷年忧黎元,叹息肠内热。→热眠雨水饥拾虫,翠尾盘泥金彩落。→落红乱逐东流水,一点芳心为君死。→死为星辰终不灭,致君尧舜焉肯朽。→朽骨穴蝼蚁,又为蔓草缠。→缠头无别物,一首断肠诗。→诗情逸似陶彭泽,斋日多如周太常。→常参班里人犹少,待漏房前月欲西。→西上游江西,临流恨解携。→携壶酌流霞,搴菊泛寒荣。

唐诗中的动物（三）

请在下列各句唐诗的括号内填入动物名称。

① 花开绿野雾，（　　）转紫岩风。
② 客来洗粉黛，日暮拾流（　　）。
③ 愿逐三秋（　　），年年一度归。
④ 又尝疑（　　），果谁雄牙须。
⑤ 森森明庭士，缩缩循墙（　　）。
⑥ 池清漉（　　），瓜蠹拾蟹蝨。
⑦ 苍苔满字土埋（　　），风雨销磨绝妙词。
⑧ （　　）摇光毛彩竖，胡腾醉舞筋骨柔。
⑨ 但使故乡三户在，彩丝谁惜惧长（　　）。
⑩ 水中科斗长成（　　），林下桑虫老作（　　）。

答案： ① 莺　② 萤　③ 雁　④ 龙虾　⑤ 鼠
　　　　⑥ 螃蟹　⑦ 龟　⑧ 狮子　⑨ 蛟　⑩ 蛙　蛾

第7章 咏古叹今

> 同学少年多不贱,五陵裘马自轻肥。
>
> ——【唐】杜甫《秋兴八首·其三》

【佳句解析】

往日的少年同学们,如今大多已经不再贫贱,他们在长安附近的五陵,穿轻裘,乘肥马,过着富贵的生活。

【原作欣赏】

秋兴八首·其三

千家山郭静朝晖①,日日江楼坐翠微②。
信宿渔人还泛泛③,清秋燕子故飞飞。
匡衡抗疏功名薄④,刘向传经心事违⑤。
同学少年多不贱⑥,五陵裘马自轻肥⑦。

注释

① **山郭**:山城,指夔州。**晖**:日光。
② **江楼**:临江之楼,夔州临江。**翠微**:山气青缈。
③ **信宿**:再宿。这里有一天又一天的意思。**泛泛**:形容小舟在水中漂浮,无所归依的样子。
④ **匡衡**:字雅圭,西汉经学家,因上疏言政,得汉元帝的赏识。**抗疏**:上疏直言。杜甫任左拾遗时,曾上疏言事,论救房琯,故以匡衡自比。**功名薄**:是说自己因上疏言事救房琯,遭受朝廷贬斥。
⑤ **刘向传经心事违**:此句是说自己希望能如刘向那样传承儒家经学精神,但也难偿夙愿。**刘向**:字子政,西汉经学家。屡次上书言事,以忠直闻名,为权贵所忌。**心事违**:指事与愿违。
⑥ **同学少年**:指少年时代一起读书求学的朋友。**多不贱**:大多作了高官。
⑦ **五陵**:指汉代长安的五座帝王陵墓,即:高帝长陵、惠帝安陵、景帝

阳陵、武帝茂陵、昭帝平陵。五陵历来为豪门贵族的聚居之地。**轻肥**：即轻裘肥马，比喻富贵。

佳句品读

那些少年同学多已腾达得意，轻裘肥马，作威作福，既不念故人之流落，更不念家国之残破，一个"多"字，一个"自"字，表现了诗人的痛心，也表明了他的鄙视之情。诗人本不得意，却以得意者反衬，正是在愤激中体现了诗人的深挚的忧国忧民之情。

【佳句接龙】

同学少年多不贱，五陵裘马自轻肥。（【唐】杜甫《秋兴八首·其三》）➡肥马王孙定相笑，不知岐路厌樵苏。（【唐】李昌符《客恨》）➡渔人网集澄潭下，贾客船随返照来。（【唐】杜甫《野老》）➡窥童子偈，得听法王经。（【唐】孟浩然《陪姚使君题惠上人房》）➡钟声夜息闻天语，炉气晨飘接御香。（【唐】沈佺期《红楼院应制》）➡石气空翠中，猿声暮云里。（【唐】刘长卿《陪元侍御游支硎山寺》）➡外物莫相诱，约心誓从今。（【唐】孟郊《靖安寄居》）➡开窗四阁寒光满，欲掩军城暮色愁。（【唐】刘长卿《奉酬辛大夫喜湖南腊月连日降雪见示之作》）➡迟迟恋恩德，役役限公程。（【唐】张籍《使回留别襄阳李司空》）

司空》→  侯晚相遇，与语才杰立。【唐】杜甫《送率府程录事还乡》

答案：同学少年多不贱，五陵裘马自轻肥。→肥马王孙定相笑，不知岐路厌樵渔。→渔人网集澄潭下，贾客船随返照来。→来窥童子偈，得听法王经。→经声夜息闻天语，炉气晨飘接御香。→香气空翠中，猿声暮云外。→外物莫相诱，约心誓从初。→初开窗阁寒光满，欲掩军城暮色迟。→迟迟恋恩德，役役限公程。→程侯晚相遇，与语才杰立。

唐诗故事

崔护题诗

　　唐代诗人崔护下第后于清明节到都城南郊散心，久行口渴，来到一户农庄前叩门，庄中有一女子姿容妍丽，开门请崔护进门饮水，自己则倚在小桃树上，眉眼之间含情脉脉，崔护逗她说话，她却不回答，只是久久地看着他。后来崔护告辞而去，心中对她也眷恋不已。第二年清明，崔护想念那位女子，又来到那户农庄，却见门上加锁，叩门无应，就在左边门上题诗："去年今日此门中，人面桃花相映红。人面不知何处去，桃花依旧笑春风。"过了几日，他偶然路过城南，又前往那农庄寻访，听到里边有哭声，敲门询问，一位老人家出来问道："你莫非就是崔护？"崔护回答自己就是。那老人家哭着说："你杀了我的女儿啊！"崔护大吃一惊，不知从何说起。老人家告诉崔护，他的女儿知书达理，还没有嫁人，但是自去年以来常常神情恍惚若有所失，那日和家人一同外出，见到门上题诗，进了门就生了病，绝食几日而亡。崔护听了也痛哭不已，进得门中，托起那女子的头枕在自己腿上哭道："我在这里，我在这里。"女子须臾之间睁开了眼睛，半天就重新活过来了，老人家大喜，就将她嫁给了崔护。

尔曹身与名俱灭,不废江河万古流。

——【唐】杜甫《戏为六绝句·其二》

【佳句解析】

你们这些嘲笑王、杨、卢、骆的人,现在你们的身与名都已寂灭无闻了;而被你们哂笑的四杰之诗,恰如长江黄河一样久远地流传不息。

【原作欣赏】

戏为六绝句·其二

王杨卢骆当时体①,轻薄为文哂未休②。
尔曹身与名俱灭③,不废江河万古流④。

① **王杨卢骆**:王勃、杨炯、卢照邻、骆宾王。这四人都是初唐时期著名的作家,诗风清新、刚健,一扫齐、梁颓靡遗风,时人称之为"初唐四杰"。**当时体**:指"初唐四杰"诗文的体裁和风格在当时自成一体。

② **轻薄**(bó):言行轻佻,有嘲弄意味。此处指当时守旧文人对"初唐四杰"的攻击态度。**哂**(shěn):讥笑。

③ **尔曹**:你们这些人。

④ **不废**:不影响。**江河万古流**:比喻包括"初唐四杰"在内的优秀作家的名字和作品将像长江黄河那样万古流传。

佳句品读

诗人用对比的手法说明:"初唐四杰"为文学的进步所作出的不懈努力,足以让他们的名字在滔滔的历史长河中不被流水般的时间卷走而销声匿迹,而那些攻击他们的人,即使能喧嚣一时,终将不过化为历史的尘埃。

第7章 咏古吟

【佳句接龙】

尔曹身与名俱灭，不废江河万古流。（【唐】杜甫《戏为六绝句·其二》）→流莺且莫弄，江畔正行吟。（【唐】刘长卿《酬郭夏人日长沙感怀见赠》）→吟诗作赋北窗里，万言不直一杯水。（【唐】李白《答王十二寒夜独酌有怀》）→水弄湘娥珮，竹啼山露月。（【唐】李贺《黄头郎》）→月好共传唯此夜，境闲皆道是东都。（【唐】白居易《八月十五日夜同诸客玩月》）→都尉朝天跃马归，香风吹人花乱飞。（【唐】李白《走笔赠独孤驸马》）→飞鸟下天窗，袅松际云壁。（【唐】钱起《寻华山云台观道士》）→壁垒依寒草，旌旗动夕阳。（【唐】皇甫冉《奉和王相公早春登徐州城》）→阳翟空知处，荆南近得书。（【唐】杜甫《远怀舍弟颖、观等》）→书回秋欲尽，酒醒夜初长。（【唐】杜牧《秋夕有怀》）

答案：尔曹身与名俱灭，不废江河万古流。→流莺且莫弄，江畔正行吟。→吟诗作赋北窗里，万言不直一杯水。→水弄湘娥珮，竹啼山露月。→月好共传唯此夜，境闲皆道是东都。→都尉朝天跃马归，香风吹人花乱飞。→飞鸟下天窗，袅松际云壁。→壁垒依寒草，旌旗动夕阳。→阳翟空知处，荆南近得书。→书回秋欲尽，酒醒夜初长。

唐诗故事

旗亭画壁

　　唐玄宗开元年间，诗人王昌龄、高适、王之涣齐名，当时他们都仕途艰难，因而经常一起交游来往。有一日天寒微雪，三位诗人一起到酒楼去，沽酒小饮。忽然有十余位梨园子弟登楼宴饮，三位诗人避开他们，坐到角落里，围着小火炉，且看他们表演节目。一会儿又有四位美丽的歌女前来，随即乐曲奏起，演奏的都是当时有名的曲子。王昌龄等私下约定："我们三个在诗坛上都算是有名的人物了，可是一直未能分个高低。今天趁这个机会，可以悄悄地听这些歌女唱歌，谁的诗入歌词多，谁就最优秀。"

　　一位歌女首先打着拍子唱道："寒雨连江夜入吴，平明送客楚山孤。洛阳亲友如相问，一片冰心在玉壶。"王昌龄就用手指在墙壁上画一道，说："我的一首绝句。"随后一歌女唱道："开箧泪沾臆，见君前日书。夜台何寂寞，犹是子云居。"高适也伸手画壁："我的一首绝句。"又一歌女出场："奉帚平明金殿开，且将团扇共徘徊。玉颜不及寒鸦色，犹带昭阳日影来。"王昌龄又伸手画壁，说道："两首绝句。"

　　王之涣自以为出名很久，眼见歌女们竟然没有唱他的诗作，就对王、高二位说："这几个唱曲的都是不出名之人，所唱不过是'下里巴人'之类不入流的歌曲，那'阳春白雪'之类的高雅之曲，哪是她们唱得了的呢！"他指着歌女中最出色的那一位说："到她唱的时候，如果唱的不是我的诗，我这辈子就不和你们争高下了；若是唱我的诗，那二位就拜倒于座前，尊我为师吧！"三位诗人一边说笑着一边等待。

　　一会儿，轮到那位梳着双鬟的最出色的歌女唱了，她唱道："黄河远上白云间，一片孤城万仞山。羌笛何须怨杨柳，春风不度玉门关。"王之涣揶揄王昌龄和高适道："怎么样，乡巴佬，我说的没错吧！"三位诗人开怀大笑。

　　那些伶人听到笑声，起身过来询问，三位诗人就把比诗的缘故告诉他们，伶人们赶紧施礼下拜："请原谅我们俗眼不识神仙，恭请诸位大人赴宴。"三位诗人应了他们的邀请，欢宴一天。

第7章 咏古叹今

> 怅望千秋一洒泪,萧条异代不同时。
>
> ——【唐】杜甫《咏怀古迹·其二》

【佳句解析】

面对千秋往事惆怅不已,洒下了泪水;虽然生在不同的朝代,但萧条之感却是相同的。

【原作欣赏】

咏怀古迹·其二

摇落深知宋玉悲,风流儒雅亦吾师①。
怅望千秋一洒泪,萧条异代不同时。
江山故宅空文藻,云雨荒台岂梦思②。
最是楚宫俱泯灭,舟人指点到今疑③。

① **风流儒雅**:形容宋玉的文采和学问。
② **云雨**:宋玉在《高唐赋》中述楚之先王游高唐,梦一妇人,自称巫山之女,自荐枕席临别时说:"妾在巫山之阳,高丘之岨,旦为行云,暮为行雨,朝朝暮暮,阳台之下。"
③ **"最是""舟人"两句**:意谓最感慨的是,楚宫今已泯灭,因后世一直流传这个故事,至今船只经过时,舟人还带疑似的口吻指点着这些古迹。

佳句品读

诗人虽与宋玉相距久远,但萧条不遇,惆怅失志,其实相同,因而望其遗迹,想其一生,不禁悲慨落泪,在凭吊历史陈迹之时触景生情,生发的乃是深切的历史情怀。

【佳句接龙】

怅望千秋一洒泪，萧条异代不同时。（【唐】杜甫《咏怀古迹·其二》）→时危兵甲黄尘里，日短江湖白发●。（【唐】杜甫《公安送韦二少府匡赞》）→●阶微雨歇，开户散窥●。（【唐】祖咏《家园夜坐寄郭微》）→●峦信回惑，白日落何●。（【唐】王昌龄《山行入泾州》）→●处逢正月，迢迢滞远●。（【唐】杜甫《元日示宗武》）→●丈玲珑花竹闲，已将心印出●人。（【唐】顾况《寻僧二首·其一》）→●关莺语花底滑，幽咽泉流冰下●。（【唐】白居易《琵琶行》）→●随洞庭酌，且醉横塘●。（【唐】孟郊《游韦七洞庭别业》）→●上当时走，马前今日●。（【唐】元稹《黄明府诗》）→●忧急鼓疏钟断，分隔休灯灭烛时。（【唐】李商隐《曲池》）

答案：怅望千秋一洒泪，萧条异代不同时。→时危兵甲黄尘里，日短江湖白发前。→前阶微雨歇，开户散窥林。→林峦信回惑，白日落何处。→处处逢正月，迢迢滞远方。→方丈玲珑花竹闲，已将心印出人间。→间关莺语花底滑，幽咽泉流冰下难。→难随洞庭酌，且醉横塘席。→席上当时走，马前今日迎。→迎忧急鼓疏钟断，分隔休灯灭烛时。

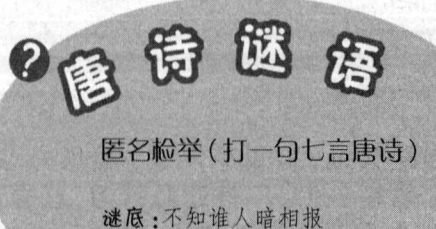

唐诗谜语

匿名检举（打一句七言唐诗）

谜底：不知谁人暗相报

> 千载琵琶作胡语,分明怨恨曲中论。
>
> ——【唐】杜甫《咏怀古迹·其三》

【佳句解析】

千年的琵琶弹奏着边地胡音,乐曲声中分明在向人们诉说着满腹的怨恨。

【原作欣赏】

咏怀古迹·其三

千山万壑赴荆门,生长明妃尚有村①。
一去紫台连朔漠②,独留青冢向黄昏。
画图省识春风面,环佩空归夜月魂③。
千载琵琶作胡语,分明怨恨曲中论。

注释

① 明妃:指王昭君。
② 去:离开。朔漠:北方大沙漠。
③ 环佩:妇女佩戴的装饰物。

佳句品读

琵琶声中的怨愤千载不绝,这种怨愤岂是只属于王昭君一人,它也是杜甫在抒发不遇明主、不展其才的痛苦,这两句诗作为全诗的结语,含意深远,引人沉思。

【佳句接龙】

千载琵琶作胡语,分明怨恨曲中论。(【唐】杜甫《咏怀古迹·其三》)→论旧忽余悲,目存且相喜。(【唐】王维《休假还旧业便使》)→喜气迎冤气,青衣报白衣。(【唐】沈佺期《喜赦》)→衣香楚山橘,手鲙湘波鱼。(【唐】韩翃《送客游江南》)→鱼目亦笑我,请与明月同。(【唐】李白《答王十二寒夜独酌有怀》)→同欢不可再,朝暮赤龙迎。(【唐】钱起《宴郁林观张道士房》)→迎车拜舞多耆老,旧卒新营遍青草。(【唐】卢纶《送张郎中还蜀歌》)→草长晴来地,虫飞晚后天。(【唐】张籍《夏日闲居》)→天月相终始,流星无定期。(【唐】乔知之《定情篇》)→期君辙未平,我车继东归。(【唐】刘驾《送友人擢第东归》)

答案: 千载琵琶作胡语,分明怨恨曲中论。→论旧忽余悲,目存且相喜。→喜气迎冤气,青衣报白衣。→衣香楚山橘,手鲙湘波鱼。→鱼目亦笑我,请与明月同。→同欢不可再,朝暮赤龙迎。→迎车拜舞多耆老,旧卒新营遍青草。→草长晴来地,虫飞晚后天。→天月相终始,流星无定期。→期君辙未平,我车继东归。

唐诗故事

章 台 柳

淄青节度使侯希逸奏报朝廷，征韩翃为从事，韩翃赴任时因怕路上不太平，将所爱之柳氏留在京城长安，本想到任安顿下来后再来迎回，不想连着三年都因种种原因无法成行。韩翃托人寄诗柳氏："章台柳，章台柳，往日青青今在否？纵使长条似旧垂，亦应攀折他人手。"柳氏答诗说："杨柳枝，芳菲节，可恨年年赠离别。一叶随风忽报秋，纵使君来岂堪折？"后来韩翃随侯希逸回京，却寻访不着柳氏，久之方知柳氏已为番将沙吒利劫走。

一日韩翃入中书省，至城东南角，一牛车缓随其后，车中人问道："请问前面是青州韩员外吗？"韩翃答是，车中人掀帘说道她就是柳氏，但受制于沙吒利已无法脱身，第二天她还会从此路过，希望能再次会面道别。韩翃第二天如期而往，牛车果然不久即至，车中扔出一红巾包的小盒子，内装有香膏，柳氏呜咽道："从此终身永别。"驱车急驰而去。韩翃悲不自胜，泪如雨下。

当日，临淄大校在酒楼摆宴，邀韩翃赴席。韩翃郁郁寡欢，大家询问原因，韩翃具言其故。座中有虞侯将许俊，年轻气盛，又仗酒势，起身说："请韩员外给我手书数字为信，我立马为员外取还柳氏。"大家都激扬赞叹，韩翃不得已写了张字据。许俊即刻起身，乘一马牵一马而驰，径直入沙吒利的宅第。恰逢沙吒利外出，许俊即入内假报："沙将军坠马，快不行了，特命我来接柳夫人见最后一面。"柳氏惊出，许俊即以韩翃字据示之，两人上马飞驰而去。到酒楼，酒席尚未结束，许俊将柳氏带到韩翃面前说："幸不辱命。"一座为之惊叹。

那时沙吒利刚立功，正得宠于代宗皇帝，大家害怕大祸因此而起，一同去见侯希逸，告之事件经过。侯希逸听后扼腕叹道："这正是我年轻时的脾气，没想到许俊也能如此！"立刻修表上奏，控告沙吒利。代宗皇帝阅后称叹良久，御批道："沙吒利宜赐绢二千匹，柳氏却归韩翃。"

> 但看古来盛名下，终日坎壈缠其身。
>
> ——【唐】杜甫《丹青引赠曹将军霸》

【佳句解析】

只要看看历来那些身负盛名的人就会知道，没有谁不终日坎坷穷愁纠缠其身。

【原作欣赏】

丹青引赠曹将军霸①

将军魏武之子孙②，于今为庶为清门③。
英雄割据虽已矣，文采风流今尚存。
学书初学卫夫人④，但恨无过王右军⑤。
丹青不知老将至，富贵于我如浮云⑥。
开元之中常引见⑦，承恩数上南熏殿⑧。
凌烟功臣少颜色⑨，将军下笔开生面⑩。
良相头上进贤冠⑪，猛将腰间大羽箭⑫。
褒公鄂公毛发动⑬，英姿飒爽来酣战。
先帝天马玉花骢⑭，画工如山貌不同⑮。
是日牵来赤墀下⑯，迥立阊阖生长风⑰。
诏谓将军拂绢素⑱，意匠惨澹经营中⑲。
斯须九重真龙出⑳，一洗万古凡马空。
玉花却在御榻上，榻上庭前屹相向。
至尊含笑催赐金，圉人太仆皆惆怅㉑。
弟子韩幹早入室㉒，亦能画马穷殊相㉓。
幹惟画肉不画骨，忍使骅骝气凋丧㉔。
将军画善盖有神㉕，必逢佳士亦写真㉖。

即今漂泊干戈际㉗,屡貌寻常行路人㉘。
途穷反遭俗眼白,世上未有如公贫。
但看古来盛名下,终日坎壈缠其身㉙。

注释

① **丹青引**:指绘画歌。**曹将军霸**:指曹霸,唐代著名画家,以画人物及马著称,颇得唐玄宗的宠幸,官至左武卫将军,故称他为曹将军。

② **魏武**:指魏武帝曹操。

③ **庶**:即庶人、平民。**清门**:即寒门,清贫之家。唐玄宗末年,曹霸因得罪朝廷,被削职免官。

④ **卫夫人**:即卫铄,字茂猗,晋代有名的女书法家。

⑤ **王右军**:即晋代著名书法家王羲之,官至右军将军。

⑥ **"丹青""富贵"两句**:这两句是说曹霸一生精研画艺甚至到了不知老之将至的程度,同时他还看轻利禄富贵,具有高尚的情操。

⑦ **开元**:唐玄宗的年号,指713—741年。**引见**:皇帝召见臣属。

⑧ **承恩**:获得皇帝的恩宠。**南薰殿**:唐代官殿名。

⑨ **凌烟**:即凌烟阁,唐太宗为了褒奖文武开国功臣,于贞观十七年(643)命阎立本等在凌烟阁画二十四功臣图。**少颜色**:指功臣图像因年久而褪色。

⑩ **开生面**:展现出如生的面貌。

⑪ **进贤冠**:古代文儒者的服饰。

⑫ **大羽箭**:大杆长箭。

⑬ **褒公**:即段志玄,封褒国公。**鄂公**:即尉迟恭,封鄂国公。两人均系唐朝开国名将,同为功臣图中的人物。

⑭ **先帝**:指唐玄宗。**玉花骢**(cōng):唐玄宗所骑的骏马名。**骢**:青白色的马。

⑮ **如山**:众多的意思。**貌不同**:画得不一样,即画得不像。

⑯ **赤墀**(chí):也叫丹墀,官殿前的台阶。

⑰ **迥**(jiǒng):高。**阊**(chāng)**阖**(hé):官门。

⑱ **诏**:皇帝的命令。

⑲ **意匠惨澹经营中**:这句是说曹霸在画马前经过审慎的酝酿,胸有全局而后落笔作画。**意匠**:指画家的立意和构思。**惨澹**(dàn):费心良苦。**经营**:即绘画的结构安排。

⑳ **九重**：代指皇宫。**真龙**：古人称马高八尺为龙，这里比喻所画的玉花骢。

㉑ **圉（yǔ）人**：管理御马的官吏。**太仆**：管理皇帝车马的官吏。

㉒ **韩幹**：唐代著名画家，善画人物，更擅长画马。他初师曹霸，注重写生，后来自成一家。

㉓ **穷殊相**：极尽各种不同的形姿变化。

㉔ **"幹惟""忍使"两句**：这两句是说韩幹画马仅得形似，不能传神。

㉕ **盖有神**：大概有神明之助，极言曹霸画艺高超。

㉖ **写真**：指画肖像。

㉗ **干戈**：战争，指安史之乱。

㉘ **貌**：即写真。

㉙ **坎壈（lǎn）**：贫困潦倒。

佳句品读

曹霸是杰出的画家，当年在宫廷作画曾得到过皇帝的奖赏，安史之乱后却流落漂泊，只能以为寻常路人画像为生，他的辛酸境遇和杜甫的坎坷经历十分相似，诗人内心由此引起共鸣，为之写下此诗。这两句作为结语，不仅是以此宽解曹霸，同时也是诗人聊以自慰，饱含对世态炎凉的愤慨之情。

【佳句接龙】

但看古来盛名下，终日坎壈缠其身。（【唐】杜甫《丹青引赠曹将军霸》）➡ 身轻逐舞袖，香暖传歌。（【唐】戴叔伦《独不见》）

➡ 风千里泰，车雨九重。（【唐】贯休《别卢使君》）➡ 师行

讲青龙疏，本寺住来多少。（【唐】张籍《题僧院》）➡ 年小·摇落，

第7章 咏古叹今

> 不与故园 ◯。（[唐]杜甫《大历二年九月三十日》）→ ◯官载酒出郊坼,
> 晴日东驰雁北 ◯。（[唐]高适《同陈留崔司户早春宴蓬池》）→ ◯声塞天
> 衢,万古仰遗 ◯。（[唐]李白《商山四皓》）→ ◯知润物功,可以贷
> 不 ◯。（[唐]杜甫《大雨》）→ ◯义心长苦,袁安家转 ◯。（[唐]李
> 端《赠薛戴》）→ ◯来许钱圣,梦觉见身愁。（[唐]姚合《客舍有怀》）

答案：但看古来盛名下,终日坎壈缠其身。→身轻逐舞袖,香暖传歌扇。→扇风千里泰,车雨九重闻。→闻师行讲青龙疏,本寺住来多少年。→年年小摇落,不与故园同。→同官载酒出郊坼,晴日东驰雁北飞。→飞声塞天衢,万古仰遗则。→则知润物功,可以贷不毛。→毛义心长苦,袁安家转贫。→贫来许钱圣,梦觉见身愁。

唐诗故事

错失良机的孟浩然

孟浩然是唐代山水田园诗的代表人物,他40岁时赴长安应举落第,曾在太学赋诗,名动公卿,一座倾服,为之搁笔。孟浩然和王维交谊甚笃,一次王维曾私邀他入内署,适逢唐玄宗至,孟浩然惊避床下,王维不敢隐瞒,据实奏闻,玄宗喜道："我一向听闻他的声名却未曾见面,为什么要害怕我而躲起来呢？"命孟浩然出见,并问起他的诗作。孟浩然自诵其诗《岁暮归南山》,至"不才明主弃"之句,玄宗很不高兴,说："是你自己不出仕,我从来没有抛弃你,为什么诬赖我！"于是将他放归襄阳,从此孟浩然再也未能受到重用。

边庭流血成海水,武皇开边意未已。

——【唐】杜甫《兵车行》

【佳句解析】

边疆无数士兵流的血多得像海水,武皇开拓边疆的念头还没停止。

【原作欣赏】

兵车行①

车辚辚②,马萧萧③,行人弓箭各在腰④。
耶娘妻子走相送⑤,尘埃不见咸阳桥⑥。
牵衣顿足拦道哭,哭声直上干云霄⑦。
道旁过者问行人⑧,行人但云点行频⑨。
或从十五北防河⑩,便至四十西营田⑪。
去时里正与裹头⑫,归来头白还戍边⑬。
边庭流血成海水⑭,武皇开边意未已⑮。
君不闻汉家山东二百州⑯,千村万落生荆杞⑰。
纵有健妇把锄犁,禾生陇亩无东西⑱。
况复秦兵耐苦战⑲,被驱不异犬与鸡⑳。
长者虽有问㉑,役夫敢伸恨㉒?
且如今年冬,未休关西卒㉓。
县官急索租㉔,租税从何出?
信知生男恶,反是生女好。
生女犹得嫁比邻㉕,生男埋没随百草。
君不见青海头㉖,古来白骨无人收。
新鬼烦冤旧鬼哭㉗,天阴雨湿声啾啾㉘!

第7章 咏古叹今

注释

① **兵车行**：这首诗大约作于天宝中后期。当时唐王朝对边疆的少数民族不断用兵。天宝八载（749），哥舒翰攻取石堡城（在今青海西宁西南）一役，死数万人。十载（751），剑南节度使鲜于仲通率兵八万进攻南诏（辖境主要在今云南），遭遇大败，死六万人。为补充兵力，杨国忠遣御史分道捕人，连枷送往军所，送行者哭声震野。这首诗就是据上述情况写的。

② **辚(lín)辚**：车轮声。《诗经·秦风·车邻》："有车邻邻"，"邻邻"通"辚辚"。

③ **萧萧**：马嘶叫声。《诗经·小雅·车攻》："萧萧马鸣。"

④ **行(xíng)人**：指被征出发的士兵。

⑤ **耶**：通假字，同"爷"，父亲。**走**：奔跑。

⑥ **咸阳桥**：故址在今陕西咸阳市西南，唐时为长安通往西北的必经之路。

⑦ **干(gān)**：冲。

⑧ **过者**：过路的人，这里是杜甫自称。

⑨ **但云**：只说。**点行(xíng)频**：频繁地点名征调壮丁。

⑩ **或**：有的人。**北防河**：当时常与吐蕃发生战争，曾征召陇右、关中、朔方诸军集结河西一带防御。因其地在长安以北，所以说"北防河"。

⑪ **西营田**：古时实行屯田制，军队无战事即种田，有战事即作战，"西营田"指防备西面的吐蕃。

⑫ **里正**：唐制，每百户设一里正，负责管理户口、检查民事、催促赋役等。**裹头**：男子成丁，就裹头巾，犹古之加冠。新兵因为年纪小，所以需要里正给他裹头。

⑬ **还(hái)**：仍然。

⑭ **边庭**：边疆。

⑮ **武皇**：汉武帝刘彻。唐诗中常有以汉指唐的委婉避讳方式，这里借武皇代指唐玄宗，下文"汉家"也是指唐王朝。**开边**：用武力开拓边疆。

⑯ **山东**：崤山或华山以东。古代秦居西方，秦地以外，统称山东。

⑰ **荆杞(qǐ)**：荆棘与杞柳，都是野生灌木。

⑱ **陇(lǒng)亩**：田地。**陇**：通"垄"，在耕地上培成一行的土埂，中间种植农作物。**无东西**：不分东西，意思是行列不整齐。

⑲ **况复**：更何况。**秦兵**：指关中一带的士兵。**耐苦战**：能顽强苦战。

167

⑳ **被驱不异犬与鸡**：这句是说关中士兵像鸡狗一样被赶上战场卖命。
㉑ **长者**：即上文的"道旁过者"，即杜甫，征人敬称他为长者。
㉒ **役夫敢申恨**：征人自言不敢诉说心中的冤屈愤恨。这是反诘语气，表现其敢怒而不敢言的情态。**役夫**：行役的人。**敢**：岂敢，怎么敢。
㉓ **"且如""未休"两句**：这两句是说，今年冬天因为对吐蕃的战争还未结束，所以关西的士兵都未能罢遣还家。**且如**：就如。**关西**：当时指函谷关以西的地方。
㉔ **县官**：官府。
㉕ **比邻**：近邻。
㉖ **青海头**：即青海边。这里是自汉代以来经常发生战争的地方。唐初也曾在这一带与突厥、吐蕃发生大规模的战争。
㉗ **烦冤**：愁烦冤屈。
㉘ **啾啾**：象声词，形容凄厉的哭叫声。

佳句品读

边疆士兵流血成海，依旧阻止不了统治者穷兵黩武，诗人以汉喻唐，大胆地把矛头直接指向他那个时代的最高统治者，充分表达了诗人不可抑制的悲愤之情。

【佳句接龙】

边庭流血成海水，武皇开边意未已。（【唐】杜甫《兵车行》）

➡ 已悟化城非乐界，不知今夕是何⬤。（【唐】戴叔伦《二灵寺守岁》）

➡ ⬤年至日长为客，忽忽穷愁泥杀⬤。（【唐】杜甫《冬至》）

➡ ⬤生意气好迁捐，只重狂花不重⬤。（【唐】王昌龄《行路难》）

➡ ⬤人当重寄，天子借高⬤。（【唐】李白《赠升州王使君忠臣》）

→ ●山发佳兴,清赏亦何●。([唐]李白《下寻阳城泛彭蠡,寄黄判官》)

→ ●愁山影峭,独夜漏声●。([唐]姚合《秋晚夜坐寄院中诸曹长》)

→ ●歌增郁怏,对酒不能●。([唐]高适《效古赠崔二》) → ●怜

今夜月,欢忆去年●。([唐]白居易《雪夜对酒招客》) → 担犁锄细

雨歇,路入桑柘斜阳微。([唐]贯休《春末兰溪道中作》)

答案： 边庭流血成海水,武皇开边意未已。→已悟化城非乐界,不知今夕是何年。→年年至日长为客,忽忽穷愁泥杀人。→人生意气好迁捐,只重狂花不重贤。→贤人当重寄,天子借高名。→名山发佳兴,清赏亦何穷。→穷愁山影峭,独夜漏声长。→长歌增郁怏,对酒不能醉。→醉怜今夜月,欢忆去年人。→人担犁锄细雨歇,路入桑柘斜阳微。

唐诗故事

推 敲

诗人贾岛去京城参加科举考试,一天,他在驴背上想到了两句诗:"鸟宿池边树,僧敲月下门。"开始想用"推"字,又想用"敲"字,决定不下来,便在驴背上吟诵,不时伸出手做出推和敲的姿势来琢磨。当时韩愈担任京兆尹（京城地方的长官）,正带车马出巡,贾岛不知不觉冲撞到韩愈仪仗队的第三节,就被韩愈左右的侍从推搡到韩愈的面前。贾岛详细地告知韩愈他在酝酿诗句的事,并说用"推"字还是用"敲"字没有确定,想得出神了,忘记了要回避。韩愈停下马车思考了很久,对贾岛说:"用'敲'字好。"于是两人并排骑着马和驴回家,一同谈论作诗的方法,好几天不舍得离开,两人成为布衣之交。

男儿何不带吴钩,收取关山五十州?

——【唐】李贺《南园十三首·其五》

【佳句解析】

身为男子为什么不手执利剑奔赴疆场,收复藩镇割据的关山五十州呢?

【原作欣赏】

南园十三首·其五①

男儿何不带吴钩②,收取关山五十州③?
请君暂上凌烟阁④,若个书生万户侯⑤?

1. 南园:昌谷南园为李贺读书处。其《南园》组诗13首,写当地景物和杂感,此诗为第五首。
2. 吴钩:钩是一种兵器,形似剑而曲,春秋吴人善铸钩,后泛指利剑。
3. 关山五十州:指当时藩镇割据、中央不能掌管的地区。《通鉴·唐纪》载唐宪宗元和七年李绛云:"今法令所不能制者,河南北五十余州。"
4. 凌烟阁:楼阁名,在长安。唐太宗贞观十七年(643)画开国功臣24人于凌烟阁。
5. 万户侯:食邑万户以上,号称"万户侯"(汉代侯爵最高的一层),借指高官贵爵。

佳句品读

"男儿何不带吴钩"既是泛问,也是自问,在鼓动别人的同时,也在鼓励自己,抒发了"国家兴亡,匹夫有责"的使命感和责任感。"收取关山五十州"气势磅礴,表现了削平藩镇、实现统一的爱国之情。

【佳句接龙】

男儿何不带吴钩,收取关山五十州?([唐]李贺《南园十三首·其五》)→州家申名使家抑,坎轲只得移荆●。([唐]韩愈《八月十五夜赠张功曹》)→●弦代写曲如语,一醉昏昏天下●。([唐]温庭筠《春江花月夜词》)→●路喜未远,宿留化人●。([唐]鲍溶《宿悟空寺赠僧》)→●里月明时,精灵自来●。([唐]李端《芜城》)→●幄兰将老,辞车雉亦●。([唐]钱起《过孙员外蓝田山居》)→●为气候肃,开作云雨●。([唐]孟郊《题韦少保静恭宅藏书洞》)→●阴似帐红薇晚,细雨如烟碧草●。([唐]温庭筠《题李处士幽居》)→●游慧远寺,秋上庾公●。([唐]白居易《咏意》)→●阁高低树浅深,山光水色暝沉沉。([唐]白居易《菩提寺上方晚眺》)

答案：男儿何不带吴钩,收取关山五十州?→州家申名使家抑,坎轲只得移荆蛮。→蛮弦代写曲如语,一醉昏昏天下迷。→迷路喜未远,宿留化人城。→城里月明时,精灵自来去。→去幄兰将老,辞车雉亦闲。→闲为气候肃,开作云雨浓。→浓阴似帐红薇晚,细雨如烟碧草春。→春游慧远寺,秋上庾公楼。→楼阁高低树浅深,山光水色暝沉沉。

趣味唐诗

读唐诗，猜成语

① 读书破万卷，下笔如有神。
② 飞流直下三千尺。
③ 高堂明镜悲白发。
④ 黄河之水天上来。
⑤ 举头望明月，低头思故乡。
⑥ 卷我屋上三重茅。
⑦ 君王掩面救不得。
⑧ 白云生处有人家。
⑨ 春蚕到死丝方尽，蜡炬成灰泪始干。
⑩ 相逢何必曾相识。

答案：① 开卷有益　② 山高水长　③ 顾影自怜　④ 天作之合（河）
　　　⑤ 触景生情　⑥ 风吹草动　⑦ 爱莫能助　⑧ 深居简出
　　　⑨ 舍己为人　⑩ 一见如故

第7章 咏古叹今

> 东风不与周郎便,铜雀春深锁二乔。
>
> ——【唐】杜牧《赤壁》

【佳句解析】

假如东风不给周瑜以方便,结局恐怕就会是曹操取胜,大乔和小乔被关进铜雀台了。

【原作欣赏】

赤壁①

折戟沉沙铁未销②,自将磨洗认前朝③。
东风不与周郎便④,铜雀春深锁二乔⑤。

注释

① **赤壁**:三国时吴蜀联军大败曹操军队的"赤壁之战"的所在地,一般认为在现在湖北武汉武昌县西南赤矶山。

② **折戟**:折断了的戟,指赤壁之战遗留下来的残旧兵器。**铁未销**:指铁戟还没有完全锈烂掉。

③ **认前朝**:辨认出是前朝的遗物。

④ **东风**:曹操攻打东吴时,因北方士兵不习水战,就用铁链把战船联结起来,以求平稳。于是周瑜派黄盖假作投降,用几十艘快船,装满浸透油蜡的干柴,靠近曹军水营,乘其无备,放起火来。这天恰巧东风大作,火借风势,结果曹军惨败。**不与**:是"若不与"的意思,表示假设。**周郎**:即周瑜。

⑤ **铜雀**:台名,故址在邺城(今河北临漳县),建安十五年(210)曹操所建,是其歌舞宴游的场所,因楼顶立有一丈五尺高的铜雀而得名。**二乔**:指乔公的两个女儿,都是江东美女,大乔嫁孙策,小乔嫁周瑜。

佳句品读

诗人对赤壁之战发表了独特的看法,认为"东风"这样的外在因素具有重要作用,周瑜胜利于侥幸,抒发了诗人对国家兴亡的慨叹,同时抒发自己怀才不遇的感慨,体现了作者抑郁不平的心情。

【佳句接龙】

东风不与周郎便,铜雀春深锁二乔。(【唐】杜牧《赤壁》) ➡ 乔木深青春,清光满瑶 ◯。(【唐】孟郊《琴曲歌辞·湘妃怨》) ➡ ◯上印病文,肠中转愁 ◯。(【唐】孟郊《秋怀十五首·其二》) ➡ 擎紫线莼初熟,箸拨红丝鲙正 ◯。(【唐】罗隐《览晋史》) ➡ 醺不到口,年不登三 ◯。(【唐】白居易《寄卢少尹》) ➡ ◯八年来恨别离,唯同一宿咏新 ◯。(【唐】张籍《喜王六同宿》) ➡ 虽曾引玉,棋数中埋 ◯。(【唐】贯休《别卢使君》) ➡ 事留孙楚,行间识吕 ◯。(【唐】杜甫《投赠哥舒开府二十韵》) ➡ 茗玉花尽,越瓯荷叶 ◯。(【唐】孟郊《凭周况先辈于朝贤乞茶》) ➡ 传古岸下,曾见蛟龙去。(【唐】刘长卿《湘中纪行十首·横龙渡》)

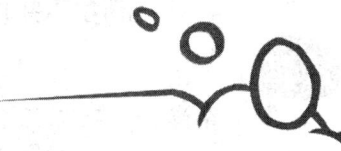

答案：东风不与周郎便，铜雀春深锁二乔。→乔木深青春，清光满瑶席。→席上印病文，肠中转愁盘。→盘攀紫线菡初熟，箸拨红丝鲙正肥。→肥醲不到口，年不登三十。→十八年来恨别离，唯同一宿咏新诗。→诗虽曾引玉，棋数中埋军。→军事留孙楚，行间识吕蒙。→蒙茸玉花尽，越瓯荷叶空。→空传古岸下，曾见蛟龙去。

唐诗故事

骆宾王续诗

传说宋之问被谪放还后途经江南，有一天到灵隐寺游览。当晚月色明亮，宋之问在长廊里赏月赋诗，得"鹫岭郁岧峣，龙宫锁寂寥"两句，就吟不下去了。有一位老僧点燃了长明灯，问道："少年人夜晚不睡，为什么在这里苦苦吟诗？"宋之问回答说："刚才想题咏本寺，得了上句下句却想不出来。"老僧道："为什么不说'楼观沧海日，门对浙江潮'？"宋之问非常惊讶于诗句的精彩，于是就续完了全诗。第二天宋之问再去找那老僧，已不见他的踪影，有知道的人说，那老僧就是骆宾王。

商女不知亡国恨，隔江犹唱后庭花。

——【唐】杜牧《泊秦淮》

【佳句解析】

卖唱的歌女不知道什么是亡国之恨，依然在对岸唱着《玉树后庭花》。

【原作欣赏】

泊秦淮①

烟笼寒水月笼沙,夜泊秦淮近酒家。
商女不知亡国恨②,隔江犹唱后庭花③。

1. **秦淮**:河名,东源出自江苏省句容市宝华山,南源出自江苏省溧水县东庐山,穿过南京市区流入长江。
2. **商女**:卖唱的歌女。
3. **后庭花**:即《玉树后庭花》,南朝陈后主所作,其中有"玉树后庭花,花开不复久"之句,后人认为是亡国之音。

佳句品读

"商女不知亡国恨"是曲笔,真正"不知亡国恨"的是座中听唱的人,陈代早已因荒淫亡国,晚唐又江河日下,将要重蹈覆辙。在这两句诗里,诗人把对历史的咏叹与对现实的思考结合在一起,表达对当权者糜烂生活的讽刺、批判,表现对国家命运前途的忧虑之情。

【佳句接龙】

商女不知亡国恨,隔江犹唱后庭花。([唐]杜牧《泊秦淮》)➡ 花月穷游宴,炎天避郁●。([唐]杜甫《赠特进汝阳王二十韵》)➡ ●花初酿酒,渔艇劣容●。([唐]贯休《春晚访镜湖方干》)➡ ●轻一鸟过,枪急万人●。([唐]杜甫《送蔡希曾都尉还陇右,因寄高三十五书记》)➡ 星召鬼歆杯盘,山魅食时人森●。([唐]

李贺《神弦》 → 光千里暮,露气二江 。([唐]骆宾王《畴昔篇》）→ 汉飞玉霜,北风扫荷 。([唐]钱起《效古秋夜长》）→ 花闭一林,真士此看 。([唐]钱起《宿远上人兰若》）→ 事数茎白发,生涯一片青 。([唐]顾况《归山作》）→ 色湖光并在东,扁舟归去有樵风。([唐]刘长卿《东湖送朱逸人归》）

答案：商女不知亡国恨,隔江犹唱后庭花。→花月穷游宴,炎天避郁蒸。→蒸花初酿酒,渔艇劣容身。→身轻一鸟过,枪急万人呼。→呼星召鬼歆杯盘,山魅食时人森寒。→寒光千里暮,露气二江秋。→秋汉飞玉霜,北风扫荷香。→香花闭一林,真士此看心。→心事数茎白发,生涯一片青山。→山色湖光并在东,扁舟归去有樵风。

唐诗谜语

排队我列末位（打一句五言唐诗）

谜底：后不见来者

可怜夜半虚前席,不问苍生问鬼神。

——【唐】李商隐《贾生》

【佳句解析】

可惜的是,虽然谈到三更半夜竟是白白地向前移席,因为皇帝关心询问的并不是天下百姓,而是鬼神。

【原作欣赏】

贾生①

宣室求贤访逐臣②,贾生才调更无伦③。
可怜夜半虚前席④,不问苍生问鬼神⑤。

① 贾生：贾谊，西汉著名的政论家，力主改革弊政，却遭谗被贬，一生抑郁不得志。
② 宣室：汉未央宫前殿的正室。逐臣：被贬之臣。贾谊被贬后，汉文帝曾将他召还，问事于宣室。
③ 才调：才华气格。
④ 可怜：可惜，可叹。前席：古人席地而坐，此指在坐席上向前移动，靠近对方。
⑤ 苍生：百姓。问鬼神：《史记·屈原贾生列传》载，汉文帝接见贾谊，"问鬼神之本。贾生因具道所以然之状。至夜半，文帝前席"。

佳句品读

汉文帝史称明君，贾谊更是一代贤才，但文帝在宣室接见贾谊，君臣晤谈直至夜半，他殷殷垂询的不是安民之策，虚心听取的只是鬼神之事。诗句明写文帝不能识贤、任贤，也暗讽晚唐皇帝服药求仙，荒于政事，不顾民生的昏庸特性。诗人自己空有远大抱负，却身处衰世，长期抑郁不得志，他慨叹贾生的不遇明主，实际也是感喟自己的生不逢时，自伤之意尽在言外。

【作者简介】

李商隐（约812—约858），字义山，晚唐著名诗人，擅长骈文写作，亦擅作七律和五言排律。他与杜牧合称"小李杜"，与温庭筠合称为"温李"。著有《李义山诗集》。

【佳句接龙】

可怜夜半虚前席，不问苍生问鬼神。（[唐]李商隐《贾

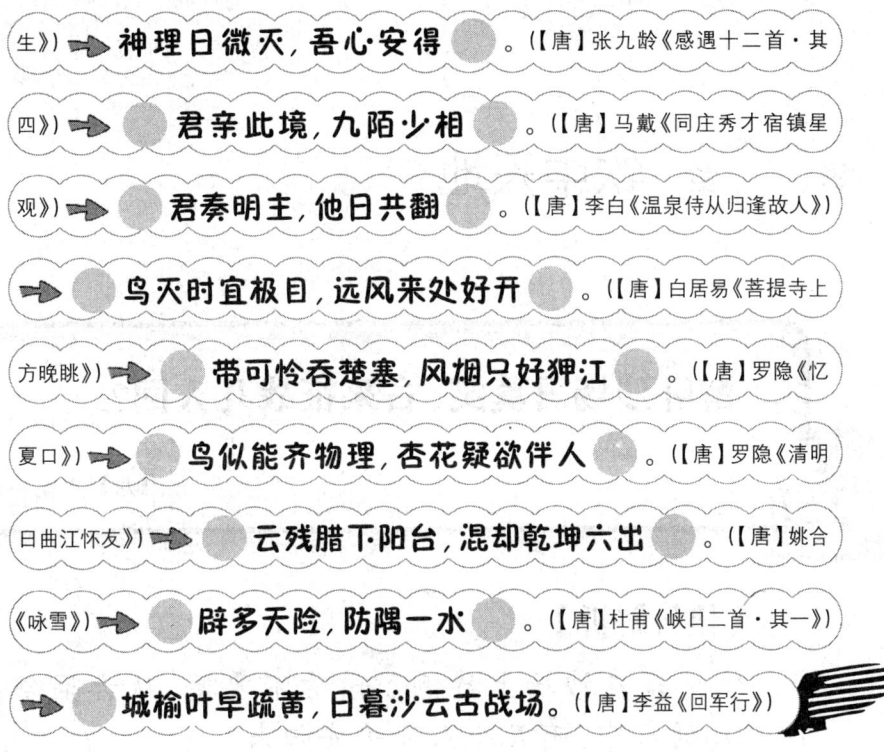

答案：可怜夜半虚前席，不问苍生问鬼神。→神理日微灭，吾心安得知。→知君亲此境，九陌少相逢。→逢君奏明主，他日共翻飞。→飞鸟灭时宜极目，远风来处好开襟。→襟带可怜吞楚塞，风烟只好狎江鸥。→鸥鸟似能齐物理，杏花疑欲伴人愁。→愁云残腊下阳台，混却乾坤六出开。→开辟多天险，防隅一水关。→关城榆叶早疏黄，日暮沙云古战场。

唐诗谜语

乒乓（打一句五言唐诗）

谜底：士卒难全形

第8章 饮中天地

醉卧沙场君莫笑,古来征战几人回?

——【唐】王翰《凉州词》

【佳句解析】

我在沙场上醉倒了请你不要笑,从古至今前往战场的人中,有几个人能平安归来?

【原作欣赏】

凉州词

葡萄美酒夜光杯①,欲饮琵琶马上催②。
醉卧沙场君莫笑③,古来征战几人回④?

① 夜光杯:用白玉制成的酒杯,光可照明。这里指精美的酒杯。
② 欲:将要。催:催人出征。
③ 沙场:平坦空旷的沙地,古时多指战场。
④ 征战:打仗。

佳句品读

对这两句的解读历来就是仁者见仁智者见智，有人从中读出了悲凉，有人读出了反战，但我们回头品读诗的前两句对军中盛宴的描写，那场面和气氛绝不是低迷沉痛的，而是豪放热烈、奔放明快的，由此可见诗的结尾两句，应该也是充满了盛唐边塞诗的昂扬气象的，写的正是将士们尽情劝饮、旷达忘忧。

【作者简介】

王翰（687—726），字子羽，唐代边塞诗人。其诗大多表达对人生短暂的感叹和及时行乐的旷达情怀。原有诗集10卷，大都已失传，《全唐诗》录其诗1卷，共14首。

【佳句接龙】

醉卧沙场君莫笑，古来征战几人回？（【唐】王翰《凉州词》）➡ 回流抱绝巘，皎镜含虚 ○ 。（【唐】刘禹锡《游桃源一百韵》）➡

○ 云东去雨云西，苑路高高驿路 ○ 。（【唐】李商隐《雨中长乐水馆送赵十五滂不及》）➡ 楼小径城南道，犹自金鞍对芳 ○ 。（【唐】李商隐《河内诗二首·其二》）➡ 木凡气尽，始见天地 ○ 。（【唐】元稹《秋堂夕》）➡ 潭龙气来蒸础，月冷星精下听 ○ 。（【唐】贯休《商山道者》）➡ 弹溪月侧，棋次础云 ○ 。（【唐】贯休《闻赤松舒道士下世》）➡ 春别镜陂，罢郡未霜 ○ 。（【唐】贾岛《送南卓归京》）

→ ●须虽白体轻健,九十三来却少●。【唐】王建《赠阎少保》

→ ●少不应辞苦节,诸生若遇亦封侯。【唐】严维《送薛居士和州读书》

答案:醉卧沙场君莫笑,古来征战几人回?→回流抱绝巘,皎镜含虚碧。→碧云东去雨云西,苑路高高驿路低。→低楼小径城南道,犹自金鞍对芳草。→草木凡气尽,始见天地澄。→澄潭龙气来萦砌,月冷星精下听琴。→琴弹溪月侧,棋次砌云残。→残春别镜陂,罢郡未霜髭。→髭须虽白体轻健,九十三来却少年。→年少不应辞苦节,诸生若遇亦封侯。

? 唐 诗 谜 语

瀑布(打一句五言唐诗)

谜底:水如一匹练

醉卧不知白日暮,有时空望孤云高。

——【唐】李颀《送陈章甫》

【佳句解析】

有时醉卧不知白天黑夜,有时空自眺望碧空中的孤云。

【原作欣赏】

送陈章甫

四月南风大麦黄,枣花未落桐阴长。
青山朝别暮还见,嘶马出门思旧乡。
陈侯立身何坦荡①,虬须虎眉仍大颡②。
腹中贮书一万卷,不肯低头在草莽。
东门酤酒饮我曹③,心轻万事如鸿毛。
醉卧不知白日暮,有时空望孤云高。
长河浪头连天黑,津口停舟渡不得④。
郑国游人未及家,洛阳行子空叹息。
闻道故林相识多⑤,罢官昨日今如何?

注释

1. **陈侯**:对陈章甫的尊称。
2. **虬须**:卷曲的胡子。**大颡**(sǎng):宽脑门。**颡**:前额。
3. **我曹**:即我辈。
4. **津口**:渡口。一作"津吏",即管渡口的官员。
5. **故林**:故乡。

佳句品读

这两句生动地描绘出陈章甫醉卧避官、寄托孤云的情态,显见他入仕后与污浊的官场不合,因而借酒隐德,自持清高,这种仕而实隐的情形其实也隐含了君子失意于现实的惆怅。

【作者简介】

李颀(690—751),唐朝诗人。擅长五、七言歌行体,其诗格调高昂,慷慨悲凉。《全唐诗》存其诗3卷。

【佳句接龙】

醉卧不知白日暮，有时空望孤云高。（【唐】李颀《送陈章甫》）

⇒ 高楼重重闭明月，肠断仙郎隔年○。（【唐】戴叔伦《相思曲》）

⇒ ○来还似旧，白发日高○。（【唐】贾岛《喜无可上人游山回》）

⇒ ○翎宛若相逢喜，只怕才来又惊○。（【唐】陆龟蒙《鹤媒歌》）

⇒ ○得幽亭景复新，碧莎地上更无○。（【唐】张籍《题韦郎中新亭》）

⇒ ○生逍遥注，墨故飞动○。（【唐】孟郊《逢江南故昼上人会中郑方回》）

⇒ ○如龙负出，韵是凤衔○。（【唐】张说《春晚侍宴丽正殿探得开字》）

⇒ ○使黔南日，时应问寂○。（【唐】贾岛《送皇甫侍御》）

⇒ ○廓云海晚，苍茫宫观○。（【唐】李白《登瓦官阁》）⇒ ○生情趣羡渔师，此日烟江惬所思。（【唐】韩偓《阻风》）

答案：醉卧不知白日暮，有时空望孤云高。→高楼重重闭明月，肠断仙郎隔年别。→别来还似旧，白发日高梳。→梳翎宛若相逢喜，只怕才来又惊起。→起得幽亭景复新，碧莎地上更无尘。→尘生逍遥注，墨故飞动字。→字如龙负出，韵是凤衔来。→来使黔南日，时应问寂寥。→寥廓云海晚，苍茫宫观平。→平生情趣羡渔师，此日烟江惬所思。

唐诗故事

金龟换酒

李白刚来到京城长安时住在旅店里,贺知章早就听闻李白的诗名,便去探访他。在紫极宫里,贺知章一见到李白,就觉得李白风姿过人,又问李白拿出所作诗文来看,李白拿出《蜀道难》请他指教,贺知章还没读完就连连赞叹,称李白为"谪仙人"。两人相见恨晚,相携痛饮,不巧钱不够,贺知章便豪爽地解下身上佩戴的金龟(当时官员的佩饰)来换酒。贺知章提携后进、倾心相交让李白铭感于心,在贺知章去世后作有《对酒忆贺监二首》来缅怀他。

钟鼓馔玉不足贵,但愿长醉不复醒。

——【唐】李白《将进酒》

【佳句解析】

歌舞宴饮、山珍海味的豪华生活有何珍贵,只希望长驻醉乡不再清醒。

【原作欣赏】

将进酒①

君不见黄河之水天上来②,奔流到海不复回。

君不见高堂明镜悲白发③,朝如青丝暮成雪。
人生得意须尽欢④,莫使金樽空对月。
天生我材必有用,千金散尽还复来。
烹羊宰牛且为乐,会须一饮三百杯⑤。
岑夫子⑥,丹丘生⑦,将进酒,君莫停。
与君歌一曲⑧,请君为我侧耳听。
钟鼓馔玉不足贵⑨,但愿长醉不愿醒。
古来圣贤皆寂寞,惟有饮者留其名。
陈王昔时宴平乐⑩,斗酒十千恣欢谑⑪。
主人何为言少钱,径须沽取对君酌⑫。
五花马⑬,千金裘,呼儿将出换美酒,与尔同销万古愁⑭。

注释

① **将进酒**:属汉乐府旧题。**将**(qiāng):请。
② **君不见**:你没有看见吗？这是乐府体诗提唱的常用语。**君**:你,此为泛指。**天上来**:黄河发源于青海,因那里地势极高,故称。
③ **高堂**:在高堂上。也可理解为父母。
④ **得意**:适意高兴的时候。
⑤ **会须**:应当。
⑥ **岑夫子**:岑勋。
⑦ **丹丘生**:元丹丘。岑勋与元丹丘均为李白的好友。
⑧ **与君**:给你们,为你们。**君**:指岑、元两人。
⑨ **钟鼓**:富贵人家宴会中奏乐使用的乐器。**馔**(zhuàn)**玉**:精美的食物。**馔**:食物。**玉**:像玉一般美好。
⑩ **陈王**:指陈思王曹植。**平乐**:平乐观,在洛阳西门外,为汉代富豪显贵的娱乐场所。
⑪ **恣**(zì):放纵,无拘无束。**谑**(xuè):玩笑。
⑫ **径须**:干脆,只管。**沽**(gū):通"酤",买酒或卖酒,这里指买酒。
⑬ **五花马**:指名贵的马。一说马的毛色作五花纹,一说马的颈上长毛修剪成五瓣。
⑭ **尔**:你们,指岑、元两人。**销**:同"消"。

第8章 饮中天地

佳句品读

诗人认为"钟鼓馔玉"的富贵生活"不足贵",并放言"但愿长醉不复醒",出语狂放,其实满腔都是愤激,正是因为"天生我材"却不得重用,诗人才宁愿长醉不醒。

【佳句接龙】

钟鼓馔玉不足贵,但愿长醉不复醒。(【唐】李白《将进酒》)→ 醒来还爱浮萍草,漂寄官河不属〇。(【唐】刘商《醉后》)→ 〇声指闾井,野趣惜林〇。(【唐】钱起《游襄阳泉石晚归》)→ 〇东白日驻红雾,早鱼翻光落碧〇。(【唐】鲍溶《南塘二首·其二》)→ 〇阳迁谪地,洛阳离乱〇。(【唐】白居易《忆洛下故园》)→ 〇年秋意绪,多向雨中〇。(【唐】元稹《景申秋八首·其一》)→ 〇时亮同体,死没宁分〇。(【唐】柳宗元《咏三良》)→ 〇翰江东去,正值秋风〇。(【唐】李白《送张舍人之江东》)→ 〇来自有鹓鸾识,道在从如草木〇。(【唐】贯休《寄信州张使君》)→ 〇余何处觉身轻,暂脱朝衣傍水行。(【唐】裴度《傍水闲行》)

答案:钟鼓馔玉不足贵,但愿长醉不复醒。→醒来还爱浮萍草,漂寄官河不属人。→人声指闾井,野趣惜林塘。→塘东白日驻红雾,早鱼翻光落碧浔。→浔阳迁谪地,洛阳离乱年。→年年秋意绪,多向雨中生。→生时亮同体,死没宁分张。→张翰江东去,正值秋风时。→时来自有鹓鸾识,道在从如草木闲。→闲余何处觉身轻,暂脱朝衣傍水行。

唐诗故事

前度刘郎

唐代贞元末年，刘禹锡因参与王叔文、柳宗元等人的革新活动被贬朗州(今湖南省常德市)司马，10年后，他才被朝廷召还回到长安。时值春天，刘禹锡去京郊玄都观赏桃花，写下了《元和十一年自朗州召至京戏赠看花诸君子》："紫陌红尘拂面来，无人不道看花回。玄都观里桃千树，尽是刘郎去后栽。"此诗一出，立刻传布都城，有人一向嫉妒刘禹锡的声名，便诬告他心怀怨愤，不过数日刘禹锡便再度遭贬。14年后，刘禹锡再游玄都观，当年桃花已荡然无存，满目荒凉，于是他写下了《再游玄都观》："百亩庭中半是苔，桃花净尽菜花开。种桃道士归何处，前度刘郎今又来。"字里行间抒发了诗人不怕打击、坚持初衷的坚定意志。

但使主人能醉客，不知何处是他乡。

——【唐】李白《客中行》

【佳句解析】

只要主人能使客人尽兴畅饮，一醉方休，客人就不会知道这里原是他乡，自己原是他乡之客了。

【原作欣赏】

客中行[1]

兰陵美酒郁金香[2],玉碗盛来琥珀光。
但使主人能醉客[3],不知何处是他乡。

[1] **客中**:指旅居他乡。
[2] **郁金香**:散发郁金的香气。**郁金**:一种香草,用以浸酒,酒呈金黄色。
[3] **但使**:只要。

佳句品读

这两句诗一反古诗中羁旅行愁的常态,表现了虽在异乡作客,却乐于在客中、乐于在朋友面前尽情欢醉的乐观情感,不仅体现了诗人洒脱不羁的个性,也反映出盛唐时期积极向上的时代氛围。

【佳句接龙】

但使主人能醉客,不知何处是他乡。([唐]李白《客中行》) → 乡泪客中尽,孤帆天际 ●。([唐]孟浩然《早寒江上有怀》) → ● 花无语泪如倾,多少春风怨别 ●。([唐]戴叔伦《闺怨》) → ● 人那忍别,宿鸟尚同 ●。([唐]钱起《山下别杜少府》) → ● 禽未分散,落月照古 ●。([唐]刘驾《早行》) → 西楼上月,复是雪晴 ●。([唐]张籍《西楼望月》) → ● 非三揖让,表

请再陶〇。（【唐】李商隐《送从翁东川弘农尚书幕》）➡ 〇天虽许人间

听，阊阖门多梦自〇。（【唐】李商隐《寄令狐学士》）➡ 〇魂随凤

客，娇思入琴〇。（【唐】卢仝《卓女怨》）➡ 〇知落帆处，明月浙

河湾。（【唐】许浑《题岫上人院》）

答案：但使主人能醉客，不知何处是他乡。→乡泪客中尽，孤帆天际看。→看花无语泪如倾，多少春风怨别情。→情人那忍别，宿鸟尚同栖。→栖禽未分散，落月照古城。→城西楼上月，复是雪晴时。→时非三揖让，表请再陶钧。→钧天虽许人间听，阊阖门多梦自迷。→迷魂随凤客，娇思入琴心。→心知落帆处，明月浙河湾。

唐诗谜语

人不知而不愠（打一句五言唐诗）

谜底：隐者自怡悦

且乐生前一杯酒，何须身后千载名？

——【唐】李白《行路难·其三》

【佳句解析】

暂且为生前能饮到一杯美酒而高兴吧，何必奢求死后千年还名存世上呢？

【原作欣赏】

行路难·其三

有耳莫洗颍川水,有口莫食首阳蕨①。
含光混世贵无名②,何用孤高比云月?
吾观自古贤达人,功成不退皆殒身③。
子胥既弃吴江上④,屈原终投湘水滨。
陆机雄才岂自保⑤?李斯税驾苦不早⑥。
华亭鹤唳讵可闻?上蔡苍鹰何足道⑦?
君不见吴中张翰称达生,秋风忽忆江东行⑧。
且乐生前一杯酒,何须身后千载名?

注释

❶ **有口莫食首阳蕨**:《史记·伯夷列传》:"武王已平殷乱,天下宗周,而伯夷、叔齐耻之,义不食周粟,隐于首阳山,采薇而食之……遂饿死于首阳山。"《索引》:"薇,蕨也。"按薇、蕨本二草,前人误以为是同一种植物。

❷ **含光混世贵无名**:《高士传》中巢父谓许由曰:"何不隐汝形,藏汝光?"此句言不露锋芒,随世俯仰之意。

❸ **"吾观""功成"两句**:《史记·范雎蔡泽列传》:"……商君为秦孝公明法令……功已成矣,而遂以车裂。……白起……功已成矣,而遂赐剑死于杜邮。吴起……功已成矣,而卒枝解。大夫种为越王深谋远计……令越成霸,功已彰而信矣,勾践终负而杀之。此四子者,功成不去,祸至于此。"

❹ **子胥**:伍子胥。《吴越春秋·夫差内传》:"吴王闻子胥之怨恨也,乃使人赐属镂之剑,子胥……遂伏剑而死。吴王乃取子胥尸,盛以鸱夷之器,投之于江中……"

❺ **陆机雄才岂自保**:《晋书·陆机传》载,陆机因宦人诬陷而被杀害于军中,临终叹曰:"华亭鹤唳,岂可复闻乎?"

❻ **李斯税驾苦不早**:《史记·李斯列传》中李斯喟然而叹曰:"……斯乃上蔡布衣……当今人臣之位,无居臣上者,可谓富贵极矣。物极则衰,吾未知所税驾也!"《索引》:"税驾,犹解驾,言休息也。"

❼ **上蔡苍鹰何足道**:《史记·李斯列传》:"二世二年七月,具斯五刑,

论腰斩咸阳市。斯出狱，与其中子俱执，顾谓其中子曰：'吾欲与若复牵黄犬，俱出上蔡东门逐狡兔，岂可得乎！'"

❽ "君不见""秋风"两句：《晋书·张翰传》："张翰，字季鹰，吴郡吴人也。……因见秋风起，乃思吴中菰菜、莼羹、鲈鱼脍，曰：'人生贵得适志，何能羁宦数千里以要名爵乎？'遂命驾而归。……或谓之曰：'卿乃可纵适一时，独不为身后名邪？'答曰：'使我有身后名，不如即时一杯酒。'时人贵其旷达。"

佳句品读

这两句诗表明诗人希望自己也能像张翰一样纵情适性，但表面看似旷达，实则只是其在险恶的形势之下无可奈何的强自宽解，也是抗议黑暗现实的愤激之言。

【佳句接龙】

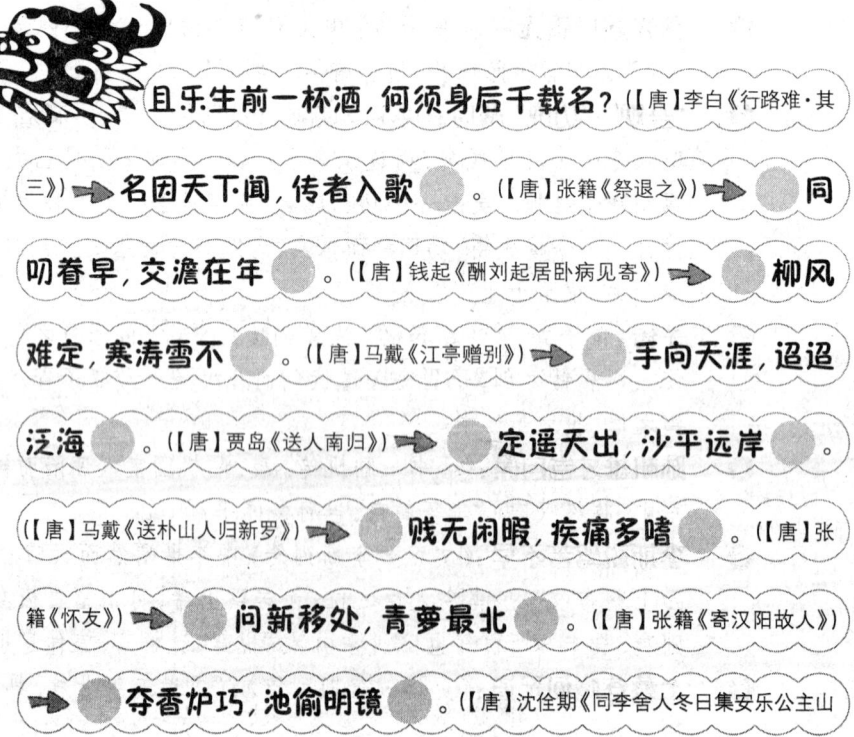

(池)➡ 洞开丹鼎，方坛聚绛云。([唐]卢照邻《赠李荣道士》)

答案：且乐生前一杯酒，何须身后千载名？→名因天下闻，传者入歌声。→声同叩春早，交澹在年衰。→衰柳风难定，寒涛雪不分。→分手向天涯，迢迢泛海波。→波定遥天出，沙平远岸穷。→穷贱无闲暇，疾痛多嗜欲。→欲问新移处，青萝最北峰。→峰夺香炉巧，池偷明镜圆。→圆洞开丹鼎，方坛聚绛云。

前途无量（打一句五言唐诗）

谜底：路远不可测

我醉欲眠卿且去，明朝有意抱琴来。

——【唐】李白《山中与幽人对酌》

【佳句解析】

我喝醉了想要睡去，你可暂且离开，如果有意明天抱琴再来。

【原作欣赏】

山中与幽人对酌①

两人对酌山花开，一杯一杯复一杯。
我醉欲眠卿且去②，明朝有意抱琴来。

注释

① 幽人：指隐居的高士。
② 卿：对好朋友的称呼。

佳句品读

诗人与朋友纵情痛饮，在即将醉倒之际让朋友"卿且去"，末句又婉订后约，相邀改日再饮，在不拘行迹的率真洒脱中，既体现了朋友之间相交无忌的深厚感情，也塑造出诗人快意纵怀的个性形象。

【佳句接龙】

我醉欲眠卿且去，明朝有意抱琴来。（【唐】李白《山中与幽人对酌》）→ 来时乖面别，终日使人○。（【唐】贾岛《寄魏少府》）→ ○君能卫足，叹我远移○。（【唐】李白《流夜郎题葵叶》）→ ○盘蛟蜃路藤萝，四面无尘辍棹○。（【唐】罗隐《金山僧院》）→ ○雪山僧至，依阳野客○。（【唐】刘长卿《酬包谏议佶见寄之什》）→ ○罗散縠云雾开，缀玉垂珠星汉○。（【唐】沈佺期《七夕曝衣篇》）→ ○廊檐断燕飞去，小阁尘凝人语○。（【唐】李商隐《过伊仆射旧宅》）→ ○归腐败犹难复，更因腥臊岂易○。（【唐】李商隐《楚宫》）→ ○提凭高冈，疏散连草○。（【唐】杜甫《太平寺泉眼》）

> 莽平湖路,霏微过雪时。([唐]齐己《暮冬送璨上人归华容》)

答案:我醉欲眠卿且去,明朝有意抱琴来。→来时乖面别,终日使人惭。→惭君能卫足,叹我远移根。→根盘蛟蜃路藤萝,四面无尘毂辀过。→过雪山僧至,依阳野客舒。→舒罗散縠云雾开,缀玉垂珠星汉回。→回廊檐断燕飞去,小阁尘凝人语空。→空归腐败犹难复,更困腥臊岂易招。→招提凭高冈,疏散连草莽。→莽苍平湖路,霏微过雪时。

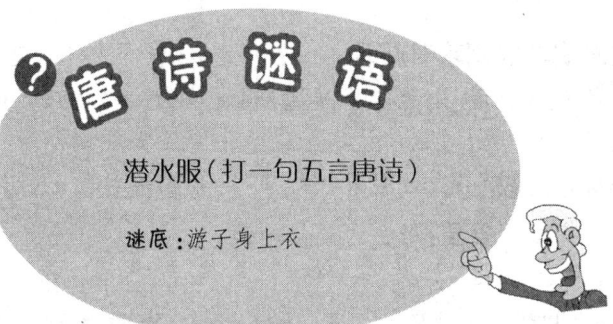

唐诗谜语

潜水服(打一句五言唐诗)

谜底:游子身上衣

抽刀断水水更流,举杯销愁愁更愁。

——【唐】李白《宣州谢朓楼饯别校书叔云》

【佳句解析】

抽出刀来想要斩断流水,没想到水流得更快;举起酒杯来打算借酒浇愁,没想到愁得更深。

【原作欣赏】

宣州谢朓楼饯别校书叔云①

弃我去者昨日之日不可留。

乱我心者今日之日多烦忧。
长风万里送秋雁②,对此可以酣高楼③。
蓬莱文章建安骨④,中间小谢又清发⑤。
俱怀逸兴壮思飞⑥,欲上青天览明月⑦。
抽刀断水水更流,举杯销愁愁更愁。
人生在世不称意⑧,明朝散发弄扁舟⑨。

注释

❶ **宣州谢朓楼饯别校书叔云**:此诗一题作《陪侍御叔华登楼歌》,则所别者一为李云,一为李华。**宣州**:今安徽宣城一带。**谢朓楼**:又名北楼、谢公楼,在陵阳山上,谢朓任宣城太守时所建。**饯别**:以酒食送行。**校**(jiào)**书**:官名,即秘书省校书郎,掌管朝廷的图书整理工作。**叔云**:李白的叔叔李云。

❷ **长风**:远风,大风。

❸ **此**:指上句的长风秋雁的景色。**酣**(hān)**高楼**:畅饮于高楼。

❹ **蓬莱**:此指东汉时藏书之东观。《后汉书》卷二十三《窦融列传》附窦章传:"是时学者称东观为老氏藏室,道家蓬莱山"。李贤注:"言东观经籍多也。蓬莱,海中神山,为仙府,幽经秘籍并皆在也。"**蓬莱文章**:借指李云的文章。**建安骨**:汉末建安年间,"三曹"和"七子"等作家所作之诗风骨道上,后人称之为"建安风骨"。

❺ **小谢**:指谢朓,字玄晖,南朝齐诗人。后人将他和谢灵运并举,称为大谢、小谢。这里用以自喻。**清发**(fā):指清新秀发的诗风。**发**:秀发,诗文俊逸。

❻ **俱怀**:两人都怀有。**逸兴**(xìng):飘逸豪放的兴致,多指山水游兴。**壮思**:雄心壮志。

❼ **览**:通"揽",摘取。

❽ **称**(chèn)**意**:称心如意。

❾ **明朝**(zhāo):明天。**散发**(fà):古人束发戴冠,散发表示闲适自在。这里是形容狂放不羁。**弄扁**(piān)**舟**:乘小舟归隐江湖。

佳句品读

这两句看似苦闷阴郁，但联系上下文来看，其实可见到诗人胸襟阔大，抱负高远，他虽然因理想与现实矛盾尖锐而感受到痛苦，但他并没有屈从于环境，也没有屈服于压力，依然保留着豪放健举的气势。

【佳句接龙】

抽刀断水水更流，举杯销愁愁更愁。（【唐】李白《宣州谢朓楼饯别校书叔云》）➡ 愁泛楚江吟浩渺，忆归吴岫梦嵯峨。（【唐】许浑《郑秀才东归凭达家书》）➡ 眉史怀一，独映陈公。（【唐】李白《赠僧行融》）➡ 关寒色尽，云梦草生。（【唐】马戴《送韩校书江西从事》）➡ 雁参差云碧处，寒鸦辽乱叶红。（【唐】温庭筠《题西明寺僧院》）➡ 清关失险，世乱戟如。（【唐】杜甫《峡口二首·其二》）➡ 西微月色，思与宁家。（【唐】张籍《宿广德寺寄从舅》）➡ 家楚天南，相识秦云。（【唐】刘驾《送友人擢第东归》）➡ 山日下雨足稀，侧有浮云无所（【唐】王昌龄《行路难》）➡ 知骑省客，长向白云闲。（【唐】张籍《和卢常侍寄华山郑隐者》）

答案：抽刀断水水更流，举杯销愁愁更愁。→愁泛楚江吟浩渺，忆归吴岫梦嵯峨。→峨眉史怀一，独映陈公出。→出关寒色尽，云梦草生新。→新雁参差云碧处，寒鸦辽乱叶红时。→时清关失险，世乱戟如林。→林西微月色，思与宁家同。→同家楚天南，相识秦云西。→西山日下雨足稀，侧有浮云无所寄。→寄知骑省客，长向白云闲。

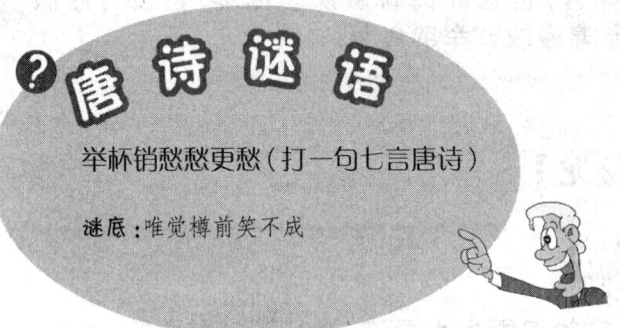

唐诗谜语

举杯销愁愁更愁（打一句七言唐诗）

谜底：唯觉樽前笑不成

何时一尊酒，重与细论文？

——【唐】杜甫《春日忆李白》

【佳句解析】

我们什么时候才能同桌共饮，再次仔细探讨诗作呢？

【原作欣赏】

春日忆李白

白也诗无敌，飘然思不群。
清新庾开府①，俊逸鲍参军②。
渭北春天树③，江东日暮云④。
何时一尊酒，重与细论文⑤？

注释

① **庾开府**：指庾信，他在北周官至骠骑大将军、开府仪同三司（司马、司徒、司空），世称庾开府。
② **鲍参军**：指鲍照，他在南朝宋时任荆州前军参军，世称鲍参军。
③ **渭北**：渭水北岸，借指长安一带，当时杜甫在此地。
④ **江东**：指今江苏省南部和浙江省北部一带，当时李白在此地。
⑤ **论文**：即论诗。六朝以来，通称诗为文。

佳句品读

与好友把酒论诗，这是诗人最难忘怀、最为向往的事。言"重与"，是说过去曾经如此，这就使眼前不得重晤的怅恨更为悠远，余意不尽，表达了诗人的深情厚谊。

【佳句接龙】

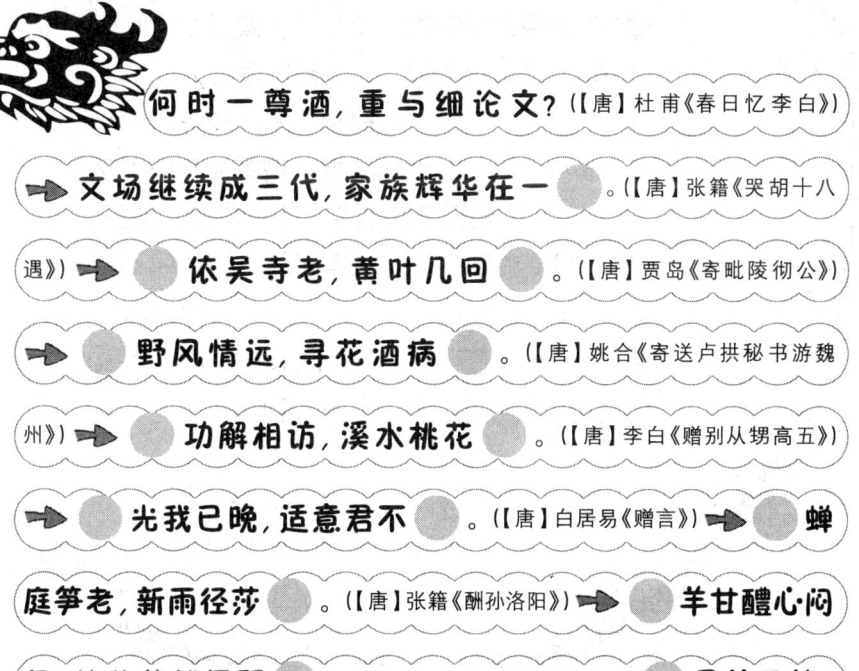

投虚惯用◯。（【唐】元稹《送东川马逢侍御使回十韵》）➡ ◯笔素推高，锋芒久无敌。（【唐】刘长卿《送元八游汝南》）

答案：何时一尊酒，重与细论文？→文场继续成三代，家族辉华在一身。→身依吴寺老，黄叶几回看。→看野风情远，寻花酒病成。→成功解相访，溪水桃花流。→流光我已晚，适意君不早。→早蝉庭笋老，新雨径莎肥。→肥羊甘醴心冈冈，饮此莹然何所思。→思勇曾吞笔，投虚惯用刀。→刀笔素推高，锋芒久无敌。

趣味唐诗

唐诗中的颜色（一）

请把表示颜色的词填入下列各句唐诗中。

① 闲来垂钓（　　）溪上，忽复乘舟梦日边。
② 小鼎煎茶面曲池，（　　）须道士竹间棋。
③ 角声满天秋色里，塞上燕脂凝夜（　　）。
④ 千里（　　）云白日曛，北风吹雁雪纷纷。
⑤ 半卷（　　）旗临易水，霜重鼓寒声不起。
⑥ （　　）云压城城欲摧，甲光向日金鳞开。
⑦ 云横秦岭家何在，雪拥（　　）关马不前。
⑧ 远水自澄终日（　　），晴林长落过春花。
⑨ （　　）山云绕栏干外，紫殿香来步武间。
⑩ 久辞龙阙拥红旗，喜见天颜拜（　　）墀。

答案：① 碧　② 白　③ 紫　④ 黄　⑤ 红
　　　⑥ 黑　⑦ 蓝　⑧ 绿　⑨ 青　⑩ 赤

几时杯重把？昨夜月同行。

——【唐】杜甫《奉济驿重送严公四韵》

【佳句解析】

不知何时才能聚首再举杯共饮？昨夜我们还在月下同行。

【原作欣赏】

奉济驿重送严公四韵①

远送从此别，青山空复情②。
几时杯重把？昨夜月同行③。
列郡讴歌惜④，三朝出入荣⑤。
江村独归处⑥，寂寞养残生⑦。

① **奉济驿**：在今四川成都东北的绵阳市。**重送**：唐宝应元年（762）四月，唐肃宗死，唐代宗即位，六月，召严武入朝，杜甫送别赠诗，因之前已写过《送严侍郎到绵州，同登杜使君江楼宴，得心字》，故称"重送"。律诗双句押韵，八句诗四个韵脚，故称"四韵"。**严公**：即严武，曾两度为剑南节度使。

② **空复情**：言斯人远去，唯留青山在此，离情依依。

③ **月同行**：月下同行。

④ **列郡**：指东西两川属邑。

⑤ **三朝**：指唐玄宗、肃宗、代宗三朝。**出入荣**：指严武不管出守外郡或入处朝廷，都身居高位。

⑥ **江村**：指成都浣花溪边的草堂。**独归**：指诗人独自送别归去。

⑦ **残生**：指余生。

佳句品读

昨夜还一起在月下同行，今朝就要离别，后会难期，诗人送行之情深挚动人。"昨夜"一句放在"几时"一句之后，显得曲折中含有情致，平中见奇。

【佳句接龙】

几时杯重把？昨夜月同行。（【唐】杜甫《奉济驿重送严公四韵》）➡ 行到中庭数花朵，蜻蜓飞上玉搔●。（【唐】刘禹锡《春词》）➡ ●飞攒万戟，面缚聚辕●。（【唐】高适《同李员外贺哥舒大夫破九曲之作》）➡ 静吏人息，心闲图圄●。（【唐】钱起《偶成》）➡ ●中离白气，岛外下沧●。（【唐】贾岛《积雪》）➡ ●红分影入，风好带香●。（【唐】裴度《蔷薇花联句》）➡ ●往白云知岁久，满山猿鸟会经●。（【唐】马戴《送僧二首·其二》）➡ ●意去复还，九变待一●。（【唐】王昌龄《听弹风入松阕赠杨补阙》）➡ ●步三春晚，田园四望●。（【唐】卢照邻《春晚山庄率题二首·其一》）➡ ●塘不忍别，十去九迟回。（【唐】李白《和卢侍御通塘曲》）

答案： 几时杯重把？昨夜月同行。→行到中庭数花朵，蜻蜓飞上玉搔头。→头飞攒万戟，面缚聚辕门。→门静吏人息，心闲图圄空。→空中离白气，岛外下沧波。→波红分影入，风好带香来。→来往白云知岁久，满山猿鸟会经声。→声意去复还，九变待一顾。→顾步三春晚，田园四望通。→通塘不忍别，十去九迟回。

趣味唐诗

唐诗中的颜色（二）

请把表示颜色的词填入下列各句唐诗中。

① 新雁参差云（　　）处，寒鸦辽乱叶（　　）时。
② （　　）花原头望京师，（　　）河水流无尽时。
③ 微（　　）几处花心吐，嫩（　　）谁家柳眼开。
④ （　　）鸾飞入合欢宫，（　　）凤衔花出禁中。
⑤ （　　）鹭已随新卤簿，（　　）鹇犹湿旧池台。
⑥ （　　）菊乱开连井合，（　　）榴初绽拂檐低。
⑦ 西园夜雨（　　）樱熟，南亩清风（　　）稻肥。
⑧ 沙头有庙（　　）林合，驿步无人（　　）鸟飞。
⑨ （　　）楼二月春将半，（　　）瓦千家日未曛。
⑩ （　　）竹放侵行径里，（　　）山常对卷帘时。

答案： ① 碧　红　② 白　黄　③ 红　绿　④ 青　紫
⑤ 朱　黄　⑥ 紫　红　⑦ 红　白　⑧ 青　白
⑨ 青　碧　⑩ 绿　青

痛饮狂歌空度日，飞扬跋扈为谁雄？

——【唐】杜甫《赠李白》

【佳句解析】

每日在痛饮和狂歌中虚度春秋，不守常规，狂放不羁，又是为谁称雄？

【原作欣赏】

赠李白

秋来相顾尚飘蓬①，未就丹砂愧葛洪②。
痛饮狂歌空度日，飞扬跋扈为谁雄③？

注释

❶ **飘蓬**：一种草本植物，叶如柳叶，开白色小花，秋枯根拔，随风飘荡，常用来比喻人的行踪飘忽不定。时李白杜甫二人在仕途上都失意，相偕漫游，无所归宿，故以飘蓬为喻。

❷ **未就**：没有成功。**丹砂**：即朱砂。古代道教认为炼朱砂成药，服之可以延年益寿。**葛洪**：东晋道士，自号抱朴子，入罗浮山炼丹。李白好神仙，曾自炼丹药，并在齐州从道士高如贵受"道箓"（一种入教仪式）。杜甫也渡黄河登王屋山访道士华盖君，因华盖君已死，惆怅而归。两人在学道方面都无所成就，所以说"愧葛洪"。

❸ **飞扬跋扈**：不守常规，狂放不羁。此处作褒义词用。

佳句品读

只有知己才会这样一语中的，杜甫深刻地体察了李白在狂荡不羁之下的无奈：李白空有济世的雄心大才，却无处能得施展。杜甫感慨李白的遭遇，同时也是感叹自己相似的命运。

第8章 饮中天地

【佳句接龙】

痛饮狂歌空度日，飞扬跋扈为谁雄？（【唐】杜甫《赠李白》）

→ 雄剑四五动，彼军为我〇。（【唐】杜甫《前出塞·其八》）→ 〇鲸

夹黄河，凿齿屯洛〇。（【唐】李白《北上行》）→ 〇月南飞雁，传

闻至此〇。（【唐】宋之问《题大庾岭北驿》）→ 〇望高城落晓河，长

亭窗户压微〇。（【唐】李商隐《板桥晓别》）→ 〇生野水雁初下，

风满驿楼潮欲〇。（【唐】张籍《送友人卢处士游吴越》）→ 〇从城上

峰，京寺暮相〇。（【唐】贾岛《净业寺与前鄠县李廓少府同宿》）→ 〇幽

更移宿，取伴亦探〇。（【唐】张籍《夜宿黑灶溪》）→ 〇人莫轻诮，

古佛尽如〇。（【唐】贯休《乞食僧》）→ 〇人无良朋，岂有青云

望。（【唐】李白《陈情赠友人》）

答案： 痛饮狂歌空度日，飞扬跋扈为谁雄？→雄剑四五动，彼军为我奔。→奔鲸夹黄河，凿齿屯洛阳。→阳月南飞雁，传闻至此回。→回望高城落晓河，长亭窗户压微波。→波生野水雁初下，风满驿楼潮欲来。→来从城上峰，京寺暮相逢。→逢幽更移宿，取伴亦探行。→行人莫轻诮，古佛尽如斯。→斯人无良朋，岂有青云望。

唐诗故事

袍中藏诗

唐代开元年间,宫中制作了一批丝绵衣物赐给边疆军队。有士兵在短袍中得到了一首诗:"沙场征戍客,寒苦若为眠。战袍经手作,知落阿谁边?蓄意多添线,含情更著绵。今生已过也,重结后身缘。"兵士把诗呈报给主帅,主帅又上报至朝廷。唐玄宗让人将这首诗遍示六宫,下令说:"是谁作的诗不要隐瞒,我不会怪罪。"有一位宫人承认是她所写,并称自己死罪,玄宗对此深感怜悯,就将她嫁给得到诗的那位士兵,说道:"我给你结下今生的缘分。"边疆的士兵们听闻之后都感动得哭泣。

明年此会知谁健?醉把茱萸仔细看。

——【唐】杜甫《九日蓝田崔氏庄》

【佳句解析】

明年再次登高相聚的时候,又怎知谁还能平安健在呢?醉眼模糊地拿起茱萸仔细看个清楚。

【原作欣赏】

九日蓝田崔氏庄①

老去悲秋强自宽②,兴来今日尽君欢。
羞将短发还吹帽,笑倩旁人为正冠③。
蓝水远从千涧落④,玉山高并两峰寒⑤。
明年此会知谁健?醉把茱萸仔细看⑥。

注释

① 蓝田:即今陕西省蓝田县。
② 强:勉强。
③ 倩:使,请求。
④ 蓝水:即蓝溪,在蓝田山下。
⑤ 玉山:即蓝田山。
⑥ 茱萸:草名。古时重阳节,人们习惯身插茱萸或佩带茱萸香囊以避难消灾。

佳句品读

诗人满怀忧愁,却以壮语写出,勉力尽欢,却又流露出悲凉之意,醉眼朦胧时拿起茱萸细看,不置一言,却胜过万语千言。

【佳句接龙】

明年此会知谁健?醉把茱萸仔细看。(【唐】杜甫《九日蓝田崔氏庄》)➡ 看添浴佛水,自合读经 。(【唐】张籍《题清彻上人

院》→ ○炭金炉暖，娇弦玉指○。（【唐】孟浩然《寒夜张明府宅

宴》→ ○风细雨湿梅花，骤马先过碧玉○。（【唐】王维《戏

嘲史寰》→ ○寄五湖间，扁舟往复○。（【唐】卢纶《江行次武昌

县》→ ○来旧窗下，更取君书○。（【唐】顾况《题元阳观旧读书

房赠李范》→ ○罢向空笑，疑君在我○。（【唐】李白《酬崔十五见

招》→ ○时明月中，见是银河○。（【唐】刘禹锡《海阳十咏·飞

练瀑》→ ○瓯如练色，漱齿作泉○。（【唐】韦庄《酒渴爱江清》）

→ ○随羽仪远，势与归云便。（【唐】王昌龄《送刘眘虚归取宏词解》）

答案： 明年此会知谁健？醉把茱萸仔细看。→看添浴佛水，自合读经香。→香炭金炉暖，娇弦玉指清。→清风细雨湿梅花，骤马先过碧玉家。→家寄五湖间，扁舟往复还。→还来旧窗下，更取君书读。→读罢向空笑，疑君在我前。→前时明月中，见是银河泻。→泻瓯如练色，漱齿作泉声。→声随羽仪远，势与归云便。

唐诗故事

大臣嘲戏

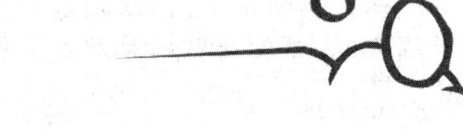

唐朝初年，长孙无忌是唐太宗长孙皇后的哥哥，他看以书法闻名的欧阳询容貌丑陋，便作诗嘲笑欧阳询说："耸膊成山字，埋肩畏出头。谁言麟阁上，画此一猕猴。"欧阳询也作诗针锋相对："索头连背暖，漫裆畏肚寒。只缘心混混，所以面团团。"唐太宗听说后，笑着说："欧阳询这样嘲笑长孙无忌，难道不怕皇后听到吗？"

第 8 章 饮中天地

> 天子呼来不上船，自称臣是酒中仙。
>
> ——【唐】杜甫《饮中八仙歌》

【佳句解析】

天子召他赋诗助兴，他因酒醉不肯上船，自称是"酒中仙"。

【原作欣赏】

饮中八仙歌

知章骑马似乘船，眼花落井水底眠①。
汝阳三斗始朝天②，道逢麴车口流涎③，恨不移封向酒泉④。
左相日兴费万钱⑤，饮如长鲸吸百川⑥，衔杯乐圣称避贤⑦。
宗之潇洒美少年⑧，举觞白眼望青天⑨，皎如玉树临风前⑩。
苏晋长斋绣佛前⑪，醉中往往爱逃禅⑫。
李白一斗诗百篇，长安市上酒家眠⑬。天子呼来不上船，自称臣是酒中仙⑭。
张旭三杯草圣传⑮，脱帽露顶王公前⑯，挥毫落纸如云烟。
焦遂五斗方卓然⑰，高谈雄辩惊四筵。

注释

❶ **"知章""眼花"两句**：这两句写贺知章醉后骑马，摇摇晃晃，像乘船一样，醉眼昏花，跌落井中犹不自知，索性醉眠井底。这是夸张地形容其醉态。**知章**：即贺知章，盛唐著名诗人、书法家。

❷ **汝阳三斗始朝天**：此谓李琎痛饮后才入朝。**汝阳**：汝阳王李琎，唐玄宗的侄子。**朝天**：朝见天子。

❸ **麴车**：酒车。

❹ **移封**：改换封地。**酒泉**：郡名，在今甘肃酒泉市。传说郡城下有泉，

味如酒,故名酒泉。

⑤ **左相**:指左丞相李适之,唐天宝元年(742)八月为左丞相,五载(746)四月,被李林甫排挤罢相。

⑥ **长鲸**:鲸鱼。古人以为鲸鱼能吸百川之水,这里用来形容李适之的酒量之大。

⑦ **衔杯**:贪酒。**圣**:酒的代称。《三国志·魏志·徐邈传》载,尚书郎徐邈酒醉,校事赵达来问事,邈言"中圣人"。达复告曹操,操怒,鲜于辅解释说:"平日醉客,谓酒清者为圣人,酒浊者为贤人。"李适之罢相后,尝作诗云:"避贤初罢相,乐圣且衔杯。为问门前客,今朝几个来?"此化用李之诗句,说他虽罢相,仍豪饮如常。

⑧ **宗之**:崔宗之,吏部尚书崔日用之子,袭父封为齐国公,官至侍御史,也是李白的朋友。

⑨ **觞**:大酒杯。 **白眼**:晋阮籍能作青白眼,青眼看朋友,白眼视俗人。

⑩ **玉树**:崔宗之风姿秀美,故以玉树为喻。

⑪ **苏晋**:唐代诗人,曾为中书舍人和吏部侍郎。**长斋**:长期斋戒。**绣佛**:画的佛像。

⑫ **逃禅**:这里指不守佛门戒律。佛教戒饮酒,苏晋长斋信佛,却嗜酒,故曰"逃禅"。

⑬ **"李白""长安"两句**:李白以豪饮闻名,而且文思敏捷,常以酒助诗兴。《新唐书·李白传》载:李白应诏至长安,唐玄宗在金銮殿召见他,并赐食,亲为调羹,诏为供奉翰林。有一次,玄宗在沉香亭召他写配乐的诗,而他却在长安酒肆喝得大醉。

⑭ **"天子""自称"两句**:范传正《唐左拾遗翰林学士李公新墓碑并序》载:玄宗泛舟白莲池,召李白来写文章,而这时李白已在翰林院喝醉了,玄宗就命高力士扶他上船来见。

⑮ **张旭**:唐代著名书法家,善草书,时人称为"草圣"。

⑯ **脱帽露顶**:写张旭狂放不羁的醉态。据说张旭每当大醉,常呼叫奔走,索笔挥洒,甚至以头发濡墨而书,醒后自视手迹,以为神异,不可复得。世称"张颠"。

⑰ **焦遂**:唐代平民,以嗜酒闻名,事迹不详。**卓然**:神采焕发的样子。

佳句品读

面对天子宣召，李白不仅没有诚惶诚恐、奴颜婢膝，反而更加豪气纵横、狂放不羁。"天子呼来不上船"虽未必是事实，但杜甫把握李白为人的本质方面并加以浪漫主义的夸张，将李白塑造成这样一个豪放纵逸、傲视封建王侯的艺术形象，却非常符合李白的思想性格，因而具有高度的艺术真实性和强烈的艺术感染力。

【佳句接龙】

天子呼来不上船，自称臣是酒中仙。（【唐】杜甫《饮中八仙歌》）→ 仙人垂两足，桂树何团⚪。（【唐】李白《古朗月行》）→ 辞试提挈，挂一念万⚪。（【唐】韩愈《南山诗》）→ 转霞高沧海西，颇黎枕上闻天⚪。（【唐】温庭筠《春江花月夜词》）→ 虫得失无了时，注目寒江倚山⚪。（【唐】杜甫《缚鸡行》）→ 凉松冉冉，堂静桂森⚪。（【唐】李商隐《自桂林奉使江陵途中感怀寄献尚书》）→ 罗万木合，属对百花⚪。（【唐】元稹《献荥阳公诗五十韵》）→ 盛今何在，英雄难重⚪。（【唐】沈佺期《初冬从幸汉故青门应制》）→ 心齐至圣，对镜破凡⚪。（【唐】贯休《送僧入石霜》）→ 子红颜我少年，章台走马著金鞭。（【唐】李白《流夜郎赠辛判官》）

答案： 天子呼来不上船，自称臣是酒中仙。→仙人垂两足，桂树何团团。→团辞试提挈，挂一念万漏。→漏转霞高沧海西，颇黎枕上闻天鸡。→鸡虫得失无了时，注目寒江倚山阁。→阁凉松冉冉，堂静桂森森。→森罗万木合，属对百花全。→全盛今何在，英雄难重论。→论心齐至圣，对镜破凡夫。→夫子红颜我少年，章台走马著金鞭。

趣味唐诗

唐诗中的方向

请把表示方向的词填入下列各句唐诗中。

① 江流灯影向（　　）去，树递雨声从（　　）来。
② （　　）山终为苍生起，（　　）浦虚言白首归。
③ （　　）披曙河横漏响，（　　）山秋月照江声。
④ 浪引浮槎依（　　）岸，波分晚日见（　　）山。
⑤ 江（　　）相送君山下，塞（　　）相逢朔漠中。
⑥ 不向（　　）垣修直疏，即须（　　）披草妍词。
⑦ 九曜再新环（　　）极，万方依旧祝（　　）山。
⑧ （　　）园此日伤心处，一曲高歌水向（　　）。
⑨ 山色（　　）连紫府，水声（　　）属洪都。
⑩ （　　）院今秋游宴少，（　　）坊近日往来频。

答案： ① 东　北　② 东　南　③ 西　北　④ 北　东
　　　　⑤ 南　北　⑥ 东　西　⑦ 北　南　⑧ 西　东
　　　　⑨ 东南　西北　⑩ 南　西

> 晚来天欲雪,能饮一杯无?
>
> ——【唐】白居易《问刘十九》

【佳句解析】

天快黑了,看样子快要下雪,你能来和我喝一杯酒吗?

【原作欣赏】

问刘十九

绿蚁新醅酒①,红泥小火炉。
晚来天欲雪,能饮一杯无②?

注释

❶ **绿蚁**:新酿的米酒未滤清时,酒面浮起酒渣,色微绿,细如蚁,称为"绿蚁"。**醅**(pēi):没有过滤的酒。

❷ **无**:相当于"吗"、"否"等。

佳句品读

这两句语言浅白而情味深长,让人仿佛看到在将要下雪的黄昏时分,诗人殷勤周到地准备招待朋友,其中的融融暖意让友谊在寒夜里也显得如此温馨。

【佳句接龙】

晚来天欲雪，能饮一杯无？（【唐】白居易《问刘十九》）→无

人知尔意，向我道非〇。（【唐】贯休《送僧入幽州》）→〇抛金鼎

药，诗和玉壶〇。（【唐】贯休《春晚寄卢使君》）→〇雪背秦岭，风

烟经武〇。（【唐】李逢吉《奉送李相公重镇襄阳》）→〇水乘驴影，秦

风帽带〇。（【唐】李贺《出城》）→〇杨叶老莺哺儿，残丝欲断

黄蜂〇。（【唐】李贺《残丝曲》）→〇心随旅雁，万里在沧。

（【唐】王贞白《九日长安作》）→〇白芦花吐，园红柿叶〇。（【唐】张

籍《岳州晚景》）→〇逢息心侣，独礼竺乾〇。（【唐】马戴《题石瓮寺》）

→〇庭日夕罗山翠，功遂心闲无一事。（【唐】韩翃《送夏侯侍郎》）

答案：晚来天欲雪，能饮一杯无？→无人知尔意，向我道非禅。→禅抛金鼎药，诗和玉壶冰。→冰雪背秦岭，风烟经武关。→关水乘驴影，秦风帽带垂。→垂杨叶老莺哺儿，残丝欲断黄蜂归。→归心随旅雁，万里在沧洲。→洲白芦花吐，园红柿叶稀。→稀逢息心侣，独礼竺乾公。→公庭日夕罗山翠，功遂心闲无一事。

商酌（打一句五言唐诗）

谜底：能饮一杯无

> 今朝有酒今朝醉,明日愁来明日愁。
>
> ——【唐】罗隐《自遣》

【佳句解析】

今天有酒喝就今天喝醉,明天有忧愁的事情明天再去忧愁。

【原作欣赏】

自遣

得即高歌失即休,多愁多恨亦悠悠。
今朝有酒今朝醉,明日愁来明日愁。

佳句品读

诗人十举进士而不第,自然不免愤嫉凄凉之意。这两句看似旷达,其实是酒入愁肠愁更愁,自我排遣又谈何容易?

【作者简介】

罗隐(833—909),字昭谏,晚唐诗人。著有《江南甲乙集》《谗书》等。

【佳句接龙】

今朝有酒今朝醉,明日愁来明日愁。(【唐】罗隐《自

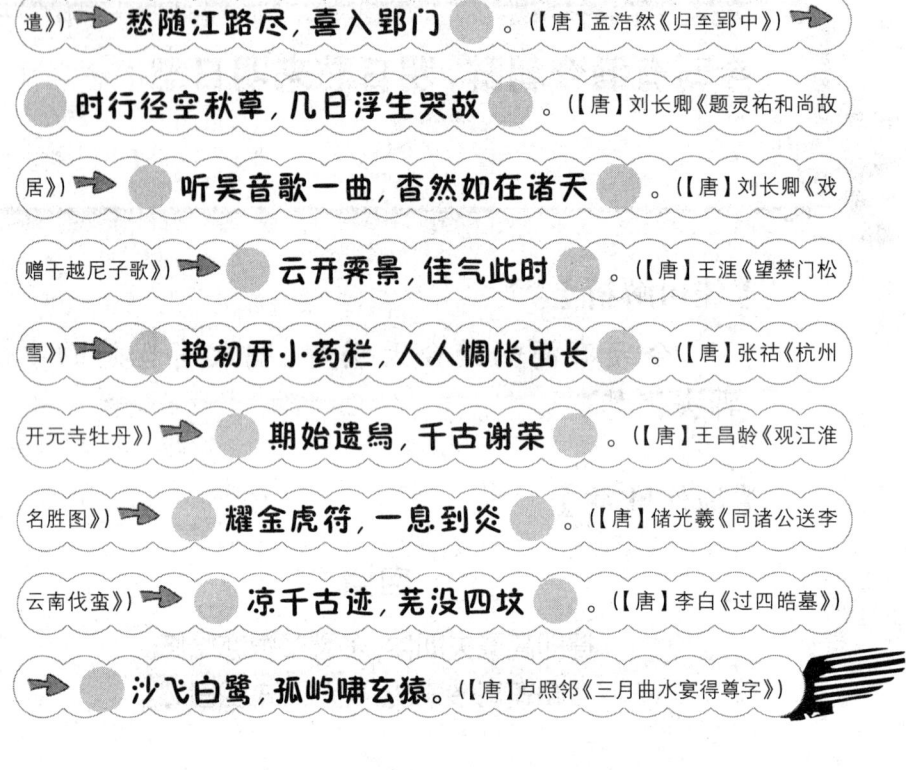

答案：今朝有酒今朝醉，明日愁来明日愁。→愁随江路尽，喜入郢门多。→多时行径空秋草，几日浮生哭故人。→人听吴音歌一曲，杳然如在诸天宿。→宿云开霁景，佳气此时浓。→浓艳初开小药栏，人人惆怅出长安。→安期始遗舄，千古谢荣耀。→耀耀金虎符，一息到炎荒。→荒凉千古迹，芜没四坟连。→连沙飞白鹭，孤屿啸玄猿。

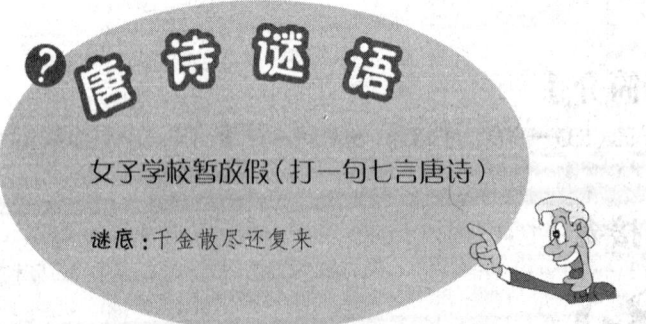

唐诗谜语

女子学校暂放假（打一句七言唐诗）

谜底：千金散尽还复来

第9章 人间真情

> 海内存知己，天涯若比邻。
>
> ——【唐】王勃《送杜少府之任蜀州》

【佳句解析】

　　四海之内只要有知己朋友，虽然远隔天涯，也好似近在邻居。

【原作欣赏】

送杜少府之任蜀州①

城阙辅三秦②，风烟望五津③。
与君离别意，同是宦游人④。
海内存知己⑤，天涯若比邻⑥。
无为在歧路⑦，儿女共沾巾⑧！

注释

① **少府**：官名。**之**：到，往。**蜀州**：今四川崇州市。
② **城阙**：皇宫门前的望楼，往往被用来代表京都。这里指唐朝的京城长安。**辅**：以……为辅，这里是拱卫的意思。**三秦**：这里泛指秦岭以北、函谷关以西的广大地区。本指长安周围的关中地区。秦亡后，项羽三分秦故地关中，以封秦朝三个降将，因此关中又称"三秦"。

③ **风烟望五津**：在风烟迷茫之中遥望蜀州。**五津**：指岷江的五个渡口白华津、万里津、江首津、涉头津、江南津。这里泛指蜀州。

④ **宦游**：出外做官。

⑤ **海内**：四海之内，即全国各地。古人认为陆地的四周都为大海所包围，所以称天下为四海之内。

⑥ **天涯**：天边，这里比喻极远的地方。**比邻**：并邻，近邻。

⑦ **无为**：不要。**歧路**：岔路。古人送行常在大路分岔处告别。

⑧ **沾巾**：泪水沾湿衣服。意思是挥泪告别。

佳句品读

这两句气象宏大，志趣高远，既表现了诗人乐观的胸怀，抒发出送别之际豁达的情感，也道出对友人的真挚情谊，说明了真正的友谊不受时间的限制和空间的阻隔，既是永恒的，也是无所不在的。

【作者简介】

王勃（649或650—676或675），字子安，唐朝诗人，与杨炯、卢照邻、骆宾王齐名，并称"王杨卢骆"，亦称"初唐四杰"。著有《王子安集》等。

【佳句接龙】

海内存知己，天涯若比邻。（【唐】王勃《送杜少府之任蜀州》）➡ 邻鸡莫遽唱，共惜良夜 ●。（【唐】皇甫冉《酬裴十四》）

➡ ● 来知养气，度日语时 ●。（【唐】项斯《赠道者》）➡ 星

点银砑，残月堕金 ●。（【唐】白居易《待漏入阁书事，奉赠元九学士阁老》）

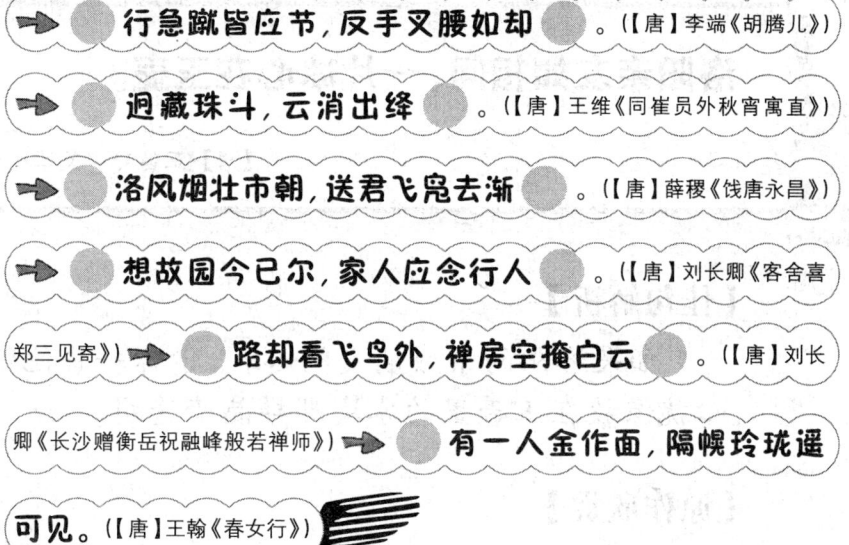

➡ ⚫ 行急蹴皆应节,反手叉腰如却 ⚫。（【唐】李端《胡腾儿》）

➡ ⚫ 迥藏珠斗,云消出绛 ⚫。（【唐】王维《同崔员外秋宵寓直》）

➡ ⚫ 洛风烟壮市朝,送君飞凫去渐 ⚫。（【唐】薛稷《饯唐永昌》）

➡ ⚫ 想故园今已尔,家人应念行人 ⚫。（【唐】刘长卿《客舍喜郑三见寄》）

➡ ⚫ 路却看飞鸟外,禅房空掩白云 ⚫。（【唐】刘长卿《长沙赠衡岳祝融峰般若禅师》）

➡ ⚫ 有一人金作面,隔幌玲珑遥可见。（【唐】王翰《春女行》）

答案：海内存知己,天涯若比邻。→邻鸡莫遽唱,共惜良夜晏。→晏来知养气,度日语时稀。→稀星点银砾,残月堕金环。→环行急蹴皆应节,反手叉腰如却月。→月迥藏珠斗,云消出绛河。→河洛风烟壮市朝,送君飞凫去渐遥。→遥想故园今已尔,家人应念行人归。→归路却看飞鸟外,禅房空掩白云中。→中有一人金作面,隔幌玲珑遥可见。

唐诗谜语

仙女散花（打一句五言唐诗）

谜底：天香云外飘

洛阳亲友如相问,一片冰心在玉壶。

——【唐】王昌龄《芙蓉楼送辛渐》

【佳句解析】

如果洛阳的亲戚朋友问起我,请你转告他们,我的心就像放在玉壶里的冰块那样晶莹透明。

【原作欣赏】

芙蓉楼送辛渐①

寒雨连江夜入吴②,平明送客楚山孤③。
洛阳亲友如相问,一片冰心在玉壶④。

注释

① 辛渐:诗人的一位朋友。
② 吴:三国时的吴国在长江下游一带,简称这一带为吴,与下文"楚"为互文。
③ 平明:清晨。客:指辛渐。楚山:春秋时的楚国在长江中下游一带,所以称这一带的山为楚山。孤:独自,孤单一人。
④ 一片冰心在玉壶:比喻人清廉正直。

佳句品读

诗人以"冰心玉壶"自喻,表明自己光明磊落,清廉自守,他托辛渐给"洛阳亲友"带去的不是普通的平安消息,而是传达自己蔑视谤议、坚持操守的信念。

【佳句接龙】

洛阳亲友如相问,一片冰心在玉壶。（【唐】王昌龄《芙蓉楼送辛渐》）→ 壶浆候君来,聚舞共讴吟。（【唐】李白《赠从孙义兴宰铭》）→ 吟君七十韵,是我心所蓄。（【唐】白居易《和梦游春诗一百韵》）→ 蓄恨绮罗犹眷眷,薄情蜂蝶去飘飘。（【唐】孙鲂《牡丹落后有作》）→ 飘飘何所似,天地一沙鸥。（【唐】杜甫《旅夜书怀》）→ 鸥鹭元相得,杯觞每共传。（【唐】元稹《酬窦校书二十韵》）→ 传心不传法,谁可继高踪。（【唐】包佶《双山过信公所居》）→ 踪迹诸峰匝,衣裳老虱多。（【唐】贯休《寄清泠山道人》）→ 多难始应彰劲节,至公安肯为虚名。（【唐】韩偓《息兵》）→ 名标玉籍仙坛上,家寄闽山画障中。（【唐】韦庄《送福州王先辈南归》）

答案：洛阳亲友如相问,一片冰心在玉壶。→壶浆候君来,聚舞共讴吟。→吟君七十韵,是我心所蓄。→蓄恨绮罗犹眷眷,薄情蜂蝶去飘飘。→飘飘何所似,天地一沙鸥。→鸥鹭元相得,杯觞每共传。→传心不传法,谁可继高踪。→踪迹诸峰匝,衣裳老虱多。→多难始应彰劲节,至公安肯为虚名。→名标玉籍仙坛上,家寄闽山画障中。

 唐诗谜语

生活必需品（打一句七言唐诗）

谜底：身上衣裳口中食

> 莫愁前路无知己，天下谁人不识君？
>
> ——【唐】高适《别董大二首·其一》

【佳句解析】

不要担心前路茫茫没有知己，天下哪一个人不知道你？

【原作欣赏】

别董大二首·其一①

千里黄云白日曛②，北风吹雁雪纷纷。
莫愁前路无知己，天下谁人不识君③？

注释

① 董大：唐玄宗时著名的琴师董庭兰。他在兄弟中排行第一，故称"董大"。
② 曛：日光昏暗。
③ 君：指董大。

佳句品读

这是对朋友的劝慰：此去你不要担心遇不到知己，天下哪个不知道你董庭兰啊！话说得多么响亮、多么有力，于慰藉中充满着信心和力量，激励朋友抖擞精神去奋斗、去拼搏。

【作者简介】

高适（700—765），字达夫、仲武，唐代著名的边塞诗人，与岑参并称"高岑"。其诗作笔力雄健，气势奔放，大多写边塞生活。著有《高常侍集》等。

【佳句接龙】

莫愁前路无知己，天下谁人不识君？（【唐】高适《别董大二首·其一》）→ 君不见楚王台上红颜子，今日皆成狐兔〇。（【唐】王翰《春女行》）→ 〇鲤见枯浪，土鼍思干〇。（【唐】孟郊《寄陕府邓给事》）→ 〇声淹卧榻，云片犯炉〇。（【唐】贯休《题令宣和尚院》）→ 〇径小船通，菱歌绕故〇。（【唐】许浑《忆长洲》）→ 〇殿参差列九重，祥云瑞气捧阶〇。（【唐】王涯《献寿辞》）→ 〇霜满径无红叶，晚日高枝有白〇。（【唐】郑谷《松》）→ 〇屏不取暖，月扇未遮〇。（【唐】李商隐《拟意》）→ 〇作济南生，九十诵古〇。（【唐】李白《赠何七判官昌浩》）→ 〇章已满行人耳，一度思卿一怆然。（【唐】李忱《吊白居易》）

答案：莫愁前路无知己，天下谁人不识君？→君不见楚王台上红颜子，今日皆成狐兔尘。→尘鲤见枯浪，土鼍思干泉。→泉声淹卧榻，云片犯炉香。→香径小船通，菱歌绕故宫。→宫殿参差列九重，祥云瑞气捧阶浓。→浓霜满径无红叶，晚日高枝有白云。→云屏不取暖，月扇未遮羞。→羞作济南生，九十诵古文。→文章已满行人耳，一度思卿一怆然。

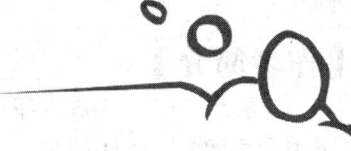

唐诗故事

以诗免征

朱滔大肆抓壮丁,不管士族平民,全都抓进军队,并亲自在球场上检阅。他见其中一人容貌不俗,举止儒雅,便问:"你从前学什么?"那人回答:"学诗。"又问:"有妻子吗?"答曰:"有。"朱滔就命他作首寄给妻子的诗,此人提笔一挥而就,诗曰:"握笔题诗易,荷戈征戍难。惯从鸳被暖,怯向雁门寒。瘦尽宽衣带,啼多渍枕檀。试留青黛着,回日画眉看。"朱滔又命他代妻子作首答诗,旋即作成:"蓬鬓荆钗世所稀,布裙犹是嫁时衣。胡麻好种无人种,合是归时底不归?"朱滔于是便赠以盘缠,放他回家。

人生有情泪沾臆,江水江花岂终极?

——【唐】杜甫《哀江头》

【佳句解析】

人生有情,想到世事变化,泪水沾湿了胸臆;江水的流淌和江花的开放,哪里会有尽头呢?

【原作欣赏】

哀江头

少陵野老吞声哭①,春日潜行曲江曲②。

江头宫殿锁千门③,细柳新蒲为谁绿④?
忆昔霓旌下南苑⑤,苑中万物生颜色⑥。
昭阳殿里第一人⑦,同辇随君侍君侧⑧。
辇前才人带弓箭⑨,白马嚼啮黄金勒⑩。
翻身向天仰射云⑪,一笑正坠双飞翼⑫。
明眸皓齿今何在?血污游魂归不得⑬。
清渭东流剑阁深,去住彼此无消息⑭。
人生有情泪沾臆,江水江花岂终极⑮?
黄昏胡骑尘满城⑯,欲往城南望城北⑰。

注释

❶ **少陵**:少陵是汉宣帝许皇后的陵墓,在长安南郊杜陵附近。杜甫曾在少陵附近居住过,故自称"少陵野老"。**吞声哭**:哭时不敢出声。

❷ **潜行**:因在叛军管辖之下,只好偷偷地走到这里。**曲江曲**:曲江的隐曲角落。

❸ **江头宫殿锁千门**:写曲江边宫门紧闭,游人绝迹。

❹ **为谁绿**:意思是国家破亡,连草木都失去了故主。

❺ **霓旌**:云霓般的彩旗,指天子之旗。**南苑**:指曲江东南的芙蓉苑,因在曲江之南,故称。

❻ **生颜色**:指万物生辉。

❼ **昭阳殿**:汉代宫殿名,汉成帝皇后赵飞燕之妹赵合德为昭仪,居住于此。唐人多以赵飞燕比杨贵妃。**第一人**:最得宠的人。

❽ **辇**:指皇帝乘坐的车子。古代君臣不同辇,此句指杨贵妃的受宠超出常规。

❾ **才人**:宫中的女官。

❿ **嚼啮**:咬。**黄金勒**:用黄金做的衔勒。

⓫ **仰射云**:仰射云间飞鸟。

⓬ **一笑**:杨贵妃因才人射中飞鸟而笑。**正坠双飞翼**:或亦暗寓唐玄宗和杨贵妃的马嵬驿之变。

⓭ **"明眸""血污"两句**:写安史之乱起,玄宗从长安奔蜀,路经马嵬驿,禁卫军逼迫玄宗缢杀杨贵妃。

⓮ **"清渭""去住"两句**:仇兆鳌注:"马嵬驿在京兆府兴平县(今属陕西省),

渭水自陇西而来，经过兴平。盖杨妃藁葬渭滨，上皇（玄宗）巡行剑阁，是去住西东，两无消息也。"（《杜少陵集详注》卷四）**清渭**：即渭水。**剑阁**：指剑门山在今四川省剑阁县的北面，是由长安入蜀必经之道。

⑮ **"人生""江水"两句**：意谓江水江花年年依旧，而人生有情，则不免感怀今昔而生悲。

⑯ **胡骑**：指叛军的骑兵。

⑰ **欲往城南望城北**：写极度悲哀中的迷惘心情。原注："甫家住城南。"**望城北**：走向城北。北方口语，说向为望。望，一作"忘"。城北，一作"南北"。

佳句品读

人是有感情的，触景伤怀，泪洒衣襟；而大自然却是无情的，它不随人世的变化而变化，江花自开谢江水自奔流，永无尽期。这两句以无情反衬有情，而更见情深，诗人感慨于世事沧桑，在悲凉中却又显得境界阔大。

【佳句接龙】

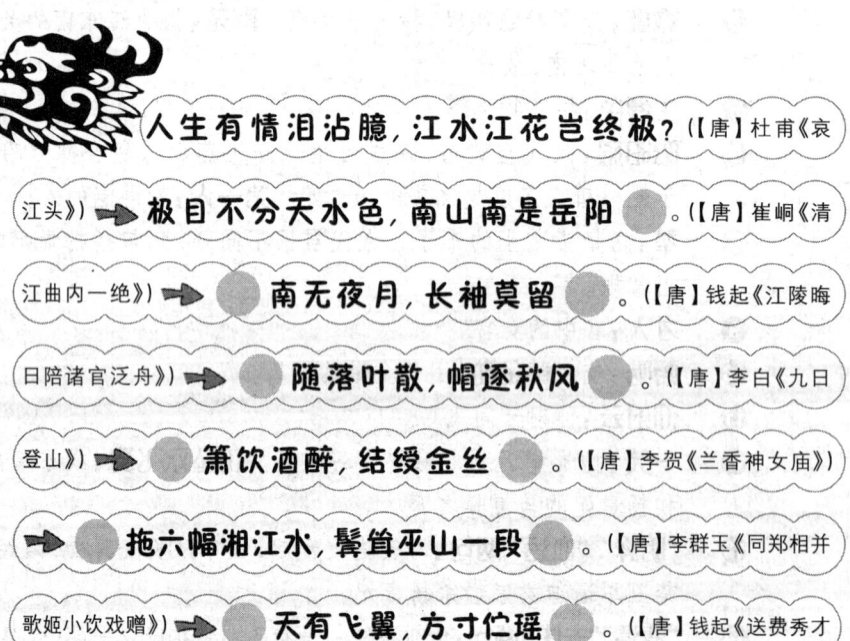

人生有情泪沾臆，江水江花岂终极？【唐】杜甫《哀江头》→ 极目不分天水色，南山南是岳阳○。【唐】崔峒《清江曲内一绝》→ ○南无夜月，长袖莫留○。【唐】钱起《江陵晦日陪诸官泛舟》→ ○随落叶散，帽逐秋风○。【唐】李白《九日登山》→ ○箫饮酒醉，结绶金丝○。【唐】李贺《兰香神女庙》→ ○拖六幅湘江水，鬓耸巫山一段○。【唐】李群玉《同郑相并歌姬小饮戏赠》→ ○天有飞翼，方寸伫瑶○。【唐】钱起《送费秀才》

归衡州》）→ 林满芳景，洛阳遍阳 。（【唐】李世民《赋得樱桃》）

→ 浓停野骑，夜宿敞云 。（【唐】杜甫《怀灞上游》）→ 头

曲宴仙人语，帐底吹笙香雾浓。（【唐】李贺《秦宫诗》）

答案： 人生有情泪沾臆，江水江花岂终极？→极目不分天水色，南山南是岳阳城。→城南无夜月，长袖莫留宾。→宾随落叶散，帽逐秋风吹。→吹箫饮酒醉，结绶金丝裙。→裙拖六幅湘江水，鬓耸巫山一段云。→云天有飞翼，方寸伫瑶华。→华林满芳景，洛阳遍阳春。→春浓停野骑，夜宿敞云楼。→楼头曲宴仙人语，帐底吹笙香雾浓。

趣味唐诗

唐诗中的数字

请在下列各句唐诗的括号内填入数字。

① 同心（　　）人去，坐觉长安空。
② 马瘦衣裳破，别家来（　　）年。
③ 尽日不寂寞，意中如（　　）人。
④ （　　）山岚色重，（　　）月水声寒。
⑤ 霜竹百千竿，烟波（　　）（　　）亩。
⑥ 京洛（　　）（　　）春，未曾花里宿。
⑦ 镜中桃李色，不得（　　）年好。
⑧ 危楼高（　　）尺，手可摘星辰。
⑨ （　　）年不壅溃，（　　）姓无垫溺。
⑩ 混合（　　）丈深，淼茫（　　）里白。

答案： ① 一 ② 二 ③ 三 ④ 四 五 ⑤ 六 七 ⑥ 八 九 ⑦ 十 ⑧ 百 ⑨ 千 万 ⑩ 万 千

> 在天愿作比翼鸟，在地愿为连理枝。
>
> ——【唐】白居易《长恨歌》

【佳句解析】

在天上我们但愿永做比翼鸟，在地上我们但愿永做连理枝。

【原作欣赏】

长恨歌

汉皇重色思倾国①，御宇多年求不得②。杨家有女初长成，养在深闺人未识。
天生丽质难自弃，一朝选在君王侧③。回眸一笑百媚生，六宫粉黛无颜色④。
春寒赐浴华清池⑤，温泉水滑洗凝脂⑥。侍儿扶起娇无力⑦，始是新承恩泽时⑧。
云鬓花颜金步摇⑨，芙蓉帐暖度春宵⑩。春宵苦短日高起，从此君王不早朝。
承欢侍宴无闲暇，春从春游夜专夜。后宫佳丽三千人，三千宠爱在一身。
金屋妆成娇侍夜⑪，玉楼宴罢醉和春。姊妹弟兄皆列土⑫，可怜光彩生门户⑬。
遂令天下父母心，不重生男重生女⑭。骊宫高处入青云⑮，仙乐风飘处处闻。
缓歌慢舞凝丝竹⑯，尽日君王看不足。渔阳鼙鼓动地来⑰，惊破霓裳羽衣曲⑱。
九重城阙烟尘生⑲，千乘万骑西南行⑳。翠华摇摇行复止，西出都门百余里。
六军不发无奈何，宛转蛾眉马前死㉑。花钿委地无人收㉒，翠翘金雀玉搔头㉓。
君王掩面救不得，回看血泪相和流。黄埃散漫风萧索，云栈萦纡登剑阁㉔。
峨嵋山下少人行㉕，旌旗无光日色薄。蜀江水碧蜀山青，圣主朝朝暮暮情。
行宫见月伤心色㉖，夜雨闻铃肠断声㉗。天旋日转回龙驭㉘，到此踌躇不能去。
马嵬坡下泥土中，不见玉颜空死处㉙。君臣相顾尽沾衣，东望都门信马归㉚。
归来池苑皆依旧，太液芙蓉未央柳㉛。芙蓉如面柳如眉，对此如何不泪垂。
春风桃李花开夜，秋雨梧桐叶落时。西宫南内多秋草㉜，宫叶满阶红不扫。

228

梨园弟子白发新㉝,椒房阿监青娥老㉞。夕殿萤飞思悄然,孤灯挑尽未成眠㉟。迟迟钟鼓初长夜㊱,耿耿星河欲曙天㊲。鸳鸯瓦冷霜华重㊳,翡翠衾寒谁与共㊴。悠悠生死别经年,魂魄不曾来入梦。临邛道士鸿都客㊵,能以精诚致魂魄㊶。为感君王展转思,遂教方士殷勤觅㊷。排空驭气奔如电㊸,升天入地求之遍。上穷碧落下黄泉㊹,两处茫茫皆不见。忽闻海上有仙山,山在虚无缥缈间。楼阁玲珑五云起㊺,其中绰约多仙子㊻。中有一人字太真,雪肤花貌参差是㊼。金阙西厢叩玉扃㊽,转教小玉报双成㊾。闻道汉家天子使,九华帐里梦魂惊㊿。揽衣推枕起徘徊,珠箔银屏迤逦开㉛。云鬓半偏新睡觉㉜,花冠不整下堂来。风吹仙袂飘飘举㉝,犹似霓裳羽衣舞。玉容寂寞泪阑干㊴,梨花一枝春带雨。含情凝睇谢君王㉟,一别音容两渺茫。昭阳殿里恩爱绝㊱,蓬莱宫中日月长㊲。回头下望人寰处㊳,不见长安见尘雾。唯将旧物表深情㊴,钿合金钗寄将去㊵。钗留一股合一扇,钗擘黄金合分钿㊶。但教心似金钿坚,天上人间会相见。临别殷勤重寄词㊷,词中有誓两心知。七月七日长生殿㊸,夜半无人私语时。在天愿作比翼鸟㊹,在地愿为连理枝㊺。天长地久有时尽,此恨绵绵无绝期㊻。

注释

① **汉皇**:原指汉武帝,此处借指唐玄宗李隆基。唐人文学创作常以汉称唐。**重色**:爱好女色。**倾国**:指绝色女子。汉代李延年对汉武帝唱了一首歌:"北方有佳人,绝世而独立,一顾倾人城,再顾倾人国,宁不知倾城与倾国,佳人难再得。"后来"倾国倾城"就成为美女的代称。

② **御宇**:驾御宇内,即统治天下。

③ **"杨家"……"一朝"4句**:杨玉环为蜀州司户杨玄琰之女,自幼由叔父杨玄珪抚养,17岁被册封为玄宗之子寿王李瑁之妃。后被唐玄宗看中,22岁时,玄宗命其出宫为道士,道号太真,27岁被玄宗册封为贵妃。白居易此谓"养在深闺人未识",是作者有意为帝王避讳的说法。**丽质**:美丽的姿质。

④ **六宫粉黛**:指宫中所有嫔妃。**六宫**:古代皇帝设六宫,正寝(日常处理政务之地)一、燕寝(休息之地)五,合称六宫。**粉黛**:粉黛本为女性化妆用品,粉以抹脸,黛以描眉,此代指六宫中的女性。**无颜色**:意谓相形之下,都失去了美好的姿容。

⑤ **华清池**:即华清池温泉,在今陕西省西安市临潼区南的骊山下。

⑥ **凝脂**：形容皮肤白嫩滋润，犹如凝固的脂肪。

⑦ **侍儿**：宫女。

⑧ **新承恩泽**：刚得到皇帝的宠幸。

⑨ **金步摇**：一种金首饰，用金银丝盘成花之形状，上面缀着垂珠之类，插于发髻，走路时摇曳生姿。

⑩ **芙蓉帐**：绣着莲花的帐子。

⑪ **金屋**：《汉武故事》载：汉武帝幼时，馆陶公主问他要不要她的女儿阿娇作妻子，他笑着回答说："若得阿娇作妇，当作金屋贮之。""金屋藏娇"一语由此而来。

⑫ **姊妹弟兄皆列土**：杨玉环被册封贵妃后，她的大姐封为韩国夫人，三姐封为虢国夫人，八姐封为秦国夫人，堂兄杨铦官鸿胪卿，杨锜官侍御史，堂兄杨钊赐名国忠，官右丞相。**列土**：裂土受封，列通"裂"。

⑬ **可怜**：可爱，值得羡慕。

⑭ **不重生男重生女**：陈鸿《长恨歌传》云，当时民谣有"生女勿悲酸，生男勿喜欢"，"男不封侯女作妃，看女却为门上楣"等。

⑮ **骊宫**：即华清宫，因在骊山下，故称。

⑯ **凝丝竹**：指弦乐器和管乐器伴奏出舒缓的旋律。

⑰ **渔阳**：郡名，辖今北京市平谷区和天津蓟县等地，当时属于平卢、范阳、河东三镇节度使安禄山的辖区。天宝十四载（755）冬，安禄山在范阳起兵叛乱。**鼙鼓**：古代骑兵用的小鼓，此借指战争。

⑱ **霓裳羽衣曲**：舞曲名，据说为唐开元年间西凉节度使杨敬述所献，经唐玄宗润色并制作歌辞，改用此名。乐曲着意表现虚无缥缈的仙境和仙女形象。天宝后曲调失传。

⑲ **九重城阙**：九重门的京城，此指长安。**烟尘生**：指发生战事。

⑳ **千乘万骑西南行**：天宝十五载（756）六月，安禄山破潼关，逼近长安。玄宗带领杨贵妃等出延秋门向西南方向逃走。当时随行护卫并不多，"千乘万骑"是夸大之辞。**乘**：马车。

㉑ **"翠华"……"宛转"4句**：玄宗西奔至距长安百余里的马嵬驿（今陕西兴平市西北），扈从禁卫军发难，不再前行，请诛杨国忠、杨玉环兄妹以平民怨。玄宗为保自身，只得照办。**翠华**：用翠鸟羽毛装饰的旗帜，皇帝仪仗队用。**百余里**：指到了距长安100多里的马嵬

驿。**六军**：泛指禁卫军。**宛转**：形容美人临死前哀怨缠绵的样子。**蛾眉**：古代美女的代称，此指杨贵妃。

㉒ **花钿**：用金翠珠宝等制成的花朵形首饰。**委地**：丢弃在地上。

㉓ **翠翘**：像翠鸟长尾一样的头饰。**金雀**：雀形金钗。**玉搔头**：玉簪。

㉔ **云栈**：高入云霄的栈道。**萦纡**：萦回盘绕。

㉕ **峨嵋山**：在今四川峨眉山市。玄宗奔蜀途中，并未经过峨眉山，这里泛指蜀中高山。

㉖ **行宫**：皇帝离京出行在外的临时住所。

㉗ **夜雨闻铃肠断声**：《明皇杂录·补遗》："明皇既幸蜀，西南行，初入斜谷，霖雨涉旬，于栈道雨中闻铃，音与山相应。上既悼念贵妃，采其声为《雨霖铃曲》以寄恨焉。"这里暗指此事。

㉘ **天旋日转**：指时局好转。肃宗至德二年（757），郭子仪军收复长安。**回龙驭**：皇帝的车驾归来。

㉙ **不见玉颜空死处**：不见杨贵妃，徒然见到她死去的地方。

㉚ **信马**：听任马往前走。

㉛ **太液**：汉宫中有太液池。**未央**：汉有未央宫。此皆借指唐长安皇宫。

㉜ **西宫南内**：皇宫之内称为大内。西宫即西内太极宫，南内为兴庆宫。玄宗返京后，初居南内。上元元年（760），权宦李辅国假借肃宗名义，胁迫玄宗迁往西内，并流贬玄宗亲信高力士、陈玄礼等人。

㉝ **梨园弟子**：指玄宗当年训练的乐工舞女。**梨园**：唐玄宗时官中教习音乐的机构，曾选300人教练歌舞，随时应诏表演，号称"皇帝梨园弟子"。

㉞ **阿监**：宫中的侍从女官。**青娥**：年轻的宫女。

㉟ **孤灯挑尽**：古时用油灯照明，为使灯火明亮，过了一会儿就要把浸在油中的灯草往前挑一点。挑尽，说明夜已深。按，唐时宫廷夜间燃烛而不点油灯，此处旨在形容玄宗晚年生活环境的凄苦。

㊱ **迟迟**：迟缓。报更钟鼓声起止原有定时，这里用以形容玄宗长夜难眠时的心情。

㊲ **耿耿**：微明的样子。**欲曙天**：长夜将晓之时。

㊳ **鸳鸯瓦**：屋顶上俯仰相对合在一起的瓦。**霜华**：霜花。

㊴ **翡翠衾**：被面绣有翡翠鸟的被子。**谁与共**：与谁一起。

㊵ **临邛道士鸿都客**：意谓有个从临邛来长安的道士。**临邛**：今四川邛崃市。**鸿都**：东汉都城洛阳的宫门名，这里借指长安。

㊶ **致魂魄**：招来亡魂。

㊷ **方士**：有法术的人，这里指临邛道士。**殷勤**：尽力。

㊸ **排空驭气**：即腾云驾雾。

㊹ **穷**：穷尽，找遍。**碧落**：指天空。**黄泉**：指地下。

㊺ **玲珑**：华美精巧。**五云**：五彩云霞。

㊻ **绰约**：体态轻盈柔美。

㊼ **参差**：仿佛，差不多。

㊽ **金阙**：金碧辉煌的神仙宫阙。**叩**：叩击。**玉扃**(jiōng)：玉石做的门环。

㊾ **转教小玉报双成**：意谓仙府庭院重重，须经辗转通报。**小玉**：吴王夫差之女。**双成**：传说中西王母的侍女。这里皆借指杨贵妃在仙山的侍女。

㊿ **九华帐**：绣饰华美的帐子。**九华**：重重花饰的图案。

(51) **珠箔**：珠帘。**银屏**：饰银的屏风。**逦迤**：接连不断的样子。

(52) **新睡觉**：刚睡醒。

(53) **袂**：衣袖。

(54) **玉容寂寞**：此指神色黯淡凄楚。**阑干**：纵横交错的样子，这里形容泪痕满面。

(55) **凝睇**：凝视。

(56) **昭阳殿**：这里指杨贵妃住过的宫殿。

(57) **蓬莱**：传说中的海上仙山。这里指杨贵妃在仙山的居所。

(58) **人寰**：人间。

(59) **旧物**：指杨贵妃以前与玄宗定情的信物。

(60) **寄将去**：托临邛道士带回。

(61) **"钗留""钗擘"两句**：把金钗、钿盒分成两半，自留一半。**擘**：分开。

(62) **重**：再，又。

(63) **长生殿**：在骊山华清宫内，天宝元年(742)造。按"七月"以下6句为作者虚拟之词。陈寅恪在《元白诗笺证稿·长恨歌》中云："长生殿七夕私誓之为后来增饰之物语，并非当时真确之事实"，"玄宗临幸温汤必在冬季、春初寒冷之时节。今详检两唐书玄宗纪无一次于夏日炎暑时幸骊山"。而所谓长生殿者,亦非华清宫之长生殿,而是长安皇宫寝殿之习称。

㉔ **比翼鸟**:传说中的鸟名,据说只有一目一翼,雌雄并在一起才能飞。

㉕ **连理枝**:两棵树的枝干连在一起,叫连理。古人常用比翼鸟、连理枝比喻情侣相爱、永不分离。

㉖ **恨**:遗憾。**绵绵**:连绵不断。

佳句品读

"比翼鸟""连理枝"是忠贞不渝爱情的象征,体现的是"愿世世为夫妻"的誓言。在诗人看来,一往情深与重色误国二者矛盾而又统一地集中在唐玄宗身上,唐玄宗的政治悲剧造成了他与杨贵妃的爱情悲剧,对此诗人是持批判态度的,但同时他也对唐玄宗、杨贵妃之间的"长恨"抱以同情,笔端富于缠绵悱恻、宛转动人的渲染和描写。

【佳句接龙】

在天愿作比翼鸟,在地愿为连理枝。(【唐】白居易《长恨歌》)

➡ 枝枝不成花,片片落翦 。(【唐】孟郊《杏殇》)➡ 家香巷

千轮鸣,扬雄秋室无俗 。(【唐】李贺《绿章封事》)➡ 价五侯

争辟命,文章一代振风 。(【唐】刘兼《寄高书记》)➡ 客空传

成相赋,晋人已负绝交 。(【唐】顾况《闲居怀旧》)➡ 秃千兔

毫,诗裁两牛 。(【唐】李白《醉后赠王历阳》)➡ 斧斫旅松,手瓢

汲家 。(【唐】孟郊《山老吟》)➡ 壑带茅茨,云霞生薜 。(【唐】

钱起《谷口书斋寄杨补阙》→ ○飘白玉堂,簟卷碧牙○。([唐]李商隐)

《细雨》→ ○前倒秋壑,枕上过春雷。([唐]齐己《过西山施肩吾旧居》）

答案:在天愿作比翼鸟,在地愿为连理枝。→枝枝不成花,片片落鹔金。→金家香巷千轮鸣,扬雄秋室无俗声。→声价五侯争辟命,文章一代振风骚。→骚客空传成相赋,晋人已负绝交书。→书秃千兔毫,诗裁两牛腰。→腰斧斫旅松,手瓢汲家泉。→泉壑带茅茨,云霞生薜帷。→帷飘白玉堂,簟卷碧牙床。→床前倒秋壑,枕上过春雷。

趣味唐诗

唐诗中的"五行"

请在下列各句唐诗的括号内分别填入"五行"(金、木、水、火、土)。

① 千钟合尧禹,百兽谐(　　)石。
② 人生有行役,谁能如草(　　)。
③ 回塘分越(　　),古树积吴烟。
④ 阴风吼大漠,(　　)号出不得。
⑤ 水浊不可饮,壶浆半成(　　)。
⑥ 女娲戏黄(　　),团作愚下人。
⑦ (　　)从龙阙起,泪向马嵬垂。
⑧ (　　)如银度烛,云似玉披衣。
⑨ 客心惊落(　　),夜坐听秋风。
⑩ (　　)舆巡白水,玉辇驻新丰。

答案:① 金 ② 木 ③ 水 ④ 火 ⑤ 土
　　　⑥ 土 ⑦ 火 ⑧ 水 ⑨ 木 ⑩ 金

> 曾经沧海难为水，除却巫山不是云。
>
> ——【唐】元稹《离思·其四》

【佳句解析】

经历过茫茫的大海，别处的水便不会看在眼里；除了巫山之云，别处的云都黯然失色。

【原作欣赏】

离思·其四

曾经沧海难为水①，除却巫山不是云②。
取次花丛懒回顾③，半缘修道半缘君④。

注释

1. **曾经**：曾经历过。**沧海**：大海。
2. **除却**：除了。
3. **取次**：经过。
4. **半缘**：一半因为。**修道**：元稹既信佛也信道，此处也可理解为研习品行学问。

佳句品读

第一句是从孟子"观于海者难为水"（《孟子·尽心上》）脱化而来，第二句则是使用宋玉《高唐赋》里"巫山云雨"的典故。诗人在此表明，除了这位他所心爱的女子，纵有倾城国色、绝代佳人，也不能打动他的心，写得感情炽热而又含蓄蕴藉。

【作者简介】
元稹（779—831），字微之，唐代中晚期著名诗人。他和白居易共同提倡"新乐府"，与白居易并称"元白"。著有《元氏长庆集》。

【佳句接龙】

曾经沧海难为水，除却巫山不是云。（【唐】元稹《离思·其四》）→ 云想衣裳花想容，春风拂槛露华○。（【唐】李白《清平调·其一》）→ ○淡芳春满蜀乡，半随风雨断莺○。（【唐】郑谷《蜀中赏海棠》）→ ○断秦台吹管客，日西春尽到来○。（【唐】李商隐《相思》）→ ○回好风景，王谢昔曾○。（【唐】刘禹锡《题报恩寺》）→ ○人试一览，临玩果忘○。（【唐】卢照邻《宿晋安亭》）→ ○马卧长坡，夕阳下通○。（【唐】岑参《暮秋山行》）→ ○亭虽极望，未称本心○。（【唐】齐己《渚宫江亭寓目》）→ ○人占闲景，酒熟且同○。（【唐】刘禹锡《酬乐天感秋凉见寄》）→ ○壶事幽酌，顾影还独尽。（【唐】李白《北山独酌，寄韦六》）

答案：曾经沧海难为水，除却巫山不是云。→云想衣裳花想容，春风拂槛露华浓。→浓淡芳春满蜀乡，半随风雨断莺肠。→肠断秦台吹管客，日西春尽到来迟。→迟回好风景，王谢昔曾游。→游人试一览，临玩果忘疲。→疲马卧长坡，夕阳下通津。→津亭虽极望，未称本心闲。→闲人占闲景，酒熟且同倾。→倾壶事幽酌，顾影还独尽。

唐诗故事

娶妻不美

唐宪宗时,张又新与杨虔州齐名,两人感情很好。杨虔州的妻子李氏是宰相李郾之女,贤惠而貌丑,杨虔州却并不在意,非常爱重她,夫妻相敬如宾。张又新曾对杨虔州说:"我少年即有美名,并不担忧仕途,只希望能娶到美丽的妻子,平生的愿望就满足了。"杨虔州说:"如果你一定要达成愿望,但凡你爱好和我一样,那就一切听我安排,保证让你满意。"张又新十分信任杨虔州,便将自己的终身大事托付给他,没想到结婚时才发现新娘貌不出众,很不满意。张又新对此写诗道:"牡丹一朵直千金,将谓从来色最深。今日满阑开似雪,一生辜负看花心。"杨虔州用笏板点张又新的头说:"你是多么的痴妄啊!"说了好几遍。张又新非常忿恨,忍不住回应他说:"和你交情好才把真实的想法告诉你,没想到你这样耽误我,还敢说我痴妄吗?"杨虔州就将自己求名从宦的历程——道来,说:"难道这些不是都和你一样吗?"张又新回答说:"是啊。"杨虔州说:"但是我娶了个丑妇,你难道没听说吗?"张又新这才缓和了脸色,说道:"你妻子长得怎么样?"杨虔州答:"丑得不得了。"张又新大笑,这才和好如初。

此情可待成追忆,只是当时已惘然。

——【唐】李商隐《锦瑟》

【佳句解析】

如此情怀岂待今朝回忆始感无穷怅恨,即在当时早已是令人不胜惘然惆怅了。

【原作欣赏】

锦瑟

锦瑟无端五十弦①，一弦一柱思华年。
庄生晓梦迷蝴蝶②，望帝春心托杜鹃③。
沧海月明珠有泪④，蓝田日暖玉生烟⑤。
此情可待成追忆，只是当时已惘然⑥。

注释

❶ **锦瑟**：《周礼·乐器图》："雅瑟二十三弦，颂瑟二十五弦，饰以宝玉者曰宝瑟，绘文如锦者曰锦瑟。"《史记·封禅书》："太帝使素女鼓五十弦瑟，悲，帝禁不止，故破其瑟为二十五弦。"古瑟大小不等，弦数亦不同。**无端**：没来由，无缘无故。此句隐隐有悲伤之感，乃全诗之情感基调。历代解义山诗者，多以此诗为晚年之作。诗人享年不足五十，故此借"五十弦"起兴，暗喻生平，引发以下"一弦一柱"之思忆。

❷ **庄生晓梦迷蝴蝶**：此句引庄周梦蝶故事，以言人生如梦，往事如烟之意。

❸ **望帝春心托杜鹃**：传说蜀国的杜宇为望帝，因水灾让位于臣子，而自己则隐归山林，死后化为杜鹃日夜悲鸣直至啼出血来。

❹ **沧海月明珠有泪**：传说鲛人眼泪能化成明珠。

❺ **蓝田日暖玉生烟**：《元和郡县志》："关内道京兆府蓝田县：蓝田山，一名玉山，在县东二十八里。"《困学纪闻》卷十八引司空表圣云："戴容州谓诗家之景，如蓝田日暖，良玉生烟，可望而不可置于眉睫之前也。李义山玉生烟之句盖本于此。"

❻ **"此情""只是"两句**：如此情怀岂待今朝回忆始感无穷怅恨，即在当时早已是令人不胜惘然惆怅了。言下之意就是说，今朝追忆，其为怅恨，又当如何！

佳句品读

诗人郁结中怀的情感在本诗中幽曲微渺，往复低回，感染于人者至深，最后这两句所表达的对人生的感悟和迷惘，乃是人所共有，古今中外概莫能外的。正因如此，这两句乃至全诗才会历久常新，具有永恒的魅力。

【佳句接龙】

此情可待成追忆，只是当时已惘然。（【唐】李商隐《锦瑟》）

→然诺竟如何，诸侯见重●。（【唐】齐己《访自牧上人不遇》）→●才遇景皆能咏，当日人传满凤●。（【唐】刘禹锡《和乐天南园试小乐》）

→●外园林初夏天，就中野趣在西●。（【唐】刘禹锡《和牛相公游南庄醉后寓言戏赠乐天兼见示》）→●依仙法多求药，长共僧游不读●。（【唐】张籍《寄白二十二舍人》）→●秘漆文字，匣藏金蛟●。（【唐】孟郊《题韦少保静恭宅藏书洞》）→●楼横紫烟，宫女天中●。（【唐】王建《元日早朝》）→●子绕天北，山高塞复●。（【唐】王建《幽州送申稷评事归平卢》）→●契何相秘，儒宗本不●。（【唐】卢纶《送契玄法师赴内道场》）→●风纷已萃，乡路悠且广。（【唐】柳宗元《法华寺石门精舍三十韵》）

答案： 此情可待成追忆，只是当时已惘然。→然诺竟如何，诸侯见重多。→多才遇景皆能咏，当日人传满凤城。→城外园林初夏天，就中野趣在西偏。→偏依仙法多求药，长共僧游不读书。→书秘漆文字，匣藏金蛟龙。→龙楼横紫烟，宫女天中行。→行子绕天北，山高塞复深。→深契何相秘，儒宗本不殊。→殊风纷已萃，乡路悠且广。

唐诗故事

唐玄宗闻诗感伤

唐代天宝末年，唐玄宗曾登勤政楼赏月，命梨园子弟奏曲唱歌，有人唱起了李峤的诗："富贵荣华能几时，山川满目泪沾衣。不见只今汾水上，唯有年年秋雁飞。"此时的唐玄宗年岁已高，听唱便问是谁的诗，有人回答是李峤，玄宗为之凄然泪下，歌曲还没唱完就起身说："李峤真是才子啊。"第二年，安史之乱爆发，玄宗避乱四川，经过白卫岭，他眺望许久，让人再唱李峤的诗，他又说起"李峤真是才子啊"，不胜感叹。当时高力士就在一旁，也是挥泪不止。

春蚕到死丝方尽，蜡炬成灰泪始干。

——【唐】李商隐 《无题》

【佳句解析】

春蚕至死，蚕丝方才吐尽；蜡烛成灰，烛泪方才枯干。

【原作欣赏】

无题①

相见时难别亦难，东风无力百花残。
春蚕到死丝方尽②，蜡炬成灰泪始干③。
晓镜但愁云鬓改④，夜吟应觉月光寒。
蓬山此去无多路⑤，青鸟殷勤为探看⑥。

注释

① **无题**：唐代以来，有的诗人不愿意标出能够表示主题的题目时，常用"无题"作诗的标题。

② **丝**：丝与"思"是谐音字，"到死丝方尽"意思是除非死了，思念才会结束。

③ **泪**：燃烧时的蜡烛油，这里取双关义，指相思的眼泪。

④ **晓镜**：早晨梳妆照镜子。**云鬓**：女子多而美的头发，这里比喻青春年华。

⑤ **蓬山**：蓬莱山，传说中的海上仙山，这里比喻主人公所怀念者住的地方。

⑥ **青鸟**：神话中为西王母传递音讯的信使。

佳句品读

这两句诗以春蚕吐丝、蜡烛燃烧比喻爱情痛苦的煎熬，但在痛苦之中，寓有灼热的渴望和坚忍的执著精神，感情境界深微绵邈，寓意极为丰富。

【佳句接龙】

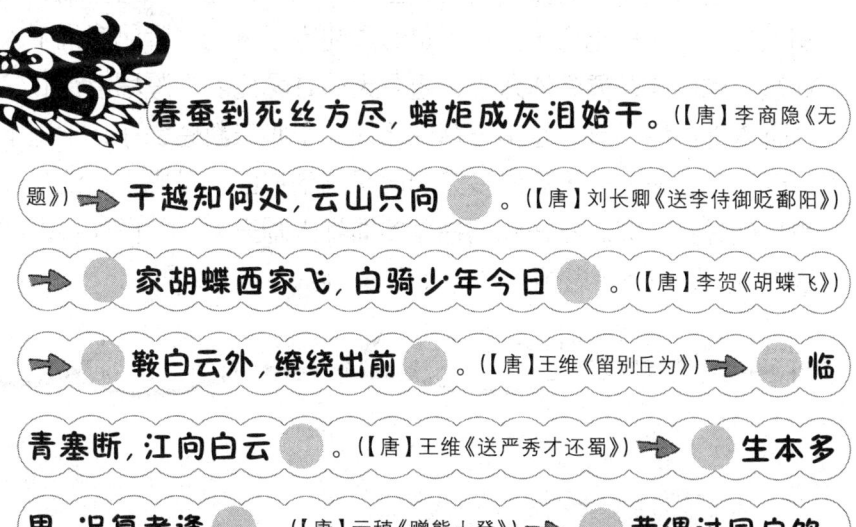

暖窗时与对床〇。（【唐】王建《寄杜侍御》）→ 沙卧水自成群，

曲岸残阳极浦〇。（【唐】李商隐《题鹅》）→ 发不能梳，杨花

更吹〇。（【唐】王昌龄《初日》）→ 城驰逐皆求马，古寺闲行

独与君。（【唐】裴度《酬张秘书因寄马赠诗》）

答案： 春蚕到死丝方尽，蜡炬成灰泪始干。→千越知何处，云山只向东。→东家胡蝶西家飞，白骑少年今日归。→归鞍白云外，缭绕出前山。→山临青塞断，江向白云平。→平生本多思，况复老逢春。→春巷偶过同户饮，暖窗时与对床眠。→眠沙卧水自成群，曲岸残阳极浦云。→云发不能梳，杨花更吹满。→满城驰逐皆求马，古寺闲行独与君。

唐诗故事

许浑梦入昆仑

晚唐诗人许浑曾梦见自己登上一座高山，山中有宫室高耸入云，有人说："这是昆仑山。"于是许浑便走了进去，看见有几个人正在饮酒，他们便邀请许浑入座，直至天黑才喝完。许浑写诗记此梦说："晓入瑶台露气清，坐中唯有许飞琼。尘心未断俗缘在，十里下山空月明。"后来有一天许浑梦见自己又回到那日的梦境中，仙女许飞琼责怪他说："你怎能把我的名字传播到人间去呢？"许浑当即把这句改为"天风吹下步虚声"，许飞琼看了后说："改得好。"

> 身无彩凤双飞翼,心有灵犀一点通。
>
> ——【唐】李商隐《无题》

【佳句解析】

身上没有彩凤的双翼,不能比翼齐飞;内心却像灵犀一样,感情息息相通。

【原作欣赏】

无题

昨夜星辰昨夜风,画楼西畔桂堂东①。
身无彩凤双飞翼,心有灵犀一点通②。
隔座送钩春酒暖③,分曹射覆蜡灯红④。
嗟余听鼓应官去⑤,走马兰台类转蓬⑥。

注释

① **画楼、桂堂**:都是比喻富贵人家的屋舍。
② **灵犀**:旧说犀牛有神异,角中有白纹如线,直通两头。
③ **送钩**:也称藏钩。古代的一种游戏,把钩互相传送后,藏于一人手中,令人猜。
④ **分曹**:分组。**射覆**:在覆器下放着东西令人猜。送钩、射覆未必是实指,只是形容宴会时的热闹。
⑤ **鼓**:指更鼓。**应官**:犹上班。
⑥ **走马兰台类转蓬**:参加宴会后,随即骑马到兰台,类似蓬草之飞转,隐含自伤飘零之意。**兰台**:即秘书省,掌管图书籍册。李商隐曾任秘书省正字。

佳句品读

"身无彩凤双飞翼"写怀想之切、相思之苦：恨自己身上没有凤凰一样的双翅，可以飞到爱人身边。"心有灵犀一点通"写彼此相知之深：彼此的心意像犀角一样，息息相通。"身无"与"心有"，一外一内，一悲一喜，矛盾而奇妙地统一在一体，痛苦中有甜蜜，寂寞中有期待，相思的苦恼与心心相印的欣慰融合在一起，将那种深深相爱而又不能长相厮守的恋人的复杂微妙的心态刻画得细致入微、惟妙惟肖。

【佳句接龙】

身无彩凤双飞翼，心有灵犀一点通。（【唐】李商隐《无题》）➡ 通海便应将国信，到家犹自著朝 ○。（【唐】张籍《送金少卿副使归新罗》）➡ ○ 剑照松宇，宾徒光石 ○。（【唐】李白《答从弟幼成过西园见赠》）➡ ○ 径俯清溪，茅檐古木 ○。（【唐】裴度《溪居》）➡ ○ 姜早作妇，岂识闺中 ○。（【唐】刘驾《山中有招》）➡ ○ 人半云外，风月讵相 ○。（【唐】钱起《山园栖隐》）➡ ○ 牵今夜肠应直，雨冷香魂吊书 ○。（【唐】李贺《秋来》）➡ ○ 散同秋叶，人亡似夜 ○。（【唐】卢照邻《哭明堂裴主簿》）➡ ○ 光摇水箭，山气上云 ○。（【唐】卢照邻《山庄休沐》）➡ ○ 山航海至，昼夜车相续。（【唐】齐己《煌煌京洛行》）

答案：身无彩凤双飞翼，心有灵犀一点通。→通海便应将国信，到家犹自著朝衣。→衣剑照松宇，宾徒光石门。→门径俯清溪，茅檐古木齐。→齐姜早作妇，岂识闺中情。→情人半云外，风月讵相思。→思牵今夜肠应直，雨冷香魂吊书客。→客散同秋叶，人亡似夜川。→川光摇水箭，山气上云梯。→梯山航海至，昼夜车相续。

趣味唐诗

唐诗中的水果

请在下列各句唐诗的括号内分别填入水果名。
① 怜君卧病思新（　　），试摘犹酸亦未黄。
② （　　）美酒夜光杯，欲饮琵琶马上催。
③ 一骑红尘妃子笑，无人知是（　　）来。
④ 披香殿下（　　）熟，结绮楼前芍药开。
⑤ 郎去摘黄瓜，郎来收赤（　　）。
⑥ 冬花采卢橘，夏果摘（　　）。
⑦ 金子悬湘（　　），珠房折海榴。
⑧ 碧笋新生竹，红垂半熟（　　）。
⑨ 酒客爱秋蔬，山盘荐霜（　　）。
⑩ 何人此城里，城角栽（　　）。

答案：① 橘　② 葡萄　③ 荔枝　④ 樱桃　⑤ 枣
　　　⑥ 杨梅　⑦ 柚　⑧ 桃　⑨ 梨　⑩ 石榴

春心莫共花争发,一寸相思一寸灰。

——【唐】李商隐《无题》

【佳句解析】

相思之情切莫与春花争荣竞发,一寸寸相思都化成了灰烬。

【原作欣赏】

无题

飒飒东风细雨来,芙蓉塘外有轻雷。
金蟾啮锁烧香入,玉虎牵丝汲井回①。
贾氏窥帘韩掾少②,宓妃留枕魏王才③。
春心莫共花争发④,一寸相思一寸灰。

注释

❶ "金蟾""玉虎"两句:这两句是说虽有金蟾啮锁而犹能烧香、井水虽深而玉虎犹能汲之,以此反衬自己苦于相思却找不到机会与情人相会。**金蟾**:指蛙形的香炉。**啮锁**:咬着香炉上的锁扣。**玉虎**:指吊水用的辘轳,用玉虎装饰。

❷ **贾氏窥帘**:晋韩寿貌美,贾充召为僚属,贾充的女儿在帘后窥见韩寿,很是喜爱。贾充知后,便将女儿嫁给韩寿。**掾**:僚属。

❸ **宓(mì)妃留枕**:相传宓妃是伏羲氏之女,溺水洛水,号为洛神。曹植离京回封国途中,宿于洛水边,梦见宓妃来相会,遂作《洛神赋》。**留枕**:这里指幽会。**魏王**:指曹植。

❹ **春心**:相思之情。

佳句品读

这两句是对爱情幻灭的呐喊，是对美好事物毁灭的悲愤，具有一种动人心魄的悲剧美，也从另一个角度折射出诗人无法实现理想的绝望心情和身世沦落之感。

【佳句接龙】

春心莫共花争发，一寸相思一寸灰。（【唐】李商隐《无题》）→灰死如我心，雪白如我（ ）。（【唐】白居易《送兄弟回雪夜》）→（ ）重疑盘雾，腰轻乍倚（ ）。（【唐】李贺《恼公》）→吹建业雨，浪入广陵（ ）。（【唐】卢纶《送从叔士准赴任润州司士》）→满琴书与酒杯，清湘影里片帆（ ）。（【唐】齐己《湘中送翁员外归闽》）→门起无力，遥爱鸡犬（ ）。（【唐】张籍《卧疾》）→尽清溪日已蹉，云容山影两嵯（ ）。（【唐】刘长卿《岳阳楼》）→峨非剑阁，有树不堪（ ）。（【唐】贯休《观地狱图》）→龙九天上，忝列岁星（ ）。（【唐】李白《赠崔司户文昆季》）→忝承明召，多惭献赋雄。（【唐】沈佺期《扈从出长安应制》）

答案： 春心莫共花争发，一寸相思一寸灰→灰死如我心，雪白如我发。→发重疑盘雾，腰轻乍倚风。→风吹建业雨，浪入广陵船。→船满琴书与酒杯，清湘影里片帆开。→开门起无力，遥爱鸡犬行。→行尽清溪日已蹉，云容山影两嵯峨。→峨峨非剑阁，有树不堪攀。→攀龙九天上，忝列岁星臣。→臣忝承明召，多惭献赋雄。

趣味唐诗

唐诗中的乐器

请在下列各句唐诗的括号内分别填入乐器名。

① 黄鹤楼中吹玉（　　），江城五月落梅花。
② 曾见周灵王太子，碧桃花下自吹（　　）。
③ 衔花乳燕看调（　　），衣锦佳人侍读书。
④ 昆仑山南月欲斜，胡人向月吹胡（　　）。
⑤ 闲怜鹤貌偏能画，暗辨桐声自作（　　）。
⑥ 庙中往往来击（　　），尧本无心尔何苦。
⑦ 心慕知音命自拘，画堂闻欲试吹（　　）。
⑧ 莫辞别酒和琼液，乍唱离歌和凤（　　）。
⑨（　　）起舞换新声，总是关山旧别情。
⑩ 南山截竹为（　　），此乐本自龟兹出。

答案：① 笛　② 笙　③ 瑟　④ 笳　⑤ 琴
　　　　⑥ 鼓　⑦ 竽　⑧ 箫　⑨ 琵琶　⑩ 觱篥

第10章 哲言警句

> 持谢邻家子，效颦安可希？
>
> ——【唐】王维《西施咏》

【佳句解析】

奉告那盲目效颦的邻家之女，光学皱眉而想取宠哪能那么容易？

【原作欣赏】

西施咏

艳色天下重[①]，西施宁久微。
朝为越溪女，暮作吴宫妃。
贱日岂殊众，贵来方悟稀。
邀人傅脂粉，不自著罗衣。
君宠益娇态，君怜无是非。
当时浣纱伴，莫得同车归。
持谢邻家子，效颦安可希[②]？

注释

① 重：看重，器重。
② 效颦：相传西施有心痛病，时常捧心而颦（皱着眉头），邻居丑女认为这个姿态很美，也学着效仿，反而显得更丑，大家见了都避开她。
安可希：意思是怎能希望得到别人的赏识。

佳句品读

诗中的"西施"朝贱夕贵，一旦得到君王宠爱就身价百倍，而她的昔日同伴则无一人一同富贵，诗人借古讽今，更是在最后两句借效颦的"邻家子"劝告世人不要为了博取别人赏识而故作姿态，以免弄巧成拙。

【佳句接龙】

持谢邻家子，效颦安可希？（【唐】王维《西施咏》）

希君生羽翼，一化北溟〇。（【唐】李白《江夏使君叔席上赠史郎中》）

〇动芳池面，苔侵老竹〇。（【唐】张籍《酬李仆射晚春见寄》）

〇往海边郡，帆悬天际〇。（【唐】马戴《送从叔赴南海幕》）

〇晴鸥更舞，风逆雁无〇。（【唐】杜甫《冬晚送长孙渐舍人归州》）

〇人莫讶频回首，家在凝岚一点〇。（【唐】贯休《马上作》）

〇流见匡阜，势压九江〇。（【唐】孟浩然《彭蠡湖中望庐山》）

〇豪气猛如焰烟，无人为决天河〇。（【唐】李贺《白虎行》）

➡ 🌐 国无边际，舟行共使 🌐 。（【唐】孟浩然《洛中送奚三还扬州》）

➡ 🌐 起不成文，月来同一色。（【唐】刘禹锡《海阳十咏·蒙池》）

答案：持谢邻家子，效颦安可希？→希君生羽翼，一化北溟鱼。→鱼动芳池面，苔侵老竹身。→身往海边郡，帆悬天际云。→云晴鸥更舞，风逆雁无行。→行人莫讶频回首，家在凝岚一点中。→中流见匡阜，势压九江雄。→雄豪气猛如焰烟，无人为决天河水。→水国无边际，舟行共使风。→风起不成文，月来同一色。

隋唐旧事（打一句七言唐诗）

谜底：依稀忆得杨与李

> 宣父犹能畏后生，丈夫未可轻年少。
>
> ——【唐】李白《上李邕》

【佳句解析】

孔子尚且觉得后生可畏，大丈夫更不可轻视年轻人。

【原作欣赏】

上李邕①

大鹏一日同风起,扶摇直上九万里②。
假令风歇时下来③,犹能簸却沧溟水④。
世人见我恒殊调⑤,闻余大言皆冷笑⑥。
宣父犹能畏后生⑦,丈夫未可轻年少⑧。

注释

① **上**:呈上。**李邕**:字泰和,唐玄宗时任北海(今山东益都县)太守,书法、文章都有名,世称李北海,后被李林甫杀害。李邕年辈早于李白,故诗题云"上"。从这首诗中,可以看出青年时期的李白的豪情壮志。

② **扶摇**:由下而上的大旋风。

③ **假令**:假使,如果让。

④ **簸却**:激扬。**沧溟**:大海。

⑤ **恒**:常常。**殊调**:不同流俗的言行。

⑥ **大言**:自命不凡的言谈。

⑦ **宣父**:即孔子,唐太宗贞观年间诏尊孔子为宣父。**畏后生**:《论语·子罕》:"子曰:'后生可畏,焉知来者之不如今也?'"

⑧ **丈夫**:古代男子的通称,此指李邕。

佳句品读

李邕是当时名士,李白也像很多士人一样上门拜谒,但李白不拘俗礼,放言高论,李邕对其态度轻慢,这首诗正是李白对李邕的揶揄。最后这两句以孔子作比,讽刺了自负声名、骄矜以对年轻后学之人,显示了青年李白的锐气和傲骨。

第10章 哲言警句

【佳句接龙】

宣父犹能畏后生,丈夫未可轻年少。([唐]李白《上李邕》)

→少健无所就,入门愧家○。([唐]李贺《春归昌谷》)→ 大

登朝如梦里,贫穷作活似村○。([唐]张籍《书怀》)→ 秋

朗月静天河,乌鹊南飞客恨○。([唐]刘沧《八月十五日夜玩月》)

→○谢清言异玄度,悬河高论有谁○。([唐]刘长卿《西陵寄一上人》)→○斋唯一食,讲律岂曾○。([唐]张籍《律僧》)

→○罢梳云髻,妆成上锦○。([唐]刘方平《新春》)→ 徒

零雨送,林野夕阴○。([唐]韩休《奉和圣制送张说巡边》)→ 男

不能养,惧身有姓○。([唐]张籍《西州》)→ 士寄来消酒渴,野人煎处撇泉华。([唐]皮日休《友人以人参见惠因以诗谢之》)

答案: 宣父犹能畏后生,丈夫未可轻年少。→少健无所就,入门愧家老。→老大登朝如梦里,贫穷作活似村中。→中秋朗月静天河,乌鹊南飞客恨多。→多谢清言异玄度,悬河高论有谁持。→持斋唯一食,讲律岂曾眠。→眠罢梳云髻,妆成上锦车。→车徒零雨送,林野夕阴生。→生男不能养,惧身有姓名。→名士寄来消酒渴,野人煎处撇泉华。

唐诗谜语

桃李争艳(打一句五言唐诗)

谜底:双花竞春芳

> 射人先射马，擒贼先擒王。
>
> ——【唐】杜甫《前出塞九首·其六》

【佳句解析】

要射倒一个人，就应先射他的马；要捉拿一群敌人，就应先捉拿敌人的首领。

【原作欣赏】

前出塞九首·其六

挽弓当挽强①，用箭当用长②。
射人先射马，擒贼先擒王③。
杀人亦有限，列国自有疆④。
苟能制侵陵⑤，岂在多杀伤⑥。

注释

① 挽：拉。当：应当。
② 长：指长箭。
③ 擒：捉拿。
④ 列国：各国。疆：边界。
⑤ 苟能：如果能。侵陵：侵犯。
⑥ 岂：难道，哪里。

佳句品读

这两句是说作战要先除敌之首恶：马易射，马倒，人不降则毙；王被擒，敌不败则溃。诗人指出了对敌要有方略，智勇并用。这两句现在也多比喻作战要先除主要敌人，或比喻做事要抓关键。

【佳句接龙】

射人先射马,擒贼先擒王。（【唐】杜甫《前出塞九首·其六》）

→ 王也论道阻江湖,李也丞疑旷前○。（【唐】杜甫《可叹》）

→ ○宫佳丽三千人,三千宠爱在一○。（【唐】白居易《长恨歌》）

→ ○上衣频寄,瓯中物亦○。（【唐】贾岛《卧疾走笔酬韩愈书问》）

→ ○手脱相赠,平生一片○。（【唐】孟浩然《送朱大入秦》）

→ ○同野鹤与尘远,诗似冰壶见底○。（【唐】张籍《赠王侍御》）

→ ○明别后雨晴时,极浦空颦一望○。（【唐】刘长卿《春望寄王涔阳》）

→ ○敛远山青,鬓低片云○。（【唐】白居易《和梦游春诗一百韵》）

→ ○香绣帐何时歇,青云无光宫水○。（【唐】李贺《李夫人歌》）

→ ○言词不成,告诉情状摧。（【唐】孟郊《雪》）

答案：射人先射马,擒贼先擒王。→王也论道阻江湖,李也丞疑旷前后。→后宫佳丽三千人,三千宠爱在一身。→身上衣频寄,瓯中物亦分。→分手脱相赠,平生一片心。→心同野鹤与尘远,诗似冰壶见底清。→清明别后雨晴时,极浦空颦一望眉。→眉敛远山青,鬓低片云绿。→绿香绣帐何时歇,青云无光宫水咽。→咽言词不成,告诉情状摧。

趣味唐诗

唐诗中的比喻

请填入下列唐诗中的喻体。

① 桂岭瘴来云似墨，洞庭春尽水如（　　）。
② 自把玉钗敲砌竹，清歌一曲月如（　　）。
③ 天街小雨润如（　　），草色遥看近却无。
④ 官仓老鼠大如（　　），见人开仓亦不走。
⑤ 窗中远岫青如（　　），门外长江绿似苔。
⑥ 鸡鸣函谷客如（　　），貌同心异不可数。
⑦ 水底远山云似雪，桥边平岸草如（　　）。
⑧ 卧逃秦乱起安刘，舒卷如（　　）得自由。
⑨ 西塞山前水似蓝，乱云如（　　）满澄潭。
⑩ 一曲单于暮烽起，扶苏城上月如（　　）。

答案：① 天　② 霜　③ 酥　④ 斗　⑤ 黛
　　　　⑥ 雾　⑦ 烟　⑧ 云　⑨ 絮　⑩ 钩

> 读书破万卷,下笔如有神。
>
> ——【唐】杜甫《奉赠韦左丞丈二十二韵》

【佳句解析】

读破了万卷书,下笔写文章就如有神助。

【原作欣赏】

奉赠韦左丞丈二十二韵①

纨绔不饿死②,儒冠多误身③。丈人试静听④,贱子请具陈⑤。
甫昔少年日,早充观国宾⑥。**读书破万卷⑦,下笔如有神⑧**。
赋料扬雄敌⑨,诗看子建亲⑩。李邕求识面⑪,王翰愿卜邻⑫。
自谓颇挺出⑬,立登要路津⑭。致君尧舜上,再使风俗淳⑮。
此意竟萧条,行歌非隐沦⑯。骑驴十三载⑰,旅食京华春⑱。
朝扣富儿门,暮随肥马尘。残杯与冷炙,到处潜悲辛。
主上顷见征⑲,欻然欲求伸⑳。青冥却垂翅㉑,蹭蹬无纵鳞㉒。
甚愧丈人厚,甚知丈人真。每于百僚上,猥诵佳句新㉓。
窃效贡公喜㉔,难甘原宪贫㉕。焉能心怏怏,只是走踆踆㉖。
今欲东入海㉗,即将西去秦㉘。尚怜终南山,回首清渭滨。
常拟报一饭㉙,况怀辞大臣㉚。白鸥没浩荡㉛,万里谁能驯㉜?

注释

❶ **韦左丞**:指韦济,时任尚书省左丞。他很赏识杜甫的诗,并曾表示过关怀。**丈**:古代对老人的尊称。
❷ **纨绔**:指富贵子弟。**不饿死**:不学无术却无饥饿之忧。
❸ **儒冠多误身**:满腹经纶的儒生却穷困潦倒。
❹ **丈人**:对长辈的尊称。这里指韦济。

⑤ **贱子**：年少位卑者自谓。这里是杜甫自称。**请**：意谓请允许我。**具陈**：细说。

⑥ **"甫昔""早充"两句**：是指唐开元二十三年（735），杜甫以乡贡（由州县选出）的资格在洛阳参加进士考试的事。杜甫当时才24岁，就已是"观国之光"（参观王都）的国宾了，故曰"早充"。"观国宾"语出《周易·观卦·象辞》："观国之光，尚宾也"。

⑦ **破万卷**：形容书读得多。

⑧ **如有神**：形容才思敏捷，写作如有神助。

⑨ **料**：差不多。**扬雄**：字子云，西汉辞赋家。**敌**：匹敌。

⑩ **看**：比拟。**子建**：曹植字子建，曹操之子，建安时期著名文学家。**亲**：接近。

⑪ **李邕**：杜甫少年在洛阳时，当时的名人李邕奇其才，曾主动去结识他。

⑫ **王翰**：唐代著名诗人，《凉州词》的作者。

⑬ **挺出**：杰出。

⑭ **立登要路津**：很快就要得到重要的职位。

⑮ **"尧舜""再使"两句**：如果自己得到重用的话，可以辅佐皇帝实现超过尧舜的功业，使已经败坏的社会风俗再恢复到上古那样淳朴敦厚。**尧舜**：传说中上古的圣君。

⑯ **"此意""行歌"两句**：想不到我的政治抱负竟然落空，我虽然也写些诗歌，却不是逃避现实的隐士。

⑰ **骑驴**：与乘马的达官贵人对比。**十三载**：从唐开元二十三年（735）杜甫参加进士考试，到天宝六载（747），恰好十三载。

⑱ **旅食**：寄食。**京华**：京师，指长安。

⑲ **主上**：指唐玄宗。**顷**：不久前。**见征**：被征召。

⑳ **欻（xū）然**：忽然。**欲求伸**：希望表现自己的才能，实现致君尧舜的志愿。

㉑ **青冥却垂翅**：飞鸟折翅从天空坠落。

㉒ **蹭蹬**：行进困难的样子。**无纵鳞**：本指鱼不能纵身远游。这里是说理想不得实现。以上4句所指事实是：天宝六载（747），唐玄宗下诏征求有一技之长的人赴京应试，杜甫也参加了。宰相李林甫嫉贤妒能，把全部应试的人都落选，还上表称贺："野无遗贤"。这对当时急欲施展抱负的杜甫是一个沉重的打击。

㉓ **"每于""猥诵"两句**：承蒙您经常在百官面前吟诵我新诗中的佳句，

㉔ **贡公**：西汉人贡禹。他与王吉为友，闻吉显贵，高兴得弹冠相庆，因为知道自己也将出头。这里杜甫说自己也曾自比贡禹，并期待韦济能荐拔自己。极力加以奖掖推荐。

㉕ **难甘**：难以甘心忍受。**原宪**：孔子的学生，以贫穷出名。

㉖ **走踆踆**（qūn qūn）：且进且退的样子。

㉗ **东入海**：指避世隐居。孔子曾言："道不行，乘桴浮于海。"（见《论语·公冶长》）

㉘ **去秦**：离开长安。

㉙ **报一饭**：报答一饭之恩。春秋时灵辄报答赵宣子（见《左传·宣公二年》），汉代韩信报答漂母（见《史记·淮阴侯列传》），都是历史上有名的报恩故事。

㉚ **辞大臣**：指辞别韦济。以上这两句说明赠诗之故。

㉛ **没浩荡**：投身于浩荡的烟波之间。

㉜ **谁能驯**：谁还能拘束我呢？

佳句品读

诗人博学精深，下笔有神，凭着这样卓越挺秀的才华，诗人原以为自己能够很好地实现政治理想，现实却是事与愿违。这两句诗与后文所描写的诗人奔走狼狈、碰壁潦倒形成了强烈对比。

【佳句接龙】

读书破万卷，下笔如有神。（【唐】杜甫《奉赠韦左丞丈二十二韵》）

神超物无违，岂系名与途。（【唐】王昌龄《独游》）

事非远，拙者取自梦不复。（【唐】孟郊《初于洛中选》）

远，弱心良易○。(【唐】孟郊《秋怀》)→○使雨中发，寄书灯
下○。(【唐】张籍《寄汉阳故人》)→○卷还高客，飞书问野○。
(【唐】贯休《赠雷卿张明府》)→○生屡如此，何以肆愉○。【唐】
王昌龄《过华阴》○玩从兹始，日夕绕庭○。(【唐】韦应物《种
药》)→○道白云近，燃灯翠壁○。(【唐】钱起《宿远上人兰若》)
→○花寂寂宫城闭，细草青青御路闲。(【唐】刘长卿《上阳宫望幸》)

答案：读书破万卷，下笔如有神。→神超物无违，岂系名与宦。→宦途事非远，拙者取自疏。→疏梦不复远，弱心良易归。→归使雨中发，寄书灯下封。→封卷还高客，飞书问野人。→人生屡如此，何以肆愉悦。→悦玩从兹始，日夕绕庭行。→行道白云近，燃灯翠壁深。→深花寂寂宫城闭，细草青青御路闲。

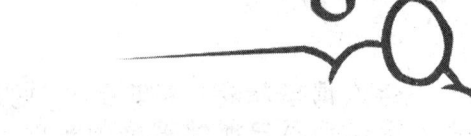

唐诗故事

红叶题诗

唐宣宗时的中书舍人卢渥，在应举那年有一次偶然走到御沟附近，看见沟中漂浮着一片红叶，就让仆人捞起来。红叶上题有一首绝句："流水何太急，深宫尽日闲。殷勤谢红叶，好去到人间。"卢渥叹赏不已，把红叶收藏于巾箱中，有时也会拿出来请知交好友欣赏。后来宣宗放出宫人，卢渥也得到了一位宫女。那宫女看到了红叶，叹息了很久，说道："当初不过偶然题于红叶之上，又顺手让它漂走，想不到郎君你将它收藏于此。"检验红叶上的题诗和这宫女的字迹都一一符合，大家都很讶异，感叹世事缘分的巧合。

第10章 哲言警句

> 别裁伪体亲风雅，转益多师是汝师。
>
> ——【唐】杜甫《戏为六绝句·其六》

【佳句解析】

要区别裁汰没有真实内容的专事摹拟的虚浮诗风和作品，要亲近《诗经》的国风和二雅（大雅与小雅）；只有不拘一时一家地多方面学习各家的长处，才算真正找到了你的老师。

【原作欣赏】

戏为六绝句·其六

未及前贤更勿疑①，递相祖述复先谁②？
别裁伪体亲风雅③，转益多师是汝师④。

注释

① **未及前贤更勿疑**：那些轻薄之辈不及前贤是毋庸置疑的。
② **递相祖述**：指因袭成风。**复先谁**：指不用分先后。
③ **别裁伪体**：区别裁汰那些形式内容都不好的诗。**亲风雅**：学习《诗经》风、雅的传统。
④ **转益多师**：多方面寻找老师。**汝师**：你的老师。

佳句品读

诗人勉励后学者区别裁汰专事模仿而无真意的虚浮诗风和作品，亲近《诗经》的雅正传统，多方师法前贤，不限于一家一派。"别裁伪体"强调创造，"转益多师"重在善学，二者相辅相成。

【佳句接龙】

别裁伪体亲风雅，转益多师是汝师。（【唐】杜甫《戏为六绝句·其六》）

→师意如山里，空房晓暮〇。（【唐】刘得仁《青龙寺僧院》）

→〇鼓不为乐，烟霜谁与〇。（【唐】李白《赠任城卢主簿》）

→〇年未同隐，缘欠买山〇。（【唐】刘禹锡《酬乐天闲卧见寄》）

→〇塘江畔是谁家，江上女儿全胜〇。（【唐】王昌龄《浣纱女》）

→〇待朝衣间，云迎驿骑〇。（【唐】刘长卿《和中丞出使恩命过终南别业》）

→〇桡渡急响，鸣棹下浮〇。（【唐】卢照邻《七夕泛舟二首·其一》）

→〇景不可回，六龙转天〇。（【唐】李白《早秋赠裴十七仲堪》）

→〇马去迟迟，离言未尽〇。（【唐】戴叔伦《灞岸别友》）

→〇危思报主，衰谢不能休。（【唐】杜甫《江上》）

答案：别裁伪体亲风雅，转益多师是汝师。→师意如山里，空房晓暮钟。→钟鼓不为乐，烟霜谁与同。→同年未同隐，缘欠买山钱。→钱塘江畔是谁家，江上女儿全胜花。→花待朝衣间，云迎驿骑连。→连桡渡急响，鸣棹下浮光。→光景不可回，六龙转天车。→车马去迟迟，离言未尽时。→时危思报主，衰谢不能休。

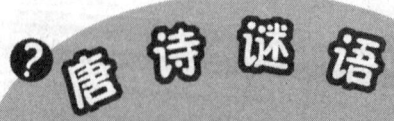

丸药（打一句五言唐诗）

谜底：粒粒皆辛苦

> 青春须早为,岂能长少年?
>
> ——【唐】孟郊《劝学》

【佳句解析】

要趁着青春早点努力,少年时光又怎能长久呢?

【原作欣赏】

劝学

击石乃有火①,不击元无烟②。
人学始知道③,不学非自然④。
万事须己运⑤,他得非我贤⑥。
青春须早为⑦,岂能长少年⑧?

注释

❶ 乃:才。
❷ 元:原本,本来。
❸ 始:方才。道:事物的法则、规律。这里指各种知识。
❹ 非:不是。自然:天然。
❺ 运:运用。
❻ 贤:才能。
❼ 青春:指人的青年时期。
❽ 长:长期。

佳句品读

这两句诗用反问的语气,劝诫人们要在年少时光努力学习,一个人不会永远都是"少年"。这对于青少年有很强的警示性。

【佳句接龙】

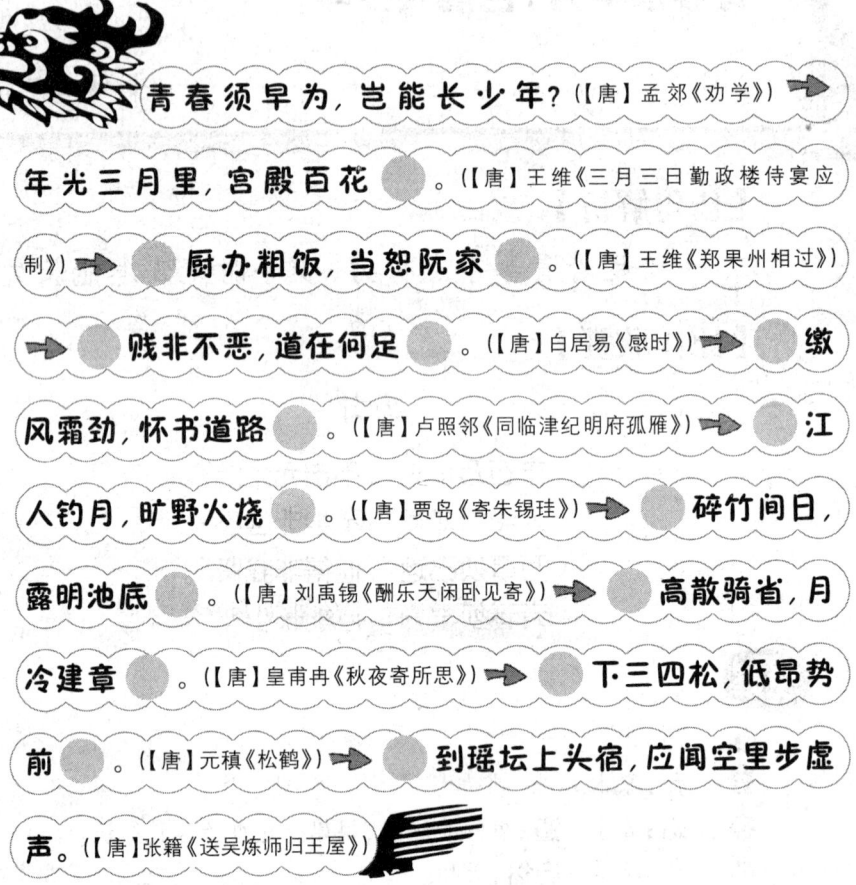

青春须早为,岂能长少年?(【唐】孟郊《劝学》)→年光三月里,宫殿百花●。(【唐】王维《三月三日勤政楼侍宴应制》)→●厨办粗饭,当恕阮家●。(【唐】王维《郑果州相过》)→●贱非不恶,道在何足●。(【唐】白居易《感时》)→缴风霜劲,怀书道路●。(【唐】卢照邻《同临津纪明府孤雁》)→江人钓月,旷野火烧●。(【唐】贾岛《寄朱锡珪》)→碎竹间日,露明池底●。(【唐】刘禹锡《酬乐天闲卧见寄》)→高散骑省,月冷建章●。(【唐】皇甫冉《秋夜寄所思》)→●下三四松,低昂势前●。(【唐】元稹《松鹤》)→到瑶坛上头宿,应闻空里步虚声。(【唐】张籍《送吴炼师归王屋》)

答案:青春须早为,岂能长少年?→年光三月里,宫殿百花中。→中厨办粗饭,当恕阮家贫。→贫贱非不恶,道在何足避。→避缴风霜劲,怀书道路长。→长江人钓月,旷野火烧风。→风碎竹间日,露明池底天。→天高散骑省,月冷建章台。→台下三四松,低昂势前却。→却到瑶坛上头宿,应闻空里步虚声。

趣味唐诗

唐诗中的树木

请将树木名称填入下列唐诗的括号中。

① 山蝉号枯（　　），始复知天秋。
② 八月白露降，（　　）叶次第黄。
③ 今兹大火落，秋叶黄（　　）。
④ 不觉频回首，西风满白（　　）。
⑤ 挥手杭越间，（　　）亭望潮还。
⑥ 客亭门外（　　），折尽向南枝。
⑦ 相如家上生秋（　　），三秦谁是言情客。
⑧ 秋来野火烧（　　）林，枝柯已枯堪采取。
⑨ 金距斗鸡过上苑，玉鞭骑马出长（　　）。
⑩ 不见露盘迎晓日，唯闻木斧扣寒（　　）。

答案： ①桑　②槐　③梧桐　④杨　⑤樟
　　　　　⑥柳　⑦柏　⑧栎　⑨楸　⑩松

> 沉舟侧畔千帆过,病树前头万木春。
>
> ——【唐】刘禹锡《酬乐天扬州初逢席上见赠》

【佳句解析】

沉船的旁边有千帆驶过,枯萎的树前有万木争春。

【原作欣赏】

酬乐天扬州初逢席上见赠①

巴山楚水凄凉地②,二十三年弃置身③。
怀旧空吟闻笛赋④,到乡翻似烂柯人⑤。
沉舟侧畔千帆过,病树前头万木春。
今日听君歌一曲,暂凭杯酒长精神⑥。

注释

① 酬:答谢,这里是以诗相答的意思。乐天:指白居易,字乐天。

② 巴山楚水:古时四川东部属于巴国,湖南北部和湖北等地属于楚国。刘禹锡曾被贬到这些地方做官,所以用巴山楚水指其被贬之地。

③ 二十三年:从唐顺宗永贞元年(805)刘禹锡被贬为连州刺史到写此诗时,共22个年头,因第二年才能回到京城,所以说23年。弃置身:指遭受贬谪的诗人自己。

④ 怀旧:怀念故友。闻笛赋:指西晋向秀的《思旧赋》。三国曹魏末年,向秀的朋友嵇康、吕安因不满司马氏篡权而被杀害。后来,向秀经过嵇康、吕安的旧居,听到邻人吹笛,勾起了对故人的怀念。序文中说:自己经过嵇康旧居,因写此赋追念他。刘禹锡借用这个典故怀念已死去的王叔文、柳宗元等人。

⑤ 翻似:倒好像。翻:副词,反而。烂柯人:指晋人王质。相传晋人王

质上山砍柴,看见两个童子下棋,就停下观看,等棋局终了,手中的斧把已经朽烂。他回到村里,才知道已过了百年,同代人都已经亡故。刘禹锡以此典故表达自己遭贬23年,人事全非,暮年返乡恍如隔世的感慨。

❻ **长**(zhǎng)**精神**:振作精神。**长**:增长,振作。

佳句品读

诗人以沉舟、病树比喻自己,他固然感到惆怅,却又相当达观,显示出对世事变迁和仕宦升沉的豁达襟怀。这两句描写生动,富于哲理,深刻地反映了事物的变化发展规律,因而成为广为传诵的名句,至今仍常常被人引用,用于说明新事物必将取代旧事物。

【佳句接龙】

沉舟侧畔千帆过,病树前头万木春。([唐]刘禹锡《酬乐天扬州初逢席上见赠》)→春风草绿北邙山,此地年年生死●。([唐]白居易《挽歌词》)→●时何处最肠断,日暮渭阳驱马●。([唐]元稹《赠咸阳少府萧郎》)→装有兵器,祖席尽诗●。([唐]姚合《送韩湘赴江西从事》)→生达命岂暇愁,且饮美酒登高●。([唐]李白《梁园吟》)→殿层层佳气多,开元时节好笙●。([唐]罗隐《华清宫》)→舞屏风花障上,几时曾画白头●。([唐]白居易《春老》)→间无阿童,犹唱水中●。([唐]李贺《王渚墓下作》→ ●门宾客会龙宫,东去旌旗驻上●。([唐]刘禹锡《福先寺雪中酬别乐天》)→ ●洛尚淹玩,西京足芳妍。([唐]孟郊《送魏端公入朝》)

答案:沉舟侧畔千帆过,病树前头万木春。→春风草绿北邙山,此地年年生死别。→别时何处最肠断,日暮渭阳驱马行。→行装有兵器,祖席尽诗人。→人生达命岂暇愁,且饮美酒登高楼。→楼殿层层佳气多,开元时节好笙歌。→歌舞屏风花障上,几时曾画白头人。→人间无阿童,犹唱水中龙。→龙门宾客会龙宫,东去旌旗驻上东。→东洛尚淹玩,西京足芳妍。

？唐诗谜语

搁浅(打一句五言唐诗)

谜底:行到水穷处

千淘万漉虽辛苦,吹尽狂沙始到金。

——【唐】刘禹锡《浪淘沙·其八》

【佳句解析】

　　淘金要经过千遍万遍的过滤,虽然历尽千辛万苦,但是只有淘尽泥沙,最后才能得到闪闪发光的黄金。

【原作欣赏】

浪淘沙·其八

莫道谗言如浪深，莫言迁客似沙沉①。
千淘万漉虽辛苦，吹尽狂沙始到金②。

注释

① **迁客**：指谪降外调的官。
② **"千淘""吹尽"两句**：比喻清白正直的人虽然一时被小人陷害，历尽辛苦之后，他的价值还是会被发现的。**淘、漉**：过滤。

佳句品读

这两句诗的字面意思看起来是在写淘金的人要经过"千淘万漉"，滤尽泥沙，最后才能得到金子，写的是淘金人的艰辛。实际在这首诗中，诗人是在借以表明自己的心志：那些清白正直的忠贞之士虽然遭受谗言诽谤、小人诬陷而被罢官降职，贬谪他乡，但是他们并不会因此而沉沦于现实的泥沙之中，也不会改变自己的初衷，历经艰辛和磨难之后，终究还是会洗清冤屈，还以清白，就像淘金一样，尽管"千淘万漉"，历尽辛苦，终究总会"吹尽狂沙"，金子迟早是要发光的。

【佳句接龙】

千淘万漉虽辛苦，吹尽狂沙始到金。（【唐】刘禹锡《浪淘沙·其八》）➡ 金鸭香消欲断魂，梨花春雨掩重 ⬤ 。（【唐】戴叔伦《春怨》）➡ ⬤ 开芳杜径，室距桃花 ⬤ 。（【唐】卢照邻《三月曲水宴得尊字》）➡ ⬤ 向春城花几重，江明深翠引诸 ⬤ 。（【唐】王昌龄《宴春源》）

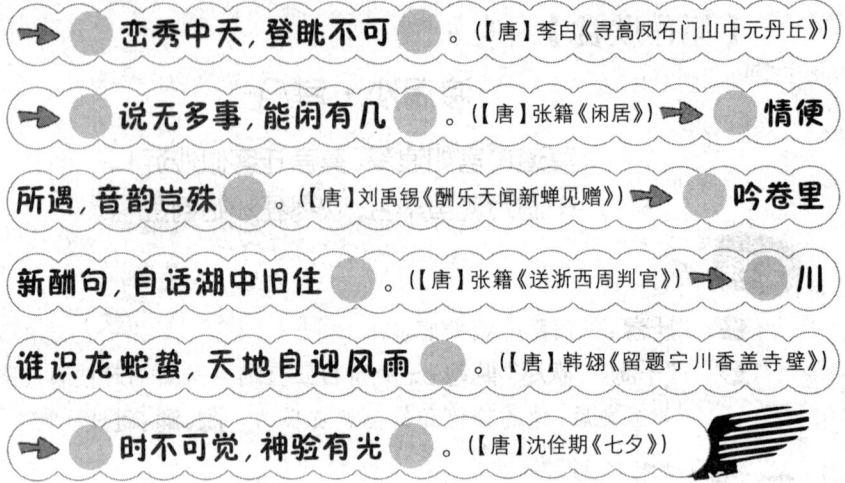

●恋秀中天，登眺不可●。（【唐】李白《寻高凤石门山中元丹丘》）

●说无多事，能闲有几●。（【唐】张籍《闲居》）➡ ●情便

所遇，音韵岂殊●。（【唐】刘禹锡《酬乐天闻新蝉见赠》）➡ ●吟卷里

新酬句，自话湖中旧住●。（【唐】张籍《送浙西周判官》）➡ ●川

谁识龙蛇蛰，天地自迎风雨●。（【唐】韩翃《留题宁川香盖寺壁》）

●时不可觉，神验有光●。（【唐】沈佺期《七夕》）

答案： 千淘万漉虽辛苦，吹尽狂沙始到金。→金鸭香消欲断魂，梨花春雨掩重门。→门开芳杜径，室距桃花源。→源向春城花几重，江明深翠引诸峰。→峰恋秀中天，登眺不可尽。→尽说无多事，能闲有几人。→人情便所遇，音韵岂殊常。→常吟卷里新酬句，自话湖中旧住山。→山川谁识龙蛇蛰，天地自迎风雨来。→来时不可觉，神验有光辉。

唐诗谜语

往来无白丁（打一句五言唐诗）

谜底： 独有宦游人

试玉要烧三日满,辨材须待七年期。

——【唐】白居易《放言·其三》

【佳句解析】

试玉真假要烧满三天,辨别良木需要七年以后。

【原作欣赏】

放言·其三

赠君一法决狐疑①,不用钻龟与祝蓍②。
试玉要烧三日满,辨材须待七年期③。
周公恐惧流言日④,王莽谦恭未篡时⑤。
向使当初身便死⑥,一生真伪复谁知⑦?

注释

❶ **君**:指元稹。**狐疑**:狐性多疑,故称遇事犹豫不定为狐疑。按:元稹在政治上遭到打击后,情绪一度动荡,白居易劝他要经得起考验,等到时机好转,是非真伪自会分明。

❷ **不用钻龟与祝蓍**(shī):这句谓吉凶祸福,在所不计;问卜求签,更无必要。**钻龟、祝蓍**:古代迷信活动,钻龟壳后,看其裂纹以卜吉凶,或拿蓍草的茎占卜。

❸ **"试玉""辨材"两句**:这两句是说坚贞之士必能经受长期磨练,栋梁之材也不是短时间就能认出来的。"试玉"句下作者自注说:"真玉烧三日不热。"《淮南子·俶真训》:"钟山之玉,炊以炉炭,三日三夜而色泽不变。""辨材"句作者亦自注:"豫章木,生七年而后知。"豫章指枕木和樟木。《史记·司马相如列传》:"其北则有阴林巨树,楩楠豫章。"《正义》:"豫:今之枕木也;樟,今之樟木也。二木生至七年,枕樟乃可分别。"

❹ **周公**:姓姬名旦,周武王弟,成王之叔。武王死,成王年幼,周公摄

政,管、蔡、霍三叔制造流言,诬蔑周公要篡位。周公于是避居于东,不问政事。后成王悔悟,迎回周公,三叔惧而叛变,成王命周公征之,遂定东南。**曰**:一作后。

❺ **王莽谦恭未篡时**:这句是说王莽在未篡汉以前曾伪装谦恭下士。《汉书·王莽传》:"(莽)爵位盖尊,节操愈谦。散舆马衣裘,赈施宾客,家无所余。收赡名士,交结将相卿大夫甚众。……欲令名誉过前人,遂克己不倦。"后竟独揽朝政,杀平帝,篡位自立。**未篡**:一作下士。以上两句是用周公、王莽故事,说明真伪邪正,日久当验。

❻ **向使**:假如。

❼ **复**:又(有)。

佳句品读

这两句诗以极通俗的语言说出了一个道理:要全面认识人或事,都必须从整个历史过程去衡量、去判断,而不能只根据一时一事的现象下结论。诗人表示像自己以及友人元稹这样受诬陷的人,是经得起时间考验的,因而应当多加保重,等待"试玉"、"辨材"期满,自会澄清事实,辨明真伪。

【佳句接龙】

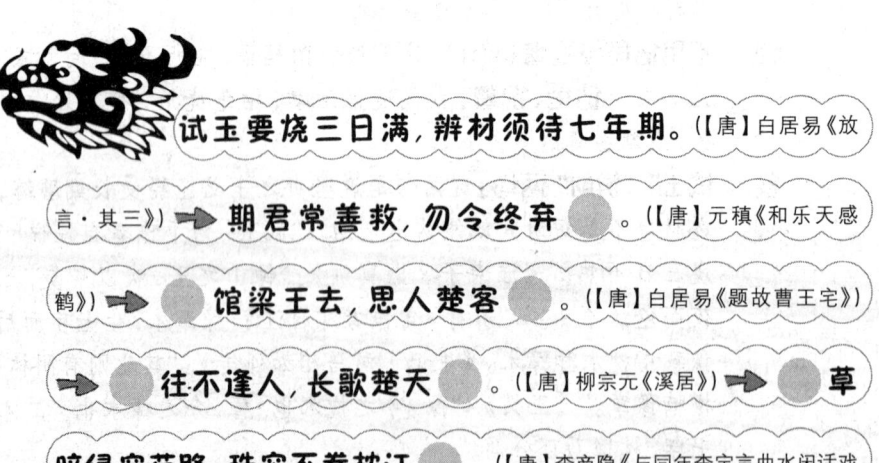

试玉要烧三日满,辨材须待七年期。([唐]白居易《放言·其三》) ➡ 期君常善救,勿令终弃❍。([唐]元稹《和乐天感鹤》) ➡ ❍馆梁王去,思人楚客❍。([唐]白居易《题故曹王宅》) ➡ ❍往不逢人,长歌楚天❍。([唐]柳宗元《溪居》) ➡ ❍草暗侵穿苑路,珠帘不卷枕江❍。([唐]李商隐《与同年李定言曲水闲话戏

作》→ ●台采翠远分明,闻说仙家在此●。([唐]顾况《安仁港口望仙人城》）→ ●楼空杳霭,猿鸟备清●。([唐]王昌龄《宴南亭》）→ ●切孤竹管,来应云和●。([唐]杨师道《咏笙》）月西斋集,如今岂复●。([唐]贾岛《寄刘侍御》）→ ●下辨曲直,笔端破交争。([唐]刘禹锡《早夏郡中书事》）

答案：试玉要烧三日满,辨材须待七年期。→期君常善救,勿令终弃捐。→捐馆梁王去,思人楚客来。→来往不逢人,长歌楚天碧。→碧草暗侵穿苑路,珠帘不卷枕江楼。→楼台采翠远分明,闻说仙家在此城。→城楼空杳霭,猿鸟备清切。→切切孤竹管,来应云和琴。→琴月西斋集,如今岂复言。→言下辨曲直,笔端破交争。

千里江陵一日还（打一句五言唐诗）

谜底：水急客舟疾

十年磨一剑,霜刃未曾试。

——【唐】贾岛《剑客》

【佳句解析】

十年磨成一剑,还未试过锋芒。

【原作欣赏】

剑客

十年磨一剑,霜刃未曾试①。
今日把示君②,谁有不平事?

注释

① 霜刃:形容剑刃寒光闪闪,十分锋利。
② 示:给……看。

佳句品读

"十年磨一剑",表明此剑凝聚剑客多年心力,非同一般。"霜刃未曾试",表现剑刃寒光闪烁,锋利无比,却未曾试过它的锋芒。虽说"未曾试",而跃跃欲试之意已流于言外。此两句咏物而兼自喻,诗人未写十年寒窗苦读,也未正面写自己的才华和理想,然而通过托物言志,表现了盼望能在政治上一展兴利除弊抱负的愿望。

【佳句接龙】

十年磨一剑,霜刃未曾试。([唐]贾岛《剑客》)➡ 试玉要

烧三日满,辨材须待七年○。([唐]白居易《放言·其三》)➡ ○之

比天老,真德辅帝○。([唐]储光羲《刘先生闲居》)➡ ○雁长飞

光不度,鱼龙潜跃水成○。([唐]张若虚《春江花月夜》)➡ ○章

负奇色,和鸣多好○。([唐]陈子昂《鸳鸯篇》)➡ 尘倘未接,

梦寐徒相◯。([唐]刘长卿《别陈留诸官》)➡ ◯君不可得,愁见◯。

江水◯。([唐]李白《江行寄远》)➡ ◯水月自阔,安流净而◯。

([唐]常建《渔浦》)➡ ◯生所娇儿,颜色白胜◯。([唐]杜甫《北征》)

➡ ◯罢冰复开,春潭千丈绿。([唐]孟浩然《初春汉中漾舟》)

答案: 十年磨一剑,霜刃未曾试。→试玉要烧三日满,辨材须待七年期。→期之比天老,真德辅帝鸿。→鸿雁长飞光不度,鱼龙潜跃水成文。→文章负奇色,和鸣多好音。→音尘倘未接,梦寐徒相思。→思君不可得,愁见江水碧。→碧水月自阔,安流净而平。→平生所娇儿,颜色白胜雪。→雪罢冰复开,春潭千丈绿。

药方(打一句五言唐诗)

谜底:词中多苦辛

少年辛苦终身事,莫向光阴惰寸功。

——【唐】杜荀鹤《题弟侄书堂》

【佳句解析】

年轻时候的辛苦是有益终身的大事,对着匆匆逝去的光阴,不要丝毫放松自己的努力。

【原作欣赏】

题弟侄书堂

何事居穷道不穷①,乱时还与静时同②。
家山虽在干戈地③,弟侄常修礼乐风④。
窗竹影摇书案上⑤,野泉声入砚池中⑥。
少年辛苦终身事,莫向光阴惰寸功⑦。

注释

① **何事**:为什么。**居穷道不穷**:处在不顺利的时候,但仍然注重道德修养。

② **乱时**:战乱时期。**静时**:和平时期。

③ **家山**:家乡的山,这里代指故乡。**干戈**:干和戈本是古代打仗时常用的两种武器,这里代指战争。

④ **礼乐**:这里指儒家思想。礼,泛指奴隶社会或封建社会贵族等级制的社会规范和道德体系。乐,音乐。儒家很重视音乐的教化作用。

⑤ **书案**:指书桌。**案**:几案。

⑥ **砚**:砚台,用来磨墨的一种文具。

⑦ **惰**:懒怠。**寸功**:形容极小的功夫。

佳句品读

这两句诗是告诫弟侄,少年时期的辛苦学习将为一生的事业扎下根基,切莫有丝毫懒惰,不要浪费了大好光阴。诗句情味恳直,旨意深切。

【作者简介】

杜荀鹤(846—904),字彦之,晚唐现实主义诗人,其诗语言通俗,风格清新。有《杜荀鹤文集》。

第10章 哲言警句

【佳句接龙】

少年辛苦终身事,莫向光阴惰寸功。([唐]杜荀鹤《题弟侄书堂》)→功名富贵若长在,汉水亦应西北〇。([唐]李白《江上吟》)→〇年恍惚瞻西日,陈事苍茫指南〇。([唐]李端《赠康洽》)→〇上凉风槐叶凋,夕阳清露湿寒〇。([唐]戴叔伦《登楼望月寄凤翔李少尹》)→〇桑初绿即为别,柿叶半红犹未〇。([唐]白居易《寄内》)→〇来高堂上,兄弟罗酒〇。([唐]元稹《和乐天初授户曹喜而言志》)→〇前语尽北风起,秋色萧条胡雁〇。([唐]马戴《赠友人边游回》)→〇成鸿雁聚,去作凤凰〇。([唐]沈佺期《洛州萧司兵谒兄还赴洛成礼》)→〇鸣北雁塞云暮,摇落西风关树〇。([唐]刘沧《龙门留别道友》)→〇夜天光白,海净月色真。([唐]王昌龄《送韦十二兵曹》)

答案: 少年辛苦终身事,莫向光阴惰寸功。→功名富贵若长在,汉水亦应西北流。→流年恍惚瞻西日,陈事苍茫指南陌。→陌上凉风槐叶凋,夕阳清露湿寒条。→条桑初绿即为别,柿叶半红犹未归。→归来高堂上,兄弟罗酒尊。→尊前语尽北风起,秋色萧条胡雁来。→来成鸿雁聚,去作凤凰飞。→飞鸣北雁塞云暮,摇落西风关树寒。→寒夜天光白,海净月色真。

胃(打一句五言唐诗)

谜底:渭水细不见